有爱的青春陪伴者

那就不要离开我 2

南书百城 著

天津出版传媒集团

天津人民出版社

图书在版编目（CIP）数据

那就不要离开我. 2 / 南书百城著. –– 天津 : 天津
人民出版社, 2021.3
ISBN 978-7-201-16901-9

Ⅰ. ①那⋯ Ⅱ. ①南⋯ Ⅲ. ①长篇小说—中国—当代
Ⅳ. ①I247.5

中国版本图书馆CIP数据核字(2020)第247697号

那就不要离开我.2

NAJIU BUYAO LIKAI WO.2

南书百城 著

出　　版	天津人民出版社
出 版 人	刘　庆
地　　址	天津市和平区西康路35号康岳大厦
邮政编码	300051
邮购电话	（022）23332469
电子信箱	reader@tjrmcbs.com

责任编辑	玮丽斯
特约编辑	廖晓霞
装帧设计	刘 艳 西 楼
责任校对	周　萍

制版印刷	长沙鸿发印务实业有限公司
经　　销	新华书店
开　　本	880毫米×1230毫米 1/32
印　　张	9
字　　数	304千字
版次印次	2021年3月第1版 2021年3月第1次印刷
定　　价	39.80元

目录

目录

第
一
章

久别后的
重逢

01

"嗡——"

盛夏阳光灼亮，寝室密不透风，光线透过窗帘的罅隙，在窗台下方游走。

午后，炎热而寂静，空调"噗噗"地往外吐冷气。

"嗡——"

手机还在响。

"唔……"倪歌被吵醒，皱皱眉，半睁着眼探手到枕头下，无意识地按下绿键，"喂？您好。"

声音软软的，带着点儿将醒未醒的糯。

对方的呼吸明显停了停。

"倪歌。"微顿，他才低低笑道，"我是周进。"

"嗯……"倪歌昏昏沉沉的。

"对不起，是不是打扰到你休息了？"周进声音低沉，笑着道，"昨晚陪我熬夜熬了那么久，我今天特地给你带了吃的，想来谢谢你。"他问，"你方不方便现在下楼，来取一趟？"

屋内静悄悄。倪歌沉默三秒，瞬间从梦境跌回现实，一睁开眼，就看到学校寝室的蚊帐顶。

下午一点，寝室里除她之外只有一位室友在悄然无声地看电影，空调"呜呜"地往外吐冷气，一道玻璃之隔，窗外骄阳似火。

"倪歌？"周进见她半晌不说话，以为她又睡过去了，低声问，"你醒了吗？"

"唔……"倪歌回过神，赶紧道，"醒了。"她完全意识不到，她现在的声音像一只猫咪，懒洋洋的。

"辛苦学长了，我这就下来。不过，可能得麻烦你多等一会儿……对不起，我确实刚刚睡醒。"

周进笑意飞扬："没关系，你慢慢来。"

挂断电话，倪歌没有立刻下床。

前夜翻译稿件，她几乎熬了通宵。

入夏之后，北城连日高温，难得有一次能睡得这么开心又安稳。

她很久没有梦见过容屿了。

哪怕只是在梦里，也想多看他两眼。

倪歌盯着蚊帐，发了会儿呆。她着魔似的，伸出左手，摸摸右手。

热的。

两只手都是热的。

可梦里冰雪冰冷的触感和少年与她十指相扣的温暖，都像是发生在昨天。

倪歌缓了一会儿，爬起来，换衣服下床。

"小歌。"室友邱妮坐在底下看电影，听见声音，摘掉耳机抬起头，"你醒了吗？"

"嗯。"

"那下午的授牌仪式，你还去吗？"

倪歌理所当然："去啊。"

"但……"邱妮一时语塞，"你前一晚，不是为学校宣传片的事，熬夜到很晚？"

"那有什么关系。"倪歌云淡风轻，一边说，一边飞快地换衣服、化妆，"宣传片是宣传片，授牌仪式是授牌仪式，两件事又不冲突。"

邱妮哑然。

她发怔的工夫，倪歌已经换好裙子，化好了妆。

今天外面三十多摄氏度，倪歌下午还要出席授牌仪式，所以，挑了件修身的小裙子。无袖小白裙，裙摆层层叠叠地蓬起，不规则的下摆刚好到达膝盖，细细的腰带掐出不盈一握的腰身。

出门之前，她将长发高高绾起束成马尾，尾段鬈曲，整个人爽朗利落。

"我先走啦。"提起包，倪歌回头，两眼弯弯，意有所指地笑道，"邱邱，下午授牌仪式会场见。"

走出寝室，盛夏阳光劈头盖脸地打下来，远远就看到周进。

青年面容清俊，只身一人立在树下，戴着黑色遮阳帽，穿着简单的衬衣长裤，手中提一个巨大的外卖袋子。

他低着头看手机，有小学妹路过，小声讨论这位颜值惹眼的学长。

倪歌小跑过去，也学着小学妹们叫："学长。"

周进抬头，见到她的装扮，眼里有一丝惊喜一闪而逝："叫我名字吧。"

"等很久了吗？对不起，我刚刚在睡觉。"倪歌真情实意地感到抱歉，却掠过了称呼问题，"不过我看到有小学妹向你搭讪，那学长应该也不算白等，哈哈哈。"

她只是开个玩笑，周进却很认真地道："我拒绝她了。"

于是，倪歌就觉得，这个玩笑不好笑了。

她低头指指那个外卖袋子，转移话题："都是给我的吗？"

"对。"周进企图靠食物诱惑她，"我听孟媛说，你为了学校的宣传片，最近一直一宿一宿地熬通宵。所以，我猜，你今天肯定也忙到没空吃饭。"

他说话的工夫，倪歌在心里估算出了这兜食物的价格。

"谢谢学长。"她提议，"不如我们找个地方坐坐，我请你也吃点儿东西吧？"

多待一秒是一秒，周进爽快地答应下来："行。"

倪歌转身，和他一起往食堂走。

路上遇到认识的人，她笑着打招呼。

这是倪歌在京大的第三年。

三年前，她因为青年文学赛的光环加成，可以被京大降30分录取。但后来却在高考时，以文科状元的成绩，高分碾压进入现在的院系。

入学前，记者采访，她想来想去，想不出别的原因："也许是运气好。"

记者语塞，于是她又一脸严肃地补充："我蒙的那几道选择题，竟然全都蒙对了。我自己也觉得非常不可思议。"

这段采访视频，让她在网上小红了一把，之后，附中一届又一届的学弟学妹，开始前赴后继地叫她"锦鲤学姐"。

倪歌坐在食堂里，拆开周进带给她的外卖。

第一个盒子，就是一条红烧鱼。

倪歌顿了一下。

"我中午在外面吃饭，不知道你喜欢什么，就随便给你挑了几道菜打包。"周进微顿，问，"你应该不讨厌吃鱼吧？"

"不讨厌。"礼尚往来，倪歌给他点了奶茶和下午茶的点心，"谢谢学长。"

"客气了。"

进大学之后，倪歌获悉一条人生哲理：无论你的降分有没有在高考中用上，特招的学生，总能得到老师们的额外关注。

所以，外语学院一旦有什么活动、有什么联谊，总喜欢拉着她去撑场子。

——周进就是她在一个类似这样的场合，遇见的。

前年京大校庆，要拍纪念短片，想从外院找几个成绩好形象好，最好身上再有点特殊闪光点的学生。

首选对象就是倪歌。

周进恰好是这个小宣传片的导演。

他比她大两级，隔壁戏剧学院科班出身，明明也是毕业不久的学生，却已经把新人奖拿了个遍。

这导致倪歌在刚开始同他打交道时，小心翼翼，一口一个"周老师"。周进也不负所望，表现得非常冷漠，每天工作时都板着脸，严谨自律，惜字如金。

这种情况，一直持续到拍宣传片的最后一天的前夜。

倪歌和孟媛坐在校门口小烧烤摊吃串串，几杯酒下肚，绵羊姑娘大声地感慨："我明天终于可以不用看学长的脸色了！我要大声喊！周进脸色那么烂！他一定会老得很快！"

几乎同一时间，隔壁桌响起："现在大学生是怎样，都读书读傻了吗？看见比自己大的就统统叫老师？我他……倪歌一嗓子喊得我腿都软了！明天之后，终于可以不用板着脸干活了。哈哈哈，装成熟很累的好吗？！"

话音落下，两个人同时沉默三秒，一起回过头。

发现是对方，两人面面相觑。

假装冷漠，其实内心戏巨多。

周进这种性格，太容易让她想起，那个与她失联多年、不知去向、不知死活的某某了。

之后，两人莫名熟络起来。

后来，这个纪念短片传播效果不错，京大干脆将每年拍宣传片的工作，都交给了周进工作室。

所以，周进和倪歌一直保持联系到现在。

然而，一想到那个梦里的某某，炎炎夏日，倪歌又感到格外惆怅。

坐在对面的周进完全不知道她在想什么，她给他买的小点心非常可爱，乳白色奶油打底，蔓越莓果酱夹心，顶端还立着一颗颤颤巍巍的小草莓，他很想带回去珍藏。

"学长。"他欣赏小蛋糕的空当里，倪歌已经喝完了最后一口汤。

擦嘴补妆，她站起身："谢谢你给我带吃的，但汤汤水水的东西好难带，下次不要再这么麻烦了。"

周进想插话，但她不打算给他机会："我下午要去市中心参加一个授牌仪式，得早点过去，今天就先不陪学长玩了。"

周进微怔。

所以，今天这身裙子不是穿给他看的。

他有些失望，但又很快振作起来："需要我送你过去吗？"

"不用了。"倪歌两眼弯弯，像这些年来，拒绝每一个向她示好的男生一样，柔软但坚定地告诉周进：

"谢谢你，但我不需要。"

02

倪歌打了一辆出租车，直达市中心。

京大下学期打算新开几个专业，其中就包括电竞。

电竞选手退役后的去处，一直是各大俱乐部头疼的难题。京大作为SE（繁星）电竞俱乐部的对接方之一，今年开始正式招收专业学生，把俱乐部的经理乐坏了，恨不得给京大立个碑。

倪歌今天就是要去见证他们"立碑"。

一下车，热浪扑面而来。天气晴朗，蓝天白云，好像静默的油画。

倪歌一边打电话，一边往里走，邱妮已经在现场了，外院分派过来两个主持人，不仅同班，而且同寝。甚至在每年校花的评比上，也是竞争对手。

"邱邱。"但倪歌觉得，既然是办公事，她俩就该统一战线，"你可以告诉我一个大概的方向吗？会议中心太大了，我怕走错地方会迟到。"

倪歌说着，低头看表。

她还是来晚了，距离授牌仪式开始，只剩不到半小时。

"啊？我也记不太清了，好像是六栋吧。"邱妮答得含混不清，"你顺着往里走，走到底就是。"

"谢谢你。"倪歌向她道谢，挂断电话，仰起头，"六……"

树影摇晃，她踩着细细的高跟鞋，一路往里走。

走到六栋门口，她被特警拦住。

"您好，我是SE俱乐部授牌仪式的主持人。"虽然很震惊一个授牌仪式怎么能搞到特警开道，但倪歌急着进门，也没多问，"我有通行口令，可以放我进去吗？"

"这里不进行授牌仪式。"特警没放人，"小姐，请您尽快离开。"

倪歌打电话给邱妮："邱邱，你确定是六栋吗？"

"是啊，找不到吗？你是不是走错地方了？"

"我没走错吧？"倪歌抬起头，想再确认一下栋数。

刚刚退后一步，就听"咔"的一声轻响。

她心里一惊。

完蛋了。

她低头去看，果不其然，高跟鞋细细的跟又卡进了砖缝。

她试着动了动，卡得很死，岿然不动。

一辆军用越野车由远及近停在门口，开门之前，特警第二次警告："小姐，这里有重要会议，请您尽快离开。"

"我……"倪歌也想走，她只剩十多分钟了，额头不自觉地沁出汗珠，"但是，我的鞋卡住了。"

偏偏她穿的裙子太短，也不方便往下蹲。

特警闻言半躬下身，像是打算给她帮忙。

手碰到她的脚踝之前，余光之外，一个高大的人影快步走过来，不着痕迹地挤开他，躬身，低声道："我来吧。"

倪歌一愣，猛地睁大眼。

全身的血液仿佛都停止流动。

盛夏时节，树影婆娑，蝉鸣悠长，风声和缓。

她的耳朵失聪了一个瞬间，突然间就什么都听不见了。

只剩自己的心跳——

扑通，扑通。

直到——

"哎，队长，你认识这姑娘？"

容屿身形微顿。

"我这不是——"他语调慵懒地拖了一个长音，手还停在她脚踝上，光滑细腻的触感让他有些迷恋，一时间舍不得放开。

下一秒，他嘴角一咧，抬起头，笑得跟少年时代一样邪气："为人民群众服务嘛。"

倪歌垂着眼，一动不动。

他动作拿捏分寸恰当，不轻不重，用的是巧劲，轻而易举就把她的鞋跟拔了出来，却没有立刻放开她。

几年不见，他的力气比过去大很多，轻轻松松地摁住她的脚踝。

倪歌还没完全回过神，有些报然，想将腿收回，试着挪一挪，却无济于事。

她忍不住低声道："你放开我……"

容峙身后的小战士和特警都没有看到。

这个"狗东西"，正用指腹，在她脚踝上，不急不缓地来回揉捏。

"队长。"小战士等不到人，凑过来，"这位女同志还好吗？"

"女同志挺好的。"她又动动腿，"谢谢你们。"

容峙闻言松手，她顺势将腿收回来，下意识地退后一步。

注意到她的小动作，他身形微顿，若无其事地直起身。

四目相对，倪歌被他的影子笼罩，呼吸一滞。

她太久没见过容峙了。

这些年，但凡看到穿制服的人，她都想多看两眼。

但她从没想象到，他穿军装，竟然是这副样子。

——其实，他面容没有太大的变化，剑眉入鬓，眼角微扬，依旧挺拔俊秀，意气风发。

但不知道为什么，总给人一种他变了很多的感觉。

青年身上慵懒的气场逐渐消失，取而代之，生出了势不可当的压迫感。戴上帽子之后，五官越发硬朗，仿佛他不再只是象征性地拖着一条毛茸茸的大尾巴，而是开始慢慢地，蜕变成一匹真正的狼。

许久之后。

见倪歌一点也不打算高高兴兴地扑上来喊"哥哥"，容峙的眸色慢慢变深。

沉默三秒，他嘴角微动，意有所指："女同志好像不太喜欢我，连感谢的话都不跟我说。"

倪歌心道，自己不是说"谢谢"了吗？

小战士探头问："女同志，你找谁？"

倪歌一个激灵，猛然想起自己正事还没办。

"我不找人，我找六栋。"

特警插话："这就是六栋，但这里没有授牌仪式。"

"是京大的授牌仪式吗？"小战士捕捉到关键词，"我刚刚看到横幅了，在三栋啊。"

北城会议中心很大，省内几乎所有重要会议都在这里举办，所以，占地面积也不小。

这六个区互相分离，彼此之间都有一段距离，说远不远说近不近，但如果徒步，哪怕单程也要走上很久。

距离仪式开始只剩十分钟，倪歌有点急："你确定吗？"

"对。"小战士很肯定，"我刚刚开车从那边过来。"

"谢谢你。"倪歌感激地看他一眼，躬身脱下高跟鞋。

背稳背包，她转身就打算跑。

全程站在一旁、挺直背脊、高贵冷艳脸的容屿，一脸震惊。

不是，他的车就停在那儿，她不该来找他求助吗？

为什么她就像没看见他一样？连个招呼都不打？

他忍不住走过去，拦住倪歌："你干什么？"

倪歌下意识地说："我去参加授……"

"在另一头呢，对角线，我们开车都开了半小时。"容屿把距离说得超级夸张，"你穿成这样，打算怎么过去？"

"我走路啊……"

"我开车，三分钟的事。"容屿脸上保持着谜之高姿态，故作冷漠，眼里写满"快快快，拜托你了求求我，求我帮忙我就带你去"。

倪歌在心里吐槽——

多久不见了，还这副德行。

她心里突然蹿起一把火，挣开他，转身就走。

容屿赶紧又拽住她："算了，军民是一家。我就行行好，送你过去。"

窗外烈日炎炎，暑气蒸腾，树影摇曳。

车内开足了冷气，呼呼往外冒。容屿上车的第一件事，是把风叶的朝向从倪歌面前拨开。

然而，她抱着背包，坐在那儿，全程目不斜视，连余光都不往他身上落。

这段路程，撑死也就三分钟。容屿在心里疯狂地盘算，怎么才能既不让她迟到，又拖长两个人相处的时间。

他想来想去，想出一声作死的冷笑："我们才多久不见，话都不跟我说了？"

倪歌气急败坏，又觉得委屈："明明是你……"

绵羊姑娘转过去，想指责他。

然而，她的目光一落到他身上，就几乎是不受控制地，顺着向下滑，停在他开车的那双手上。

从小到大，容屿都长着一双大少爷的手，十指不沾阳春水，比女孩子还要光洁漂亮。

然而，现在，她敢肯定，他指腹有茧。

因为他刚刚摸她，她感觉到了。

这股火气鬼使神差地，就这么消失下去一半。

容屿毫无所觉："我什么？"

倪歌决定暂时不跟他计较："你被调回来了吗？"

"没。"的确有这个意向，但真正决定之前，容屿不打算告诉她，"我就回来开个会。"

倪歌又不说话了。

所以，他还要走，他要回戈壁大漠，跟他的飞机共度余生。

"怎么？"容屿有些好笑，"盼着我调回来？"

倪歌还是不说话。

车在三栋门前停下，她终于看到了授牌仪式的横幅，在空中随风飘荡。

"哎。"从没开这么慢的车，容屿眼瞅着这时间实在没法再拖了，恋恋不舍，又故作矜持地道，"我听说你考到京大了，结束之后一起吃个饭啊，小同志？"

小同志闻言，意味不明地抬起漂亮的眼睫，看他一眼。然后推门下车，不轻不重地道谢："谢谢解放军叔叔。"

下一秒，车门"砰"的一声闷响。

容屿抬起头，见他朝思暮想的小姑娘穿着一条仙气飘飘的小白裙子，踩着她高中时代绝对不敢尝试的细跟高跟鞋，露出白皙纤弱的小腿。

她站在他的车前，还跟小时候一样，乖乎乎的。

他的小心心正打算自动化得稀巴烂——

她突然抬起眼，朝他露出个甜甜的笑；然后，比个口型，就立刻脚底抹油，转身逃跑。

容屿嘴角一咧，情不自禁："啧。"

不会错的，她刚刚比的那个口型。

绝对是——

"滚。"

03

倪歌踩着高跟鞋一路小跑进门，但还是迟到了两分钟。

仪式正式开始，邱妮已经站在台上了。她也穿了件小裙子，拿着稿子面带微笑，一一介绍到场嘉宾。

"……除了京大的老师，今天，我们还有幸邀请到了 SE 俱乐部的教练，和他们的青训队员……"

倪歌没有看她，视线扫过会场，在前排捕捉到一个熟悉的背影——

蒋池。

青年穿着深灰色的高定西装，安静地坐在第一排嘉宾席，微微抬头，容貌俊朗，斯文英气。

"……以及今天的特邀嘉宾——今年刚刚退役，但人气依然居高不下的王牌选手，ii！"

蒋池站起身，面带微笑，向后排的粉丝们颔首示意。

引得小姑娘们一阵尖叫。

"小艾，看我！"

"呜呜，小艾对我笑了……"

……

倪歌稍稍欠身，提着包走过去，坐到蒋池身边，然后长长舒出一口气。

蒋池一回头看见是她，立马就笑了："仪式才刚刚开始，你路上堵车了吗？"

"不是。"倪歌叹气，"我刚刚跑错地方了。"

"怎么不给我打电话？"

"我以为你不会过来呢。"孟媛今天下午有一场面试，倪歌以为，蒋池会跟着去。

见她气喘吁吁，蒋池给她递水："我原本确实不打算来了，但不知道孟嫒在闹什么别扭，非说她自己就行，不准我跟着去。"

倪歌好笑，接过矿泉水："谢谢你。"

这间会议室不算大，坐在后面的全是受邀来观看仪式的 SE 小粉丝，乌泱泱的，全是妹子。

她刚刚喝第二口，就听见后排姑娘压低声音讨论：

"说出来，你可能不信。我刚刚从另外那头进门，进来时，看见一大票空军兵哥哥。我的妈，他们看我一眼我的腿都软了，比小艾还帅，呜呜呜。"

倪歌一口水差点喷出来。

另一个姑娘眼冒绿光："哪儿啊，你怎么不早说？"

"就靠近北门那栋楼上……你别急啊，哈哈哈，他们好像是来开学习会的。我们等会儿回去，肯定还会撞见他们。"

然后，姑娘们的声音就低下去了。

倪歌突然有点不自在。

蒋池也听见了，压低声音，好笑地问："你刚刚，也看兵哥哥去了？"

倪歌心虚地摸摸鼻子。

何止。

她不仅看了兵哥哥，而且蹭了兵哥哥的车，还让兵哥哥"滚"。

所以，她不情不愿："嗯……"

"难怪你来晚了两分钟。"蒋池没有多想，打趣她，"这几年一看到穿军装的人，你连路都走不动。"

"你胡说，我哪有——"倪歌小声反驳他，话音未落，话筒传来一阵尖锐的杂音。

所有人的目光都落到举着话筒的邱妮身上。

正要进行今天最重要的授牌环节，她捏着主持稿，翻到最后一页，一改刚刚大方的样子，突然局促着结巴起来："……为……为了搭建 SE 俱乐部和我校之间的桥梁，我们决定举行今天的……"

倪歌愣了一下，没懂："她照着读怎么会出差错？"

因为邱妮最后一张主持稿没打印出来，她翻到最后一页，是

白页。

邱妮说得磕磕绊绊，台下的人纷纷皱眉。

SE俱乐部的四位王牌教练中有一位韩国人，所以这次的授牌仪式是三语直播，倪歌被她千方百计地踢掉，现在留邱妮一个人，既要现编主持词，还要分神翻译英语和韩语。

倪歌腹诽——

她这是给自己挖个坑，然后闭着眼跳进去了？

"……今、今天的授牌仪式，将于下午进行。"邱妮没有写主持词的经验，说得磕磕绊绊的。

场内议论声不断。

等她译完双语，粉丝们已经开始起嘘声：

"这什么主持人啊？哪儿来的，这么不专业？"

"说真的，不行就别主持了，口音成这样，这英语读着烫嘴还是怎么着？"

"站那儿干吗啊，还不下来？是站得久了，主持词就会从天而降吗？"

……

被大家这么一起哄，邱妮彻底慌了神，这下连编主持词都忘了，干巴巴地站在台上，眼眶慢慢变红。

前排京大的领导们皱着眉交头接耳：

"这女生是外院的吗？这种水平怎么会叫她来？"

"不知道啊，我记得当时叫了两个人，另一个女生去哪儿了？"

……

下一秒，一个纤细的身影拿着麦克风，站上台。

倪歌接着刚刚邱妮的话茬，无缝对接上："为了搭建SE俱乐部和我校之间的桥梁，我们决定举行今天的授牌仪式，以达到促进京大和全国各大电竞俱乐部协同发展、共创研究成果的目的。"

场内的骚动逐渐平息。

重点是，她手里没有主持稿。

"……非常感谢各位嘉宾到场，接下来，将由京大电竞专业的负责人老师接受SE俱乐部高校授牌。"

说完主持词，倪歌分别用英文和韩文，又将最后一段感谢致辞重复了一遍。

倪歌站在台前，毫不怯场，落落大方。

追光从邱妮身上移开，她握着麦克风站在原地，眼中的不甘心逐渐变成失落。

蒋池在台下，跟着所有人一起鼓掌。

以至于他也没注意到，倪歌放在背包里设置了静音的手机，屏幕一直亮着。

不停地有人发消息进来。

授牌仪式结束，倪歌跟大家合完影，终于能换下那双出挑的细高跟。

她回观众席拿包，见蒋池坐在那儿，表情谜之慈爱。

他说："媛媛面试通过了。等会儿，我们三个找个地方聚一聚，一起吃个饭吧。"

"好。"倪歌答应得很爽快，提起包，小声"咦"了一下，"我的手机又没电了。"

"等会儿，去车上充。"SE俱乐部的几个负责人朝蒋池走过来，他也笑着站起身，"我去跟他们打个招呼，你等我一下，好吗？"

蒋池今年四月份退役，打算参加明年的考试，回来读大学。

但怎么说也在俱乐部待了这么多年，SE见证他从一无所有到世界冠军，他对组织感情深厚。

倪歌没意见："那我下去等你。"

蒋池应了一声，她背起包就跑了。

会议室大厅里有冷气，待久了有点凉。倪歌跑到门口等蒋池，夕阳西下，远山如黛，天边的云彩卷成团，被染成火焰的颜色。

她百无聊赖，一辆越野车在她面前缓慢地停下。

车窗降下，倪歌没有抬头，听见一个熟悉低沉的声音，尾音微微上扬："等我呢，小同志？"

"小同志"站在角落里，垂着小羊耳朵，不说话，也不看他。

两人就隔着三米，她跟没听见似的。

"欸。"见倪歌半晌不搭腔，容峙这个戏演不下去，"不是我说，你手机都没电了，你现在连低头玩手机掩饰尴尬的机会都没有，还低着头干什么？"

倪歌顿了一下："看蚂蚁搬家。"

其实，她在研究逃生路线。

倪歌刚刚在想，如果他冲过来揍她，她肯定跑不过他。那最好的状况是，敌不动，我不动。

容峙气笑了："上车。"

倪歌并没有这个打算。

她甚至退后了一步。

容峙不方便下车，但这个退后的动作，他真是看一次，不爽一次："不要让我说第二遍。"

倪歌秒怂："你那么远跑回来，就是为了凶我？"

"不是。"容峙只好把语气放软，"这个地方不能停车，你听话。"

他把车开得很慢，但车仍然在走。几句话的工夫，眼看就要从她面前错过了，容峙干脆踩油门掉了个头，又叫她："上来啊。"

倪歌还是不动："你要带我去哪儿？"

"不是，你就不能上来说？"容峙蹊蹊极了，低头去看自己的装扮，怕衣服吓到小妹妹，他连军装都脱了，"我带你去吃饭啊。"

"你回过家了吗？"

"还没。"容峙将车开得慢吞吞的，眼见又要过去了，他第三次掉头，"我今天下午才回来，什么都没来得及干，就先来开会了。"

"哦……"倪歌语速也慢慢的，"那你记得回去看看他们，他们应该都挺想你的。"

容峙第四次掉头。

倪歌说："但是前年过年时，容爷爷说，如果你再不回家，他就不认你这个孙子了。"

容峙第五次掉头。

"不过，他大前年也是这么说的，他好像年年都这么说……其实，你已经不是他孙子了，你知道吗？"

容峙无语。

在这地方说话真费劲，掉头掉到第七次，容屿忍无可忍："你到底上不上来？"

"我……"倪歌揪住背包带，表情踌躇地站在原地，一副超级无辜的样子。

下一秒，视线内出现一辆银灰色跑车，轻巧地停在容屿车后，蒋池坐在车内，朝她比手势："这儿不能停，快上车。"

倪歌飞快地送了容屿两个字："不上。"

然后，她以百米冲刺的速度飞快地跑到蒋池的车前，拉开车门坐上车，关门走人一系列动作行云流水，一气呵成。

跑车瞬间加速离开，背后尘土飞扬。

倪歌上了车，蒋池才看见后头那辆越野车。

注意到牌照，他挑眉："你家里人？"

"不是。"倪歌微顿，闷闷地解释，"是容屿。"

蒋池愣了一下，笑道："他读军校去了吗？说起来，我好像的确很久没见过他了。"

"嗯，他跑到大漠戈壁开飞机去了，我也很少见他。"倪歌吸吸鼻子，"坦白地说，这些年来，我一直以为他……"

她特别想恶狠狠地说，死在外面了。

但是……

算了。

话到嘴边，倪歌真切地意识到，她还是不希望容屿死在外面。

打嘴炮也不行。

"他是不是很忙？"蒋池会意，有些惊讶，"算一算……他应该高中毕业很多年了吧，一直没回过家吗？"

"也不是，刚开始那几年，是回去过的。"倪歌回忆，"但很奇怪，每一次我们都错过。"

时间永远对不上，总是遇不到。

起初，他们还会有短信和电话联系，但她进入高三之后，几乎一整年都没用手机，联系就那么莫名其妙地断了。

之后几年，他开始变得异常忙碌，永远任务加身，无论节假寒暑。

蒋池张张嘴，想说什么。可他想来想去，发现自己无话可说。

他只能给予无效的安慰："也许，他有他的苦衷。"

说完一抬头，蒋池发现后视镜里，容屿那辆车还跟着他们。

他吓得赶紧检查地图。

这都七个街区了，黏得够紧啊。

"最开始我也是这么想的，觉得他一定有他的原因。"倪歌毫无所觉，认真地皱起秀气的眉头，"但现在我觉得，什么原因都不能成为理由，他就是很让人生气。"

"那个……"蒋池的关注点现在已经不在这个上面了，"你看眼后视镜，你那竹马小哥哥，好像一直跟着我们。"

倪歌"噌"地回头，正对上那辆车。

"他是不是找你还有什么事？"蒋池试探，"刚刚你们有什么话没说完？"

"没有。"倪歌冷静地思考，然后觉得，"他可能是想打我。"

蒋池满头黑线。

红灯变绿灯，蒋池转回来，嘴角一抽，踩油门。

"没事。"他笃定地道，"我这车耐撞，咱不怕他。"

车里沉默一阵。

后视镜里，越野车还在气势汹汹地穷追不舍。

蒋池忍了一会儿，没忍住："不过……倪歌。"

"嗯？"

"就他那个牌照，如果他真的撞了我。"他问，"我是不是还得倒给他贴钱？"

倪歌和蒋池抵达火锅店时，孟媛已经在了。

"我来晚了，没有包厢了。"孟媛哼哼唧唧，"我们只能坐大堂了。"

外面环境其实也很好，蒋池顺势揉揉她的脑袋："没事。"

三个人坐下来。

后头还跟着一条巨大的尾巴。

容屿没过去凑热闹，在三人隔壁自己开了一桌。

.017

服务员温柔地问："先生，您几个人？"

他笑意不减："一个人。"

服务员递上菜单："您点好之后叫我，蘸水是自助的，小台上有水果和粥，您有需要可以自己去盛，或者也可以让我们帮……"

"我不看菜单了。"容屿眼底含笑，打断她，"你帮我看看隔壁桌点什么，我要一桌一样的。"

服务员沉默了下："您确定吗，先生？"

"对。"容屿语气突然变得沉痛，"我一个人，必须得吃出三个人的分量，那才热闹，那才有尊严。"

孟媛一开始没看见容屿。

她低着头点食物，不忘操心自己的小伙伴："欸，对了，池池今天跟我讲过你和你那室友的事了，她也太恶心了吧。"

"还好。"倪歌不怎么在意，"小打小闹，不碍事。"

"不过，倪倪真厉害呀。"孟媛从小喜欢学霸，一双眼亮晶晶地望着她，"你一定是背了稿子吧？"

"也……没有。"倪歌略一犹豫，决定说实话，"我现场瞎编的，小时候，跟着爸爸和哥哥，听过太多遍了，翻来覆去就那么几句话，也不难翻译。"

孟媛震惊。

但是说到翻译，孟媛又替小伙伴发起愁来："那，倪倪，我的实习现在是定下来了，你的呢？"

大学三年，孟媛和倪歌同市不同校，但两人学校挨得近，所以，大学还玩在一起。

倪歌拿起一块西瓜："我不着急呀。"

"之前，那几家都没给你回复？"

"嗯。"西瓜冰冰凉凉，甜丝丝的，"说实话……我有点想读研。"

她话没说完，服务员小姐姐笑吟吟地停在身侧："您好，女士，隔壁桌一位不愿意透露姓名的热心先生让我提醒您：'少吃点冰镇西瓜，体寒的人容易肚子疼。'"

倪歌无语。

孟媛饶有兴致："哪位先生啊？"她左顾右盼，终于顺着那条招摇的大尾巴，找到本人。

——他点了十份新西兰肥羊，正一卷一卷地往锅里下。

"我的天。"孟媛瞬间惊了，音量却不自觉地降下来，"见鬼了，学长还活着？"

倪歌给她递了一个白眼。

"不是，我的意思是，学长回来了？"

"嗯。"倪歌放下西瓜，手摸向酸梅汁，"今天刚回来，还没来得及跟你讲。"

"您好，女士。"服务员小姐姐又笑着停在了倪歌身边，"那位不愿透露姓名的热情先生让我们提醒您，酸梅汁也是凉的，他为您点了一杯热牛奶。"说着，把带热气的牛奶放到她手边。

倪歌捂住脸。

"这，他……"孟媛没看懂这玩的哪出，"干什么呢？"

"就……可能开飞机把脑子开坏掉了……"

孟媛"啧"了一声，微顿，又一脸暧昧地转回来："不过，说真的……我觉得容屿学长，好像比过去更帅了——他现在看起来，像个男人！"

蒋池剥虾的手微顿，轻飘飘地看孟媛一眼。

孟媛赶紧安慰他："但是跟你比起来，再男人的男人，都不是男人。"

倪歌听得扯了扯嘴角。

她拿起筷子，从锅里夹肉吃。

没吃两口，服务员小姐姐又走了过来。

"您好，女士。"还是熟悉的套路熟悉的开场白，"隔壁桌的先生让我们给您点两首歌：《在想什么》《回头看看我》。"

倪歌徘徊在暴走的边缘。

孟媛"啧啧啧"："你叫容屿过来吧，他真的好可怜。"

"小姐姐，能不能帮我带句话？"倪歌抬起头，强笑，"让隔壁桌的先生，闭上他热情的嘴。"

容崎今晚涮肥羊，涮得非常起劲。

涮到第五盘时，服务员小姐姐端着托盘走过来。

容崎撩起眼皮。

"您好，先生。"服务员小姐姐笑道，"隔壁桌的女士说，请您喝饮料。"

容崎好奇地接过来，闻了闻。

发现是一大杯，纯柠檬汁。

"还有，隔壁女士让我们还您一首歌。"服务员小姐姐说着，清清嗓子就要开唱。

"等等。"容崎止住她，"是什么歌？"

"《凉凉》。"

容崎硬着头皮听完了。

服务员小姐姐唱了两遍，还要开口。

容崎："没完了还？"

"因为，那位女士还说了，我只唱一遍，您怕是听不清。"服务员小姐姐犹豫一下，"她出了三倍的钱，让我们唱三遍。"

04

吃完火锅后，容崎踩着《凉凉》的节奏，下楼开车。

他继续尾随那辆超跑。

蒋池开着车送女朋友和女朋友的小闺密回学校。倪歌先下车，车停在外院门口："谢谢你们，下次见。"

"你是去交材料的吧？"孟嫒趴在车窗上，"要不要我们在这儿等你，等会儿再把你送回寝室？"

"谢谢你们，不用了，这里离我寝室也不远。"倪歌两眼弯成月牙，"路上小心呀，晚安。"

跑车绝尘而去。

倪歌努力忽略三米开外那辆巨显眼的越野车，转身进学院。

导师正打算关门，见她过来，一双眼笑成缝："你可算来了，这材料最迟明天得交，我打你电话也打不通，差点儿去你寝室找人。"

"对不起，我今天下午去参加电竞的授牌仪式，手机没电了。"

倪歌抱歉地笑了笑，把U盘递给她，"昨晚熬了一个通宵，还没来得及校正，可能会有错。"

"没事，我来检查吧。你辛苦了，回去好好休息一下。"

"那我先走了。"倪歌笑了笑，"老师再见。"

"等等，倪歌。"

倪歌走到门口，突然又被叫住。

"嗯？"

"你实习单位是不是还没定？"

倪歌微怔："对。"

导师犹豫一下："老师手上现在有个项目，你想不想跟着一起去调研？就是……那个地方条件不太好，可能有点艰苦。"

倪歌顿时笑了："您别小看我，我身体可好了，去哪儿？"

"还没定呢。"得意门生愿意去，导师有点开心，"定下来我通知你。"

"行。"

倪歌走出学院楼，立刻被浓稠的夜色包裹。

那辆越野车停在原地没挪窝。倪歌目不斜视地走过去，过了会儿，又忍不住走回来。

眨眨眼，她凑过去，趴到车上。

里头没人。

但是……

"怎么会没人呢？"

"喂！"

下一秒，她的肩膀被人猛地一拍。

她吓得差点儿叫出来，下意识地闭上眼，伸出手臂护住头。

顿了两秒，没有动静，她小心翼翼地睁开眼。

对上一双深邃的，含笑的眼睛。

"不跑了？"

倪歌没应他。

"我就奇怪了，你一天到晚，"小姑娘软唧唧的，容峙心里乐坏了，戳戳她，"要胆子没胆子，要力气没力气，倒是跑得很快，嗯？"

倪歌恹恹地放下手："你怎么知道我没胆子，我们都多少年没见过了。"

容屿一愣。

她声音闷闷的："这么长的时间，就算是熊被割掉胆子，也该长回来了。"

容屿心里突然有点不是滋味。

"我……"他想碰碰她。

还没摸到人，旁边树丛里蹿出来一个黑影："倪歌！"

容屿神情一肃，下意识地挡到她面前。

"你在这儿啊，我也到处找你呢。"周进远远看到倪歌站在学院门口，抄近道从小树丛走过来，"打你电话打不通，我猜是没电了。今天授牌仪式还好吗？有没有迟到？"

他完全无视容屿。

容屿不爽极了。

这是谁啊，一上来就跟倪歌很熟的样子。

"还好，没迟到。"倪歌两眼弯弯，先做了解释，才道，"学长，给你介绍一下，这是我……哥。嗯……他前几年不在这边，最近才被放出来。"

转而面对容屿，她一下子有些词穷："这个是，我学校之前有过合作项目的一个学长。"

容屿不爽的情绪更加浓烈了。

有过合作项目，那也就是说，连同校同学都不是。

明明是这么含糊的代称，可为什么她一看到这个家伙，就笑了。

"你好。"周进见容屿冷着脸，谨慎地伸出手，"我叫周进。"

他忍不住在心里寻思：

她哥肯定是被逮进去，关了几年，现在才放出来。

容屿抬起头。

四目相对，他默不作声地沉下目光。

倪歌若有所觉，转过来对周进说："学长，你快回去休息吧。"

容屿还沉浸在刚刚的不爽里，没有完全回过神。

不是，蒋池就算了。

反正他知道，他俩没在一起。

周进是谁？

周、进、是、谁？她这专业男女比例二比八，哪儿来那么多师兄弟？

晚上喝的那杯柠檬汁，劲儿也太大了，现在才上来。

容屿压着心头汹涌澎湃的黑暗气息，努力假装云淡风轻，波澜不惊地问："你交男朋友了？"

第
二
章

/

能不能
抱一下

JUST DON'T
LEAVE ME

01

周进一愣，想起一桩遥远得快要被他忘记的往事。

当初，拍完京大的纪念短片之后，为了自己一些不可告人的目的，周进曾经非常私心地邀请倪歌，去参加一档他手上正在录制的综艺。

作为嘉宾，她只要去刷两期脸，就能给学校起到巨大的宣传作用。

因此，即使倪歌自己并没有表现出太大兴趣，最后，也还是被学校开开心心地送去了。

节目中有一个环节，是挂许愿灯。

每一盏灯都是玻璃空瓶，里面塞着字条，可以在写愿望。

倪歌挂了 66 盏灯，写了 66 个愿望。

他偷看了字条的内容，每一张上，都只有一句话——

平安归来。

没有落款，也没有对象署名。

然而，眼下，面对着眼前身姿挺拔的青年，周进心里突然浮现出一种微妙的第六感。

仿佛他就是她祈求平安的人。

"不，我没有男朋友。"倪歌闷声道，"他只是我的学长。"

周进有点失望。

但他敏感地察觉到，她这句话话音落下后，容屿身上的杀气明显降下来。所以，他又问了一遍："真不用我送你回去？"

"真的……"

"有我在呢。"容屿冷淡地打断他，"能出什么事。"

周进狐疑地看了容屿一眼。

他是来外院拿资料的，主要也想确认一下倪歌的安全。

"那我先走了？"周进朝她比手势，"有问题的话，随时联系我。"

"好。"倪歌礼貌地道，"谢谢学长。"

周进朝她笑了笑，折身进学院取资料。

周进一走，又只剩两个人。

夜风中飘来熏热的花香，容屿微微眯起眼。

"你住哪儿？"他不动声色地收起刀，"我送你回去吧。"

"不用。"她像拒绝周进一样拒绝他，"我寝室离这儿很近，走路很快。"说着，转身就要离开。

她刚抬起脚，眼角光景倏地撕裂——他伸长手臂，猛地转过来，拽着她摁到车门上。

男人的气息铺天盖地，倪歌呼吸一滞，嗅到衣物上清爽的柠檬味。

容屿挑眉："你再跑一次试试，看看我是不是真的没脾气。"

倪歌沉默着，没说话。

"从我俩在会议中心重逢，你就这个态度。"

盛夏夜晚，星光如涛。

绵羊姑娘一动不动地垂着眼，容屿特别想凶她，可见她这副样子，又还是舍不得。

连威胁的话都不好意思说。

"倪歌。"半晌，他叫她。

"我不在的这些年……"他的声音低沉喑哑，热气打个卷，暧昧地回荡到她耳畔，"你是不是特别想我啊？"

几乎是话脱口而出的瞬间，容屿就后悔了。

他原本想问的是，你想不想我啊！

　　无论她说想还是不想，他都能顺理成章地拐到"我想你"——上面去。

　　然而，现在，倪歌一点反应都没有，还是垂着眼，不说话。

　　四周蝉鸣如潮，短暂地静默，空气都陷入死寂。

　　他忍不住地动动嘴角："我……"

　　"容屿。"倪歌吸吸鼻子，软声打断他，"我一点都不想你。"

　　他的动作立时顿住，眼里的火焰慢慢熄灭下去。

　　"毕业时，一声不吭就走掉的人是你；这么多年都不跟我联系的人，也是你。"倪歌垂眼不肯看他，语速恶狠狠的，像一只努力表达愠怒、却还是"软唧唧"的绵羊，"你没资格问这种问题，我从来就没想过你，一次都没有。"

　　越往后说，声音越小。

　　容屿莫名心疼起来。

　　他立在她面前，声音很低，很认真地道："我没有一声不吭就走掉。"

　　他向她做了非常认真的道别。

　　那是他少年时代，做过的最认真的道别。

　　"我也没有故意不跟你联系。"

　　但这个过程解释起来太漫长了，容屿不知道该从哪里开始说。

　　他停顿一会儿，突然想起自己身上还藏有一件东西——柠檬糖。

　　他眼睛一亮，开始暗搓搓地剥糖纸。

　　然而，没等他剥开，倪歌憋着一口气，道："容屿，我有的时候，真的，就……挺讨厌你的。"

　　容屿瞬间就慌了。

　　你讨厌哥哥干吗？哥哥这么可爱，哥哥这么大老远还想着给你带糖糖！

　　"倪……"他又想摸她脑袋。

　　"别碰我。"

　　容屿心里的小人"扑通"一声跪下了。

　　他摊开掌心，里面像过去每一次倪歌不开心一样，躺着糖纸已经剥开的柠檬糖。

可她没买账。

"容屿。"

小孩子才吃柠檬糖，倪歌想。

"我从读大学起，就不吃柠檬糖了。"

两个人不欢而散。

倪歌从容屿那儿逃跑，巨大的委屈像潮水一样，把她整个人击倒在地。

她之前说，她和周进什么都没有。

其实，她跟容屿，也什么都没有。

重逢的时候，她明明已经委屈炸了，却连发火的理由都找不到。

站在寝室门口，倪歌深吸一口气。

刚想推门，就听见邱妮的哭声，从屋里传出，抽抽搭搭，断断续续："我怎么知道……主持稿的最后一页……会……会抽白……我翻到最后一页才发现，根……根本没有打印出来……"

另两个室友安慰："导师骂你了？"

"没……"

"啊，那不也还好，导师能理解你的。"

"不……她……她原话说的是，我……我这个水平，就算真的跟着她去调研，也……也是拖她后腿，呜呜呜……"

倪歌没再听下去，她上前一步推开门。

另两个室友是南方人，水灵灵软绵绵的妹子，一看见她，都笑着打招呼："倪倪你回来啦？"

倪歌也笑起来："嗯。"

邱妮不想当着倪歌的面丢脸，鼻尖还是红红的，哭声渐渐弱下去。

倪歌没看她，坐下来给手机插上电。

一开机，短信疯狂地冒出来。

"我还从没见过，你穿那么高的鞋。"

"不会很容易崴脚吗？"

"但那条裙子很好看，虽然我也从没看你穿过。"

"你竟然能忍这么久，都不给我回消息。你这个号码是不是停用了？"

……

倪歌拉着时间轴，从前往后看。

短信来自一个可疑的陌生账号，初始时间点就在授权仪式开始前后。

容屿不知道她的手机号有没有换，凭着记忆试着发了几条消息。

发现，她没回。

他玩上瘾了，自己平时没什么人需要联系，反正话费也用不完，一条接一条地发。

倪歌一条条顺着往下看。

他发了很多乱七八糟的消息，她看得啼笑皆非，最后几条停在：

"对不起。"

"我没别的意思，就是想逗逗你。"

"我马上就能调回来了，真的。"

"我在你这儿，真的就这么没有信誉度？"

"等我调回来，天天陪你玩啊。"

……

倪歌手指微顿，忍不住想……就算调回来，他也不会有空天天陪她玩。

但她还是揉揉鼻子，在屏幕上敲："我的号码没有停用。"

言下之意是，别发了，我看得见。

容屿小心地秒回："你在哭吗？"

倪歌腹诽——

她没哭。

但她隔壁床的人的确还在哭。

抽抽噎噎，声音压抑，像是受了天大的委屈。

倪歌叹口气，放下手机，平静地看着帐篷顶："邱邱，小点声可以吗，有点吵。"

邱妮小声强调："我在哭。"

"我知道。"倪歌心想，这算个屁呀，我要是哭起来，那还能有你什么事，"但这跟我有什么关系？"

邱妮愕然。

"而且，今天的事情，不是你自找的吗？"大人才不会一直哭，她心里有点堵，把话说得很不客气，"说实话，你爱干什么我管不着，但能不能别一天到晚，把谁都想成你的假想敌。"

邱妮沉默三秒，压抑着哭得更大声了，一边哭，一边小声地跟男朋友打电话。

倪歌心里堵得更厉害，低头看手机。容屿抽风似的，竟然在APP（手机软件）上向她发起英语单词对战的游戏battle（挑战）。

倪歌也开始想哭，于是她把他拖黑，然后关了手机。

不过……

睡着之前，她迷迷糊糊地想。

蒋池打游戏用的ID叫ii，他说，那是自己脸滚键盘打出来的。

但rystudying……到底是什么意思呢？

02

倪歌这一觉睡得天昏地暗。

她前一晚通宵，授牌仪式又忙到深夜，恨不得一觉睡到天黑。

快中午时，室友回寝，小声地在底下叫她："倪倪，倪倪，你醒了吗？江湖救急。"

"唔……"

"你英国戏剧赏析的作业做完了没？能不能借我看看？"

"嗯……做完了。"倪歌没睡醒，声音小小的，"在桌子上呢，压在辞典底下，你自己拿吧。"

"谢谢你！"室友感激极了，"我看看作业格式就还给你。"

倪歌没说话。她太困了，应完这一声，又倒头睡去。

她再醒过来，已经是下午两点多。

邱妮回寝室拿书，低声道："我刚刚上来，看见楼下站着一个好好看的男生。"

另一位室友随口小声应和："是周进吧？他好像在追倪倪。"

"应该不是，周进一般中午或者下午来，但这次这个……我早上出去上选修课，他就站在那儿；中午回来，他还站在那儿。"邱妮有些怀疑，"而且周进不长那样呀……那个人身上有杀气，我记得周进脾气还挺好的？"

倪歌听到就睡不着了。

沉默三秒，她干脆爬起来。

打开手机，一条短信弹出来：

【你好，倪歌同学。恭喜你从千军万马里脱颖而出，通过我司的初试。我司以优良的传统……】

她直接跳到最后一句：

【……通知你周末来面试，感谢。】

落款：江城传媒。

那家近年风头正劲、她心心念念很久的传媒公司。

倪歌微怔，后知后觉，有点开心。

她换衣服爬下床，头重脚轻，手摸到梯子，眼前突然一黑，身形重重地晃了一下。

"我的天！"室友赶紧冲过来扶她，"你没事吧？"

"没……"倪歌挠挠头，有些不好意思，"我可能有点低血糖，去吃点东西就好了。"

她提起背包，直奔食堂。

走出寝室楼，烈日炎炎，热气扑面而来。

"嘭"的一声撑开伞，她没走两步，眼前停下一双长腿。

青年穿着常服，身形颀长，眉目如旧，连招摇的车都换掉了。

"倪歌。"

倪歌停下脚步。

容屿深吸一口气，有点无可奈何地道："我不逗你了，我好好跟你说。我回来开会开一周，但休息时间只有两天，所以，我们别吵架，飞行员带脾气上天，会死人的。"

他顿了一会儿，小心地问："你还生气吗？"

昨晚，两人不欢而散；容屿回去之后，翻来覆去睡不着。

这几年，他到处出任务，大漠孤烟，长河落日，曾经无数次预想跟她重逢的样子。

不应该是这样的。

她没有要求亲亲抱抱，举高高，也没有说哥哥好棒棒。

他一上来，就又把他的小姑娘惹得沮丧兮兮。

容屿也沮丧起来。

他难过地拖着无形的大尾巴，坐在床前搜：

【独自把妹妹放在家里好多年，她会生气吗？】

想了想，又改成：女朋友。

百度没给他答案，但知乎弹出来一个相似问题：

【独自把猫咪放在家里七天，它会生气吗？】

他想了想，觉得：妹妹 = 女朋友 = 未婚妻 = 猫。

于是，他点进去。

看到一个长长的答案：

……大部分猫不会生气，它们以为你出去捕猎了。只不过在它们的世界里，捕猎失败就会死掉。所以每次你回去，它们围着你闻来闻去不是想要罐头零食，而是想确认你还有没有活着。当然了，如果活着的话，还是希望你能捕一只罐头回来呀。

容屿陷入沉思，想着这几年，他是什么样呢？

死倒是没有死，有几次确实徘徊在边缘了，但最后都被他力挽狂澜地拉回来。地上有牵挂时，他格外惜命。

问题是……

"罐头是什么？"他皱眉。

他给她喂糖糖了，屁用没有啊。

容屿想来想去，打电话给倪清时："清时哥。"

倪清时最近工作繁忙，隔了好久，才把电话接起来，声音一如既往的低沉："嗯？"

"是这样的，我有一个朋友，他养了一只猫。"容屿摸摸下巴，"放在家里几年没管。回来之后，那只猫就不理他了。"

倪清时没出声。

"他给猫喂肉罐头，猫还挠他。所以，我就想请教一下，还有没有什么办法……能补救补救？"

"哪有那么麻烦。"倪清时默不作声地听完，懒得戳穿他，"亲就完事了。"

容屿听得一脸震惊。

"但是容屿，亲之前，你想好了。"倪清时慵懒地打个哈欠，"你是不是已经做好决定，以后再也不养别的猫，并且愿意匀出自己的时间，来陪这只猫玩。"

容屿一愣。

这话有些耳熟，五年之前，他仿佛听另一个人说过。

——但那不是他现在纠结的重点，他现在就想先哄哄倪歌。

所以，翌日大清早，他又出现在了她寝室楼下。

她把他拖黑了，他只能在那儿干等。从天光熹微等到天光大亮，从天光大亮等到日上三竿。

见到人时，他仍然只能愚蠢地憋出一句："飞行员带脾气上天，会死人的。"

所以，我们不要闹别扭，好不好。

倪歌沉默三秒，抬头问他："你在威胁我？"

容屿："我不是，我没有。"

倪歌有点头疼。

她并没有真的生气，但这个人老是突然出现，突然消失，让她特别不爽。

"我要去吃饭。"所以她放软声音，企图讲道理，"你……"

你要是没事就别在这儿站着了。

后半句话没说完，她一个趔趄，身形重重一晃。

容屿眼神一紧，赶紧扶住她，手掌顺势贴上她的脑门："你生病了？"

"没……可能有点中暑。"

他声音微沉："我带你去校医室。"

"不了，我们还是去食堂吧。"

倪歌觉得自己快饿死了。

容屿眉峰微聚，突然想起昨天倪清时的话。

"我没生病，但我真的很饿。"倪歌见他不动弹，被他拽着，她跑也跑不掉，只好解释，"你放开我，或者我们一起去食……"

话没说完，被人拦腰抱起来。

倪歌差点惊呼出声。

她今天穿的是短袖短裤，抱起来倒也不担心走光。

问题在于，这是女生寝室区，现在又刚好是午休结束时间，人来人往，校花不管是跟谁站在一起，都很吸引眼球。

女生们小声的惊呼和议论声里，倪歌被迫贴近他的胸膛，整个人都熟了："你干……干什么？"

"对不起，我们分开这么多年，我连你不喜欢柠檬糖都不知道。"容屿心想，让他现在亲她，他还是不敢，"但是没关系，现在我知道了。"

不让亲的话。

那抱一抱总是可以的吧。

"所以，你不喜欢柠檬味也没关系。"众目睽睽，他一边说，一边大跨步折身走向自己的车，轻手轻脚地将她放上去。

倪歌还没完全回过神，就被人摁了副驾驶上。

容屿站在车外，居高临下，借着身高优势，把她整个人都困在怀里。

他一只手撑在她耳边，凑得很近，全然不顾那些围观的人。

他看着她，声音很低，近乎发哑："倪歌。"

呼吸交融，她闻到须后水的味道，心跳突然快起来。

他仿佛下一刻就要吻上来。

然而下一秒，他伸长手臂，献宝似的从车后座捞出一大袋五颜六色的糖果："你不喜欢柠檬味的糖，我这里还有草莓味的、蓝莓味的、树莓味的、西瓜味的。"

他抬头，特别认真地问："你喜欢什么味道？嗯？"

03

倪歌的血槽已经亮红灯，支撑不到容屿开车带她去市中心吃饭了，所以，干脆就在校内。

她带着他去了一家小日料馆，开在池塘边，和风融融，暑气尽消。

容屿坐下来，一边帮她调寿司蘸料，一边挑眉："你平时都这么晚吃饭？"

倪歌想了想："也没有。"

实在是最近事情太多了，大四课程很少，但额外的事情多且繁杂。她要准备实习，还要跟进导师手上的项目，做起事来日夜颠倒，吃饭和睡觉的时间也乱七八糟。

"这个专业很忙吗？"

她一本正经，闷声指出："大人都是忙碌的。"

容峙忍不住笑起来。

"明天周末，我带你出去玩吧。"微顿，他若无其事地补充，"明天是我最后一天休假。"

倪歌的心情刚刚好起来一点，立刻又被这句话打下去。

"我没空。"她拾起筷子，低头吃拉面，"我明天有面试。"

容峙不太能理解小姑娘的想法，但直男的直觉告诉他，她在生闷气。

"怎么了？不开心？"他低笑着，帮她夹寿司，"我很快就能调回来了，难道你不想见我吗？"

倪歌咬一口蛋，流黄的蛋心缓慢地充斥口腔，香气四溢。

她特别想问，你会不会又像之前一样，一声不吭就消失很久。

但她还没开口，店门口的风铃"叮叮咚咚"一阵乱响，由远及近地，传来一阵嘈杂声。

先是一个小男孩："不！我就要，我就要！我要奇趣蛋！我要吃巧克力！"

然后是熟悉的柔软女声："你刚刚还说要吃樱花布丁，姐姐等会儿再带你买巧克力，好不好？"

"不！樱花布丁我要吃，巧克力我也要买！你们不是有两个人吗？一个留下来陪我吃布丁，一个去买巧克力不就行了！"

……

倪歌抬起头，发现，竟然是邱妮和她的另一个室友乐彤。

两人牵着个小男孩，男孩冲在最前面，神气活现地一路怪叫。

"认识？"容峙的视线跟着转过去，"这是谁？"

"嗯。"倪歌又吃了一口面，有些含混不清地道，"那两个姑娘是我室友，小男孩是我们英国戏剧赏析选修课老师的儿子。"

室友啊。

容屿想了想，问："要不要叫他们过来？"

倪歌手一顿，蹊跷地看他一眼，眼里仿佛写着：你什么时候这么热情了？

几乎是他们抬头的同一时间，乐彤也看见了他们俩。她惊喜地挥手："咦，小歌！"

倪歌笑了笑，也回个招呼。

"你们怎么在这儿呀？"乐彤走过来，看见容屿，呼吸不自觉地一滞，"这位是？"

倪歌抢话道："是我哥。"

"难怪。"乐彤笑道，"这么多年了，我还从没见过你跟男生一起吃饭呢。"

容屿转过来，深深地看了倪歌一眼。

邱妮去给小男孩买布丁，小男孩一回头发现乐彤不见了，也跟着跑过来，一眼看到倪歌面前漂亮的寿司手握和军舰。他扒着桌子，很是求知若渴："你吃的是什么？"

倪歌的面碗里还有没喝完的汤，她怕他扒翻了碗再被烫着，赶紧把碗往里头挪挪："是寿司。"

"你干吗不让我看那个碗？"小男孩一瞬间炸了，不满地拍桌子，"我要看那个碗！我命令你，拿过来给我看！快点！"

倪歌在内心翻了个白眼。

好想把汤碗扣到他头上。

容屿低笑："她骗你呢。"

小男孩转过来。

"她刚刚吃的是芥末。"容屿捏着一支芥末，手背暴出青筋，笑得和蔼极了，"你过来，哥哥喂你吃啊。"

他笑得太吓人，乐彤一个激灵，赶紧把小男孩抱开："你邱妮姐姐马上就把樱花布丁给你买过来了。我们等会儿吃那个，好不好？"

"不好！"小男孩尖叫，"我要吃芥末！我要吃芥末！"

乐彤没办法，只能把小男孩交出去。

于是，邱妮端着樱花布丁回来的时候，就看到小霸王坐在旁边的椅子上，"噼里啪啦"地掉眼泪，一边哭一边吸气，越吸气越辣，越辣哭得越厉害，抽噎得连句整话都说不出来。

"这是怎么了？"邱妮赶紧凑过去帮他擦眼泪，闻到浓浓的芥末味，眉头一皱，"你怎么喂他吃芥末？"

"我没有。"乐彤手足无措，"是他自己非要吃，我拦都拦不住。"

事已至此，多说无益。邱妮放下樱花布丁，好声好气地哄他。

倪歌默不作声地拾起勺，喝剩下的汤。

她吃东西很秀气，一小口一小口，总让容屿想起某种"软唧唧"的小动物。

他突然就有些好笑。

倪歌喝完最后一口，放下勺子，余光之外，一张纸在唇边停住。

她微怔，有些局促地接过来："我来吧。"

哪怕是少年时代，他们也没有过这么亲密的动作。

邱妮好不容易把小霸王的眼泪哄停，听见声音才发现，倪歌竟然也在这儿。

"倪倪？"然后，她发出了与乐彤如出一辙的疑问，"这位是？"

"是我哥。"微顿，倪歌干脆把她们想知道的事一次性抖出来，"今年24岁，空军歼击机飞行员，但平时不在北城。没有不良嗜好，单身——"

她突然停住："你现在是单身吧？"

容屿笑道："我是。"

乐彤的眼睛明显亮起来。

邱妮已经有男朋友了，倪歌也有周进追。

那……

下一秒，容屿撑着脑袋，慵懒地强调："但我不是她亲哥。"

两个姑娘眼底的光明显暗下去，看倪歌的眼神倒变得有点不一样。

容屿拿着手机，点了两份下午茶和一堆小甜点，请她的室友吃。

他很大方，邱妮眼看两人份的下午茶就这么摆满了小半张桌子，有些意味不明地道："真羡慕你，又有哥哥，又有学长。"

"当初，学校拍周年纪念短片，在院里招人．我记得，导师好像是把我们两个一起叫过去了？"倪歌微顿，波澜不惊地道，"但你口语水平不过关，所以拍短片的活儿，才轮到了我身上。"

言下之意，自己不行，就别酸别人啊。

邱妮的表情变得不太好看。

旁边的小霸王吃完樱花布丁，又开始吵吵着想要奇趣蛋。

容峙眼皮一撩："闭嘴。"

"小霸王"立刻安静地闭上嘴。

被芥末支配的恐惧，现在还在他体内游移。

"你们今天下午没事吗？"倪歌好奇，"怎么把他带来？"

英国戏剧赏析的老师有个被宠坏的儿子，是他们学院尽人皆知的事。老师自己也很无奈，不知道孩子怎么会被养成这样。

"下午，去老师那儿交小组作业，他嚷嚷着要吃东西，我们就把他一起带来了。"乐彤很直白，"我幻想，老师能把我们小组作业的分数打高一点。"

倪歌被她的形容词逗笑。

到了大四，期中期末，都已经没有需要笔试的科目了。剩下的评分方式只剩两种：写论文和小组作业。

"英国戏剧赏析"把二者结合了起来，每个寝室为一组，进行小组课题汇报和论文提交。

"挺好的。"倪歌打个哈欠，"那你们等会儿还要带他去买奇趣蛋？"

"嗯。"乐彤满脸散发母性光辉，"小孩子都喜欢这个东西，一哄就好，百试百灵。"

容峙心下一动，抬起头却发现，倪歌根本没在看他。

他忍不住道："倪倪。"

邱妮下意识道："怎么了？"

容峙动作一滞。

邱妮的小名也叫妮妮，在学校时，因为担心喊错人，所以寝室里大家都管倪歌叫小歌。

但容峙不知道。

他只知道，这个昵称他从小叫到大，眼下却被人冒用了，他非常不爽。

所以他转过去，浩然正气地，一本正经地道："小歌。"

倪歌抬眼，不解地看他。

"歌歌。"

倪歌更加疑惑。

"小倪歌。"

倪歌忍不住道："怎么了？"

"没事，我就是叫叫你。"他撑着脑袋，认真极了，"看看叫你什么，不会被人冒认。"

离开日料馆，倪歌带容屿逛学校，邱妮和乐彤带着小男孩去买巧克力，两拨人分道扬镳。

走到路口，容屿看见超市，突然想起什么："你等我一下。"

倪歌点点头，站在树下等。

他和另外三个人一起进超市；须臾，又一起出超市。

初秋时节，温度仍然很高。他出门时停在门口，突然蹲下身，跟小霸王说了两句话。

他以为倪歌没听见，但她其实听见了。

树影婆娑，碎金的阳光斑驳地映到裙摆上，她耳朵有些发红。

再抬起头，高大的青年已经抱着手提袋，小跑过来："热不热？"

"不热。"她揉揉鼻子，"这儿挺凉快的。"

"我去给你买吃的了，我猜你会喜欢。"容屿说着，从手提袋里掏出一串奇趣蛋，"就是这个情趣蛋，据说是巧克力，里面还送小玩具——你要不要拆一颗尝尝？"

倪歌以为自己听错了："你再说一遍，它叫什么？"

"情趣……"容屿突然顿住，为自己脑中的黄色废料愧疚不已，"奇趣蛋。"

倪歌憋着笑接过来。

他买了很多，够她一个人吃很久。

她抱紧袋子："谢谢你。"

两个人顺着湖边走，水面微风阵阵，暑气消散。

容屿有一搭没一搭地跟她闲聊："你跟室友的关系怎么样？"

"还行。"

"说实话。"

实话吗？倪歌的寝室是四人间，除了邱妮偶尔给她添添堵，另外两个姑娘都挺单纯的。

"乐彤，你也看见了，她是南方人，脾气特别好；另一个室友跟她差不多。"倪歌想了想，"至于邱妮……心思都写在脸上，倒也没什么需要额外防备的。不过神奇的是，她每次找我麻烦，最后自己都会栽跟头。"

容屿笑意飞扬。

倪歌呼吸微微一顿。

他的笑容跟过去不太一样，傲气变淡了，棱角却没有被磨平，比少年时代更显意气风发。

"关系好就行。"他说，"我怕你被欺负。"

"我已经长大了，没有人欺负我。"话一出口，倪歌就觉得有点耳熟。

他高三那年，她也对他说过类似的话。

"对。"他笑着接茬，"只有我欺负你。"

"那你记着，"微顿，他稍稍正色，转过来，认真地道，"只有我能欺负你，别人不可以。"

倪歌抬起头，长久地望着他。

气氛沉默许久。

他想开口，手机突然响起来。

"喂？嗯，对……"容屿接通，听没两句，眼神慢慢沉下去。

倪歌的心却跟着提起来。

他这副表情，她太熟悉了。小时候，每次吃饭吃到一半，爸爸被叫走做紧急任务也是这样，他会匆匆忙忙地离开，然后十天半个月不出现。

容屿挂断电话，没有说话。

倪歌主动问："你有任务吗？"

"是，但也不完全是。"微顿，他解释，"会议出了点问题，我得过去一趟。"

"那……"倪歌想开口，这句话卡在这儿半天，却什么都没说出来。

半晌，她憋出一句："那你路上小心。"

"倪歌。"

遥远的阳光透过树影，筛下斑驳的圆点。

两个人走在树下，身旁湖光倒影，脚下一地碎金。

"我不回西北，处理完事情，我就回来。明天，你面试结束，我会去接你。"他停下脚步，认真地道，"我以后再也不会像高中时一样，一走就杳无音信，你信我一次，嗯？"

倪歌愣住。

"我想你很久了。"容崎见她不说话，微微叹息。他低下头，凑近她的耳朵，声音很低很低，"再让我抱一下，好不好？"

倪歌的脑子"轰"的一声。

她又闻见他身上那熟悉的味道，像夏天的柠檬，或是一阵凉风。

她甚至想起，刚刚在超市门口，容崎对小男孩说的话。

其实，根本不是说给小男孩听的，而是说给她两个室友听的，一字一顿，像是威胁，又像警告。

——"她是我的人。"

——"以后谁欺负她，我欺负谁。"

短暂地犹豫一瞬，倪歌上前一步，陷入他的怀抱，拥抱住夏天的风。

04

倪歌跟容崎告别，没有立刻回寝室，而是回了一趟家。

倪清时的工作稳定下来之后常年出差，倪爸爸想在家里养条狗，也被倪妈妈拒绝了。

家里空荡荡的，每个周末，她回家陪两位留守老人吃饭。

吃到一半，倪妈妈问起："倪倪最近跟哥哥联系过吗？"

"唔。"倪歌揉揉鼻子，"上周联系过，但他好像挺忙的，我也不敢打太久电话。"

"他已经快要 30 岁了，仍然没有任何恋爱的苗头。"倪妈妈往她碗里夹蒜蓉虾，"说实话，我非常发愁。"

倪歌笑起来："会有的。"

她亲哥条件这么好，她对他超级自信。

"你妈妈呢，就是最典型的那种中国家长。"倪爸爸向她分析，"学生时代恨不得 24 小时盯着小朋友，连睡觉时间都用来学习。一毕业就催恋爱、催婚，恨不得一到法定年龄就立刻领证，两年抱仨。"

倪歌哈哈大笑。

倪妈妈反问："难道你不着急吗？"

倪爸爸双手投降："我非常急切。"

两人说完，齐齐转过来，望向倪歌。

倪歌突然觉得，他们有点可爱。

不知道为什么，她总觉得，父母比前几年随和很多。

也许他们也开始变老了。

"看我没有用，"她埋着头笑，"我也没有恋爱经验。"

"你妈妈不是那个意思。"倪爸爸解释，"她操心清时，同时，也操心你。所以，有男生追你吗？"

倪歌坦诚道："有。"

而且还挺多。

"但我大学都快毕业了。"她低着头，不疾不徐地把虾晴光，"也不急着就在最后这一年吧。"

"倪倪还小，她我倒真不着急。"倪妈妈不赞同丈夫的说法，"我觉得，她还能再读几年书。"

"是的，如果能公派出国，再替你去看一看达·芬奇真迹，那就最好不过了。"

"我——"倪妈妈一时卡住。

这的确是她长久以来的遗憾。

但她并不想让倪歌觉得，她在用女儿完成未竟的梦想。

"倪倪。"于是，她转过来，很认真地道，"你确实应该多跟男孩子们交往，我记得之前那个男生……叫什么来着？周进？你们是不是还一起参加过节目？他看起来好像很喜欢你的样子。"

倪歌没有说话。

她把碗里最后一粒米也吃掉。许久，抬起头，轻声笑道："我知道了。"

面试的地点在市中心。

江城传媒是江氏旗下的企业，江氏做地产发家，这些年文娱倒越做越红，影视出版均有涉及。倪歌之前来过江城集团所在的办公大楼，倒也不算陌生。

她乘电梯，直达 16 层。

今天是周末，公司里的人流量一如既往地大。

电梯几乎层层停靠，经过第 10 层，已经是人满为患。

再开门时，倪歌下意识地埋着头往里挤，猝不及防被人撞到手臂，她不自觉地小声叫了一嗓子。

正想再往里缩缩，一条带着热气的手臂横到面前，帮她圈出一隅。

倪歌一愣，青年低沉的声音在头顶响起："倪歌。"

她抬起头，眼前的青年西装笔挺，眉目含笑。

是周进。

她有些惊奇："你怎么在这儿？"

"当然是来工作。"周进好笑道，"我跟人约在这儿谈事，你呢？"

"我来面试。"

"江城直播？"

不可避免地，周进心下一动。

如果她真的是来面试与传媒相关的行业，那他们以后不就是同行了？

"不是。"下一秒，倪歌给出否定的答案，"我在翻译部门。"

电梯"叮咚"一声，抵达 16 层。

周进有点小失望，但还是好脾气地鼓励她："面试加油。"

"谢谢学长。"

倪歌眉眼弯弯，向他道谢，挤出电梯。

16 层上，阳光透过落地玻璃大片大片地投射进来，格子间隔音效果很好；走廊上安安静静，戴着工作牌的人在里面来来回回地忙碌着。

深吸一口气，她打开手机，在备忘录里写：

——2019 年 10 月 28 日。

——容某人欠我一个"电梯壁咚"。

面试过程十分顺利。

面试官全程笑吟吟，倪歌非常明显地感觉到，对方对她的简历已经很满意，这场面试只是例行公事地走走过场。

"但是，倪小姐，在面试结束之前，我还有最后一个问题。"欣赏美人是天性，面试官对她很感兴趣，"你的口译成绩也非常好，为什么要选择一个并不那么赚钱的笔译岗位？"

因为自由。

因为在哪儿都能干。

如果可以，她甚至想趴在某些温暖的大型动物怀里，翻译文件。

——但是选择口译岗位，这些事就都做不了了。

倪歌没有完全说实话。

"我选择这里，一方面是喜欢这个平台；另一方面是因为，江城集团的翻译部门与江城出版社有交叉业务。我小时候读过的第一本《格林童话》翻译自江城出版社，读过的第一本《一千零一夜》，也来自这里。"她不疾不徐地解释，阳光落到脸颊上，映得眼底一片亮晶晶，"我很想通过我的专业，为江城传媒做点儿什么。"

面试官受用极了，两眼弯成缝。

"你可以下周来工作。"他站起身，与倪歌握手，"欢迎你加入我们。"

倪歌也笑着回礼："谢谢您。"

但他没有立刻放开她的手。

"你发简历过来时，我看了你以往的中文作品，写得非常好——你还得过青年文学奖，对吗？"面试官笑着说，"我们部门最近有一个重点项目，是帮江城出版社翻译国内一位畅销作家的书。如果你运气好，也许能被分进那个组。"

"谢谢您。"倪歌不动声色地将手抽回来，"江城集团的同事们都很棒，无论分进哪个组，我都会很开心的。"

面试官身形微顿，没有过多纠缠。

走出江城传媒，倪歌深深地吐出一口气，然后兴奋地给容屿发微信消息。

【从今天起，我也是有工作的人了！】

他没回。

但倪歌今天心情好，不跟他计较。

她没想到面试这么顺利，乘电梯走到楼下，决定奖励自己一碗芋圆。

江城集团在美食上的审美永远令人欣喜。绵羊姑娘捧着碗，坐在一楼茶餐厅开心地吃了小半碗，才收到他的回信。

【对不起，我这边临时有点事。】

倪歌马上回复一条。

【没关系，我已经到学校了，你不用来了。】

容屿完全不信。

【别胡说，我叫了人去接你，应该马上就到了。你乖乖在那儿坐着，吃点东西等一等，嗯？】

——我已经在吃了。

倪歌心想。

她从来不委屈自己。

然而，手指微顿，她回了一个非常可怜的表情包。

容屿愧疚得头皮发麻。

【对不起，不过，你能把我从你联系人黑名单里拖出来吗？】

她很警惕。

【干什么？】

【不方便啊，我都没办法给你打电话，发短信你也看不见。】

倪歌一边取消黑名单，一边故作沮丧地打字。

【还是算了，就算拖出来，你也不会给我发消息的。】

容屿觉得这个坎儿是过不去了。不解释清楚，他以后迟早把命搭进去。

打字打到一半，屏幕上弹出短信，他眉梢一耷拉，发了一条。

【接你的车到门口了，你出去看一眼。】

然后，他报了一个车牌号。

倪歌提着包探头出去，一眼看见停在门口的车。

她核实车牌号，拉开车门坐进去，瞬间被清爽的冷气包裹。

倪歌"噼里啪啦"地打字。

【报告首长，我坐上你约的车了。】

容屿还没回复，倪歌的手机突然响起来。

是导师打来的电话。

"倪歌。"她的声音很少这么沉，带点儿不爽的意味，"你现在在哪儿？"

"江城传媒，我今天下午面试。"倪歌摸不准发生了什么，"怎么了，老师？"

"你先回学校一趟。"导师说，"等你回来，自己看一看。"

05

晚霞满天，倪歌回到学院，一路小跑着上楼。

她刚一走进学院办公室，就听到邱妮抽抽搭搭的哽咽声。

"那篇文章，确……确实是我们组先写的……选题是倪歌定的，问卷是我写的，数据是乐彤调查记录的。"

"这我不管。"接着是英国戏剧赏析老师的声音，清清冷冷，没什么波动，"我只知道，作业是他们组先交的，你们组的作业跟他们组撞了选题，论文查重率也很高。"

倪歌推门进去。乐彤见她过来，赶紧招手："小歌，来这边。"

倪歌走近了，才发现办公室里人不少，可导师不在。

"怎么了？导师呢？"倪歌奇怪，"她把我叫过来，结果她自己不在？"

"我也是被她叫过来的。"乐彤苦恼，"班长组的小组作业跟我们的选题一模一样，问卷数据也大同小异，连论文内容都差不多……可能是事情捅到导师那儿了，她才把我们都叫过来了。"

邱妮站在老师面前，不断地强调"我们的作业是原创，只是交得比较迟"。

老师低头看眼表："要不这样，既然你们人都来齐了，那你们自己讨论个结果给我，到底是谁抄了谁？"说完，头也不回地出了办公室。

倪歌现在怀疑这老师有点拎不清，但想想对方那个儿子，又觉得没错，是一家人。

深吸一口气，倪歌回头，正对上班长的视线。

她走过去，开门见山："撞选题也就算了，数据和论文一样，是怎么回事？"

班长理直气壮："我们的数据也是自己统计的。"

倪歌头疼："说实话。"

班长沉默了下，倒很诚实："从你那儿复制的……"

"你怎么拿到的？"

班长："女朋友给的。"

倪歌深吸一口气，告诉自己，冷静，冷静。

夏天已经过去了，天气马上就要转冷了，不可以再发脾气了。

邱妮没想到男朋友三句话就把事情抖个干净，赶紧走过来："对不起，小歌，数据是我给他的。"

"他……他跟我说，他小组作业做不完了，所以……所以想借用一下我们的数据。"邱妮自知理亏，声音越来越小，"我……我没想到这个老师这么较真。以往，我们选修作业发生这种事，顶多就是被打个低分呀……"

倪歌脑子里的火药筒"嘭"地炸了："被打低分就不是事儿了？"

邱妮下意识地往后缩，班长赶紧揽住她。

"如果这样说……那我也有错。"乐彤犹豫一下，"是你把记有数据的论文给了我，然后我又转交给了邱妮。但我没想到她……"

会转手又给别人。

倪歌的太阳穴突突跳。

所以大家都有错，四舍五入，就是大家都没错。

"倪歌。"果不其然，班长劝她，"这也不是什么大事儿，要不我们好好跟老师说一说，求求她，说不定也能蒙混过关。"

是能。

但是，凭什么？

"数据是我统计的，论文也是我写的，要我陪你们息事宁人，凭什么？"

"哎，你这话说得不对吧？"班长被她一激，也有点气。他一只手拽着邱妮将她护在身后，另一只手指着倪歌，"邱邱是你室友，大家都是同学，小组作业不就是要锻炼团队协作能力？你这什么态度？"

"你觉得我态度还不够好吗？"倪歌难以置信，"我要是态度真的不好，早把你按在这里打了。"

"你这人——"邱妮又哭起来。

"不就一次作业，至于吗？"班长认为这不是什么大事，而且倪歌势单力薄，他只需要吓吓她，问题就能完美解决。

这样想着，他回过头，伸长胳膊拿起那两份放在桌上的论文，高高扬起："你不是要数据？"然后朝着她的方向，重重抛撒，"拿去啊！"

哗啦啦——

纸张破空，纷纷四散，如同飞落逃窜的白鸽。

几乎是同一时间，倪歌从桌上抄起两本厚厚的杂志，左右开弓，结结实实地砸到他脸上："我可去你的团结协作！全是我一个人干的，好吗？！你问问你女朋友，她除了发问卷，还干过什么事？连问卷收回和统计，都是我一个人做的！"

倪歌快被气死了。她现在觉得，大学的小组作业，除了加深室友矛盾，并没有其他意义。以及，跟你拥有同一所学校的录取通知书，并不足以证明对方的智商。

班长的纸没砸到倪歌，自己的脑袋反而被拍得嗡嗡响："你……"

他颤颤巍巍地还要开口，办公室的门把手突然一动。

下一秒，他惊奇地看到，倪歌以迅雷不及掩耳之势扔下手中的两本书，乖巧地埋下脑袋，做鹌鹑状，做出脆弱无辜的表情。

进来的人除了选修课老师，还有导师和一个高大的男人。

男人一身常服，气势逼人，大步走过来，停在倪歌面前。

他微微低头，手指拨开她散在额前的碎发，声音很低，流动着压抑的危险："受伤了吗？"

倪歌的额头，刚刚被打印纸划开了一个一丁点大的，几乎可以忽略不计的伤口。

倪歌没有说话。

他的声音又降了三个度："怎么了？"

绵羊姑娘垂着脑袋，小羊毛被风吹动，连耳朵都不敢乱动。

许久，她声音非常非常小地，非常非常委屈地，断断续续地，软声抽噎："容屿，我……我刚刚……刚刚被砸了。"

班长一脸不敢置信。

乐彤睁圆了眼睛。

话一出口，她宛如一个被打开了阀门的水龙头，眼泪迅速夺眶而出。

她低下头，像受了委屈无处倾诉的小动物，可怜巴巴地拽住他的衣角，大颗大颗的泪珠跟着掉下来："我……我头好疼，我……我想回家……"

第
三
章

／

但容屿爱
倪歌

JUST DON'T LEAVE ME

01

办公室短暂地安静一瞬。

所有人都感觉到，屋内的气压明显低下来。

容屿深吸一口气，努力冷静，一只手仍然捧着倪歌的脸，冷声道：
"谁砸的？"

倪歌不说话，默不作声地垂着脑袋，眼泪噼里啪啦地往他手上砸。

"那个……"班长摸不准眼前这男人是倪歌什么人，但他不像学
生，学生不会有这么吓人的气场。

他莫名有点心悸："不是你想的那样……"

容屿闻声，放开倪歌的脸，一只手拉着她，半边身子转过去，面
无表情道："你砸她？"

班长硬着头皮，企图跳过这个问题："那是因、因为我们刚刚起
了冲突，倪歌她也……所以我……"

"我再问一遍，"容屿一字一顿，"是、你、砸、她？"

"对……"

班长话音刚落，一本辞典迎面砸来。

风声破空，辞典厚重，对方动作又太快太准，他根本来不及躲，

.049

结结实实地挨了这一下。

一低头，鼻血就落下来。

"你——"邱妮被吓得忘了哭，赶紧上去扶他，"你怎么还打人？"

容屿怒极反笑："不是你们先动手的？"

"倪歌……"班长半张脸都震得发疼，捂着鼻子，瓮声指控，"倪歌刚刚也还手了！我根本没砸到她，还被她打了！"

"你没砸到她，她头上的伤口是自己碰出来的？"容屿根本不信，沉声怒喝，"打你？就她？"

说着，他回头看一眼，放软声音："你打他了？"

倪歌没说话，一动不动地站在原地，一副被吓怕了的样子，耷拉着耳朵，红着眼眶，一语不发地掉眼泪。

像是被人欺负了很久。

容屿心头的邪火"噌"的一声，又蹿高三尺。

他铁着脸转回去："吵架打人，还诬陷小姑娘，你是不是个男人？大学三年，书都读狗肚子里去了？还要不要脸？"

还在流鼻血的班长有苦说不出。

骂完人，容屿又转过去，用拇指帮倪歌擦眼泪，低声安慰："好了，不哭了。"

倪歌的眼泪慢慢停住。

导师今天没有排班，临时被选修课老师叫过来处理问题，心情本就糟糕。另一方面，她的教育方针似乎失灵了。她长期奉行独立自主原则，只要没有触及底线，就给学生空间，让年轻人自己解决问题。

然而，一进门，就撞见这么一出大戏。

所以，她的脸色也不好看："你们谁给我解释一下，到底发生了什么事？"

邱妮想抢话："老师，是这样……"

"邱妮闭嘴。"导师沉声道，"乐彤来。"

虽然她带的学生多，但哪个学生什么样子，她心里比谁都有数。

乐彤点点头："事情是这样的。"

然后，她把班长复制数据、照抄论文、选修课老师让他们自己讨论解决——的事件过程，原原本本一字不漏地说了一遍。

导师的面色更不好看了。

容屿也是。

两个人站在倪歌身边，像两尊大佛，脸一个比一个黑。

"你们就为这点儿事，差点打起来？"导师心烦极了，对着邱妮和班长冷笑，"你们现在还在学校呢，作天作地，天塌了也有老师兜着，可走出去之后呢？你们有没有想过，论文抄袭，会有什么后果？"

班长忍不住道："老师，没有那么严重吧，我们现在才本科而已……"

他圈子里的大学同龄人，有很多人这样。

平时混混班干部，混混学生会，在老师面前混混脸熟。

期末随便找两份作业来抄一下，再靠平时分和师生情拉拉分数，无论如何，都会拥有不错的成绩。

"你到现在还觉得不严重？"导师怒极，"你们非要等到被延迟毕业，被退学，被盖上学术不端的章，才觉得爽是不是？！"

见她太激动，选修课老师凑过来劝："你冷静点……"

"这种人，读个屁的书！早该滚蛋了！他要是大一，我肯定让他滚回去重新高考！"导师气急败坏，"你这科就给他打零分！听见没，打零分！"

选修课老师："……"

容屿拉着倪歌站在一旁，本来还挺生气，见导师战斗力这么强，突然有点好笑。

站着看了会儿戏，他客观点评："你看她骂人的样子，像不像女版的老孙？"

倪歌破涕为笑："我也想老孙了。"

"等放寒假，我们就回去看他。"

绵羊姑娘乖巧地捏捏他的手，算作回应。

那边还没吵完，容屿低声道："那我们先走吧。"

倪歌点点头。

她现在的样子，让他想起她高中那次离家出走。

不管他说什么，她都是一副"好，我听哥哥的"的样子。

虽然看起来可怜兮兮，但这种被依赖的感觉，容屿格外受用。

他想着想着又开始心疼，忍不住抬起手，拍拍她的脑袋："先去医院。"

两人打算离开，导师也不想多待。

邱妮见三个人要走，急了："你们就这么走了？他也受伤了！"

班长的鼻血还在流。

容屿奇怪："关我们什么事？"

这是学院办公楼二楼，容屿的车就停在门口。

邱妮冲过来想理论，容屿拉住倪歌，让她先下楼："你先上车。"

绵羊姑娘应声好，拉了拉一直往下滑的背包带子，往前走。

容屿顺手一捞，将她的包也接过来："我来拿。"

说话间，其他人也走到了学院门口。

班长径直去追导师，邱妮转而拦住容屿："你不能走，你打了人，得给我一个说法。"

容屿耸眉："如果我是你，一定先想办法解决论文抄袭的问题。我听说，你们学校挂科不能补考只能重修。这样的话，你男朋友得延迟毕业了。"

邱妮脸色一白。

她还想开口，见班长一脸颓然地走回来："没戏。"

邱妮微怔，一时间分身不暇，只能先去关照男朋友："你怎么跟导师说的？"

"她好像真的很生气。"班长烦躁地抓抓头发，"完全不听我解释，一直跟我说，肯定是零分，不要再挣扎了。"

"那……挂、挂科怎么办？"

班长身形微顿，眼里突然燃起不耐烦的火气："你问我？你好意思问我？要不是你把室友的数据拿来给我，怎么会闹到今天这个地步？"

邱妮惊了："你怪我？难道不是你来求我的？"

见这两人竟然一来一往地吵起来了，容屿嘴角微动，起身欲走。

邱妮自顾不暇，却还是转过去："你别走。"她的手顺势搭到容屿的小臂上。

容屿眼神一沉："松手。"

邱妮下意识地松手，却是在这种时候，才有机会观察他。

容峙的常服穿着很普通，黑色衬衫，同色长裤，袖口向上挽起，露出结实的小臂。全身上下，除了腕上的手表之外，没有任何其他装饰。

男人宽肩长腿，姿态懒散，整个人的气场却格外冷厉，衬衫下隐约可见的肌肉形廓，也给她带来莫名的压迫感。

于是，邱妮顺理成章地，记起了他那块手表高高在上的价格。

"邱妮。"班长毫无所觉，在背后叫她，"你不要逃避我们刚刚的话题。"

"所以呢？我应该反过来向你道歉吗？"邱妮猛然意识到一个问题，她跟倪歌比了那么多年，从脸到成绩，从人气到社交能力，但人家也许从头到尾，根本就没把她放在眼里过。

她终于在容峙身上，简单而直白地，感受到这种微妙的落差。

她突然感到恼怒："你需要我对你说'对不起'吗？"

"对，我是求你了，但你跟倪歌做了三年室友，难道不知道她轴？"班长铁了心要跟邱妮吵这一架，"知道她轴，你还拿她的作业给我抄？这事儿，要是放在别人身上，说不定讲几句好话就蒙混过关了。就你那个好室友，非要把事情捅大。"

"这明明是你自己有问题好吗？投机取巧不学习也就算了，事到临头，怎么好意思来怪我？"

……

容峙冷笑，头也不回地走出办公楼，开门上车。

倪歌安静地坐在副驾驶上，见他回来，不由自主地抬起脑袋。

四目相对。容峙看到，她脑袋上方，那对并不存在的小羊耳朵，快乐地动了动。

他于是轻笑，语气不自觉地放缓："去医院？"

"不用了吧……"倪歌有些局促，"我没有受伤。"

"那好。"他并不纠缠，"晚饭吃什么？"

"唔……"这个问题太难了。

"小蠢羊"陷入思考。

"备选有，火锅、烤肉、干锅。"微顿，他有些意味不明地道，"烤全羊。"

"吃干锅吧。"倪歌纯粹觉得这个吃起来快,"其他都要吃好久。"

容屿多问了一句:"不吃羊?"

倪歌摇头:"不想吃。"

行吧。

容屿喉结滚动。

那就先不吃。

须臾,他开车抵达市中心。

这个时间段,店里人还不多。倪歌垂着脑袋看点单,容屿默不作声地盯着她看。

看了一会儿,他招手叫服务员:"麻烦给我一条热毛巾,还有碘酒和棉签。"

服务员应声好,转身走了,很快就把东西送回来。

容屿拧开碘酒,朝她示意:"脸伸过来。"

倪歌一愣,赶紧摇头:"我真的没受伤。"

他的指节意有所指地在桌上敲敲:"我看见了。"

倪歌脸上一热,只好挪到他身边,把脸凑过去。

容屿一只手捧住她的脑袋,另一只手非常小心地用棉签蘸着碘酒,擦拭着她那个小得几乎看不见的伤口。

碘酒凉凉的,倪歌没什么感觉,但她觉得很神奇:"这么小的伤口,你也能看见?"

容屿哼:"飞行员视力都好。"

倪歌不知道该说什么,他动作很轻,让她无端生出一股愧疚。

"我骗你的。"良久,她声音闷闷地道。

"班长没砸到我,只是有张打印纸飞到我旁边,在我额头划了一下。"倪歌说,"这么小的伤口,你再晚来两分钟,它大概就愈合了。而且……他说的是真的,我打了他。"

容屿手一顿,突然有些好笑,低声道:"我知道。"

倪歌愣住:"啊?"

容屿忍不住笑着叹气。

他小时候总喜欢欺负她,觉得小姑娘"哭唧唧"的样子可爱得要命。

然而这么多年没见，少年时代的感情非但没有被时间消磨，反而被酝酿成了另一种情绪。

现在，她只是皱皱眉，他也会觉得心里堵得慌。

于是，他说："但我胳膊肘又没法往外拐。"

"何况，能保护自己，也挺好的。"微顿，他又看着她的眼睛，低声道，"但你没必要事事自己解决，怼完人后等我来收场，就很好。"

倪歌怔怔的。

"你毕业之前跟我说，要做一个大人……"

"对，要做大人。"容屿放下碘酒和棉签，帮她把刘海拨下来挡住伤口，"但大人不是这样的，我的意思并不是，你随时随地，孤军奋战。"

倪歌其实不太懂："那……"

容屿没有立刻接话。

他拿起那条沾了水的毛巾，重新捧起倪歌的脸，帮她擦脸。

很久很久，他才低声道："毕竟在家里时，你仍然是小公主啊。"

02

倪歌今晚不打算回寝室住。

作业的事，还没有完全解决，她现在暂时不想面对邱妮和乐彤。

"也行。"容屿没意见，"我陪你在外面住一晚。"

他在北城没有分房子。会议期间，跟其他人住在一起，肯定没法带倪歌回住处。

所以，他在市中心挑了个星级酒店。

进门前，倪歌拉住他："我知道你担心我的安全，但你晚上不回住处，不会有什么问题吗？"

"一次两次，没关系的。"容屿轻咳，"我作风很端正。"

说话间，前台小姐姐一脸歉意地转过来："不好意思，两位顾客！我们酒店现在没有普通套房了。"

"还有什么？"

小姐姐微笑："情侣套房。"

容屿皱眉："我们换一家。"

换了三家，得到的仍然是这个结果。

容屿郁闷地想，非常好，今天是个好日子，所有的酒店都不约而同，只剩情侣套房。

他征求倪歌的意见："要不要再换一家？"

反正这里是市中心，附近有很多酒店。

"你明天早上，是不是还要早起？""蠢羊"有点反应不过来，也是真的没往邪恶的方向想，"现在已经快零点了。"

"情侣套房和普通套房差不多的。"前台小姐姐非常懂得看人眼色，"这个时间，可能其他酒店也没有普通房间了。"

"反正也只住一晚。"容屿头疼，"那就这儿吧。"

两个人拿了门牌，一起上楼。

推开门插上房卡，倪歌打开灯，不自觉地"哇"了一声。

好像一脚踏进粉色的海洋。

房间很大，分着外室客厅和内室卧室，但无论沙发还是圆床，窗帘还是茶几，都是粉红色的。

"我还从没住过情侣套房呢……"倪歌一边嘟囔，一边绕过卧室门，眼前突然一亮，"这个卧室竟然连秋千都有？"

容屿头皮发麻，他随手将她的背包放到沙发上，目不斜视："去洗澡。"

倪歌完全没听见他讲话。

她坐在秋千上，整个人兴奋地晃啊晃："我以后也要在家里装一个。"

容屿忍无可忍，脱口而出："你赶紧去洗澡。"说完，他转头就走："我去睡外面。"

倪歌从秋千上跳下来："可是床很大啊。"她观察房间中央的圆床，然后得出结论，"这张床最少能睡三个人，最多睡个六七个人，绝对能行。"

容屿无语。

"而且……"

"倪歌。"容屿忍无可忍，"闭上嘴，可以吗？"

倪歌微怔，然后乖乖闭嘴。

小姑娘站在原地，表情无措地眨眼睛，神情无辜极了。

空气开始凝固。

容屿头痛，忍耐着解释："我不是在凶你……"

"嗡——"

"嗡——"

她的手机突然响起来。

容屿赶紧把她的包提起来："接电话。"

倪歌捞出手机，来电显示是导师。

"喂，您好。"老师从没这么晚找过她，倪歌心里没底，"老师，这么晚了，您还没有睡吗？"

"是这样的，倪歌。"导师说，"调研的地方定下来了，因为时间有点紧，下周就要出发。我怕通知晚了，你又有别的事，所以，赶紧跟你讲一声。"

倪歌一愣："但是……我要实习啊。"

"你之前不是说还没定实习？"导师问完，突然想起，"哦对，我想起来了。你昨天确实告诉我，你去参加了江城传媒的面试。结果怎么样？定下来了？"

"算是吧……"倪歌坐下来，手指无意识地抠住床沿，"江城传媒之前确实一直没回复，前几天才通知我。"

小姑娘坐在床边，穿着质地柔软的米色连衣裙，披肩撑起肩膀轮廓，灯光下显得格外瘦弱。

容屿喉结滚动。

"但我应征的岗位是笔译，不知道能不能申请不坐班？"倪歌想了想，认为矛盾也不是不可调和，"如果时间不冲突，我就可以去调研。"

"我没那么多弯弯绕绕的话，坦白地说，我就是希望你能来。"导师有点心塞，她带的学生里，除了倪歌，没几个真能指望得上的人，"于公于私，你都是最合适的，也不需要干什么活儿，给我打打下手就行。"微顿，她叹气，"我把地址发给你，你再看看吧。实在不行，我再换人。"

"好。"调研永远跟论文和公派名额挂钩，这种东西，求都求不来。

倪歌心道，"我会好好考虑的，谢谢您。"

挂断电话，她回过头，发现容屿竟然还站在那儿。

"你不是刚刚就说……"她有些意外，"要去外面吗？"

容屿表情有些不自然，言简意赅道："谁？"

"我导师。"

"她骂你？"

倪歌愣了一下："没有……"

这对话有点耳熟。

她突然想起，高中那次自主招生讲座，她和他在会场中相遇，他问的第一个问题也是：

老师骂你了？

倪歌当时没觉得什么，隔了这么多年，她后知后觉地，总算回过一点味儿来。

吕芸的事情之后，他总怕老师骂她。

这样一想，她心里莫名生出暖意："导师邀请我参加项目调研，但我的实习也已经定下来了，时间可能会有冲突，所以多聊了两句。"

"哦。"容屿有些心不在焉地道，"那你自己选一个喜欢的吧。"

"你觉得呢？"

"我没有想法。"

他是真的没有想法。

隔行如隔山。他并不了解她的专业，但经过这几天的相处，他发现，她已经能把这些事处理得很好，不需要他再插手。

倪歌有些小失望："喔……"

容屿嘴角微动，还想说什么，最终也只是转身出去，低声道："我去洗澡。"

绵羊姑娘意兴阑珊地坐在原地，有点费解。

他好像又开始不高兴了……

但是，为什么呢？

她退出刚刚跟导师的通话界面，才发现屏幕上竟然还有五个未接来电，来自孟媛。

小闺密给她发消息。

【我的天！听说你和邱妮打起来了？牛啊，你有没有打掉她的头？快快，看到消息给我回电话！】

倪歌笑起来。

她给孟媛回电话，那头忙音响了很久，孟媛才接起来。

"对不起，我刚刚才看到你发的消息。"倪歌望着天花板的镜子，眨眨眼，"我没跟邱妮打起来，是跟她男朋友发生了一点小冲突……不过，我没吃亏。容屿来找我了，我现在跟他在一起，所以，你不用担心。"

孟媛微顿，有些意味不明地回了个单音节："唔。"

倪歌下意识感觉哪里不太对劲，但一时间又说不上来。

她趴到床头，这里摸摸那里摸摸，挨个挨个地开床头柜玩："但有个事儿，我想听听你的意见。我导师手上有个项目，要去外地调研一段时间。她之前邀请过我很多次，但时间跟我的实习冲突了……你觉得去哪个比较好？"

这回，孟媛很久没说话。

倪歌屏息三秒，不知道是不是错觉，竟然听到蒋池的声音。

这时，孟媛有些急促地低呼一声。

倪歌茫然地喊："媛媛？"

孟媛跟蒋池在一起吗？

"倪……倪倪。"小闺密小声道，"我们明……明天再聊，可以吗？"

倪歌愣了一下，迅速反应过来自己怕是打扰小情侣约会了，迅速说道："对……对不起！打扰了！"

"倪……"孟媛正想叫住她。

倪歌手忙脚乱地挂了电话。

这都是什么事啊。

倪歌默默地发窘，一手无意识地又拉开一个床头柜。

容屿恰好洗完澡出来。

为了显示自己的优良作风，他穿戴非常整齐，只有头发还在湿答答地滴水。

他一边往外走，一边拿毛巾擦头发。

走到卧室门口，他一眼就看到，他的小姑娘明显神游天外，手却在把床头柜子抽屉一个一个地打开，又一个一个地关上。

——再一看，抽屉里放着的分明是一些……

他的太阳穴再一次突突地疼起来，声音发哑："你在干什么？"

倪歌一个激灵，猛地跳了起来："我什么都没干！"

他无意追究："去洗澡。"

"喔……"倪歌莫名有点心虚，夹着无形的小羊尾巴，蹿进浴室。

里面很快响起"哗哗"的水声。

一墙之隔，屋内非常安静。

容屿心慌意乱地站了一阵，很快走到外间开始收拾沙发，打算就这么睡了。

倪歌惦记着第二天要去公司报到，又不敢面对容屿，洗完澡，吹干头发穿好衣服，乖巧地出来探了一眼。容屿已经睡下了，只留了一小盏灯。她以为他睡着了，只好默默地回屋了。

这一觉睡得很浅。

她习惯认床，一旦换了地方，刚开始总是睡不好。

她迷迷糊糊的，又开始做梦。

梦里还是盛夏时节，天气很热，直到黄昏，暑气也不见消减。

容家后院的木芙蓉终于开了花，大片大片的花朵，红红白白地藏在灌木丛中，繁盛地向下坠着。

容屿立在后院，垂眼问她："你要不要送我去车站？"

"不要。"十六七岁的倪歌想也不想就拒绝了。

她觉得她可能会哭，但她不想哭。

"好吧。"容屿并不强求，阳光从他背后倾泻下来，映得少年脸庞温柔极了，"那再见喽。"

就是这么随意的一句再见。

后来整整五年，她都没有再见过他。

倪歌在梦里皱起眉头。

清晨五点半，容屿准时醒过来。

他起床穿衣，动作很轻。

进入 11 月，气温开始下滑，北城的清晨不再像夏天时来得那么早。他起身洗漱，透过客厅的落地窗，看到窗外灰蒙蒙的一片。

容屿雷打不动，出门晨跑。

临行之前，他一摸手腕，才发现昨晚洗澡时，竟然顺手将表脱在了卧室内。

他犹豫半秒，转身去拿。

卧室里光线很暗，倪歌还没有睡醒。

小姑娘半张脸埋在被褥里，长发在白色的枕头罩上散开，微微蹙着眉，像是梦见什么不开心的事。

容屿慢吞吞地戴上表，目光仍然停留在她身上，不愿意离开。

许久，她突然拧着眉哼："容屿……"

容屿下意识地答："我在。"

脱口而出的瞬间，他立马意识到失言。

倪歌翻个身，突然迷迷糊糊地拉住他的袖子。

他以为她醒了，正想劝她撒开手继续睡，就听她很小声很小声地道："你要回部队了吗？"

容屿一愣。

"容屿。"她连眼睛都没睁开，声音软唧唧，话里带点儿孩子气，语气却很认真，"我送你去车站吧。"说完，脑袋一歪，又没了动静。

容屿却站在床前，愣了很久很久。

半晌，望着熟睡的小姑娘，鬼使神差地，他俯下身。

"我不走，你好好睡觉，不用送我去车站。"容屿声音很轻，像是梦呓，也像担心惊扰到她，"你在这里，我哪儿都不去。"

话落，他低下头，抚慰般地，将吻落在她的嘴角。

倪歌睡得迷迷糊糊，天快亮时，梦境开始发生奇妙的变化。

她从一个人，变成了一头只会"咩咩"叫的愚蠢绵羊。

她在道路上狂奔，身后一条尾巴很大的狼狗一路跟着她，穷追不舍。

她跑得精疲力竭，实在没有力气了，干脆疲惫怠地蹲到角落里，停下来等着。

然而，她等了很久，也没等到狼狗来咬她。

她颤颤巍巍地睁开眼，看到狼狗蹲在她面前，仰起毛茸茸的脸，超级认真地看着她。

半晌，"狼狗"憋屈地问："我可以亲亲你吗？"

……

倪歌一个激灵，瞬间被吓醒。

她睁开眼，室内空无一人，窗帘一起一落，天光转亮，却没有出太阳。

——今天是个阴天。

她发会儿呆，掀开被子爬起来，关掉床头"嗡嗡"乱叫的闹钟。

早上七点二十分。屋外沙发上的被子被人强迫症似的叠得整整齐齐，容屿的衣物和洗漱用具被收拾得干干净净，他已经走了。

倪歌打着哈欠拿起手机，果不其然，有两条他的短信：

【早餐在十二楼餐厅，起床之后，自己拿门卡下去吃。】

【实习地址发给我，我开完会去接你。】

倪歌掐指一算。

今天应该是容屿在北城的最后一天。

她恍惚一瞬，鬼使神差地，打回去一句。

【你今天早上，是不是把手表落在床头柜上了？】

容屿秒回。

【没有。】

【你……没进来过？】

【没有。】

倪歌有点傻眼。

那……

她难以置信。

难道后面那些事，都是她的梦吗？

她在梦里希望容屿不要离开？

倪歌感到头疼。

容屿的会议还没开始，问了一句。

【怎么？】

【没事。】

她手指顿了一下，搜到地图，把江城传媒的地址发给他。

算了……

望着窗外灰扑扑的天空，她想起他那句"我哪儿都不去"——

倪歌放下手机。

应该的确是做梦。

如果他清醒，怎么会说那种话。

03

实习的第一天，倪歌对周遭一切事物都感到新鲜。

江城传媒的翻译部门下设许多小组，先前部门 HR（人事）提过的图书翻译是其中一个组，主要对接江城出版社；而倪歌被分在文件翻译组，主要对接江城集团其他传媒部门。

巧的是，文件翻译组的组长陶若尔也毕业自京大外院，是个很年轻的女孩子，往上多数几届，能算倪歌的直系学姐。

"所以，你不要紧张。"陶若尔一边带着倪歌往屋内走，一边向倪歌解释，"虽然我们组的工作不如图书翻译组那么自由，但是每天都要跟不同部门打交道，说起来也不算无聊……你刚刚过来，可能连公司部门都还认不全，如果遇到问题，一定不要怕麻烦，记得来找我。"

微顿，她又随和地换成："来找学姐。"

于是倪歌笑了："谢谢学姐。"

这个上午，过得风平浪静。

中午吃饭，倪歌又遇见陶若尔。

"我来跟你坐一起。"陶若尔像某种长着翅膀的小动物，端着餐盘，轻盈地落座到她身边，不遗余力地推销，"公司的小春卷很好吃，你一定要试一试。"

倪歌笑了："我明天一定去尝试。"

"不用等明天。"陶若尔热情地将自己的小春卷分一半给她，对小学妹表达人文关怀，"工作还好吗？有没有遇到麻烦？"

"谢谢你。"倪歌有些受宠若惊，"没有，工作很轻松，同事也很好。"

礼尚往来，倪歌将自己打算饭后吃的哈密瓜也分了她一半。

不过……

看到这个瓜，倪歌又想起另一件事。

"学姐。"

"嗯？"

"我有个小问题……"倪歌斟酌，"我有没有可能，调到图书翻译组去？"

尽管递简历时，实习生们都填写了意向组别，但实际上，翻译部门内部的分组是随机抽取的。

陶若尔奇怪："怎么突然想去那边？"

"对不起……我知道提这种要求，很无理取闹。"倪歌抱歉极了，"但我学校那边临时有一个调研项目，需要去省外待一段时间，导师一直在催。所以我想，有没有可能……"

她话没说完，背后传来一声轻笑："小姐，这是在公司，不是在你家，能想怎样就怎样。"

倪歌微怔，回过头。

——是那天的面试官。

陶若尔放下手中的小春卷，向他打招呼："部长。"

倪歌也微微颔首，跟着打了个招呼。

但对方并没有回应。

他端着餐盘，趾高气扬地转身离开，嘴角扬起一个不太讨人喜欢的弧度。

"他那人一直那样，对谁都是，别往心里去。"学姐用小叉子叉起一块哈密瓜，低声安慰，偷偷朝她挤眼睛，"调研呀，我大学时也跟着导师做过，每次回来，都被晒黑好几个度——小事，我帮你想想办法。"

倪歌惊喜极了："谢谢我的学姐。"

"客气了，我的学妹。"

外面天气仍然阴郁，风雨欲来，秋风猎猎，倪歌的心情却慢慢好起来。

上午，导师给她发调研地址。她坐在办公室里，盯着那短短一行字翻来覆去看了好几遍，心里浮起隐秘的、雀跃的兴奋。

——如果去调研，她是不是，就有机会见到容屿了。

想到这儿，倪歌忍不住放下筷子，给容屿发消息。

【我觉得，我也许找到了兼顾实习和调研的方法。】

午休时间，他应该也在吃饭。

过了好一会儿，容屿回复了一条。

【实习顺利吗？】

【还行。】

倪歌很想跟他分享今天的事，见他出现，"噼里啪啦"打了一大段话，正要点发送，又收到容屿的一条信息。

【要关机，晚些见。】

倪歌微怔，低下头，慢慢地把刚打的那一大段话删掉了，只回复了一个字。

【好。】

不知怎么，倪歌有点沮丧。

她说不清自己在期待什么，但导师今天早上告诉她"去西北"时，她确凿地感受到惊喜。

然而，现在，她捏着手机，怏怏地想——很可能就算去了，也遇不到容屿。

蔫了吧唧地吃完午饭，陶若尔被人临时叫走，倪歌帮她收拾桌子。

倪歌一个人端着两个餐盘，汤汤水水格外容易弄洒，刚要转身，眼前突然冒出一个高大的人影——

"喂……"她被吓一跳，下意识地惊呼，却在下一秒，被人稳稳地托住手腕。

"我来吧。"周进声音很轻，微微躬身，若无其事地接过其中一个餐盘，放到自己手里。

倪歌刚想说"谢谢"。

周进转过身，就面无表情地把装着剩菜剩饭的餐盘，撞到了别人身上。

倪歌一脸震惊。

他撞得非常精准，连一滴汤都没浪费，全倒在部长的衣服上。

"哎，我……你瞎了吧，往我身上撞？"部长刚要发作，抬头看到他西装上的胸牌，微怔，语势不自觉地弱下来，"没看见这里站着一个人？"

"不好意思。"周进有恃无恐，笑得很疏淡，"手滑。"

江城集团的翻译部门和江城直播一向井水不犯河水，但部长认得周进。

这家伙刚毕业没几年，年纪不大，名气却不小。他跟江城集团高层合作，最近是总裁眼前的红人。

说白了，哑巴亏。

部长瞪了周进一眼，一言不发，转身去换衣服。

周进低笑一声，送倪歌回部门，两人并肩而行。

"你什么时候过来的？"她猜测，他大概早就看见了部长，"刚刚就看见我了吗？"

"嗯。"周进点头，"我看你和另一个女孩子在一起，就没有打扰你们。"

"那个是我的组长。"倪歌语气愉悦，说到开心的事，尾音可爱地上扬，"很巧，我们是校友。"

"是吗？"周进挑眉，故作惊奇。

他一路陪同寒暄，送她上楼。

走到门口，他停下脚步，故作不经意地转过来："倪歌，你的双十一，想好怎么过了吗？"

这会儿，正是下午上班的时间。电梯间里人来人往，周围的同事们闻言，纷纷竖起八卦的耳朵。

倪歌没有多想，以为他在问购物节，摇头道："我不过双十一。"

一句话，就把周进堵回来。

他的手微微一停，有点郁闷。

他是科班出身，这些年辗转各地，拍过很多青春电影，也读过数不清的言情剧本，藏在脑子里的撩妹套路花样百出，精彩得可以去给人写告白策划。

然而，每次面对倪歌，他都像第一次恋爱的少年，手足无措，无法施展。

"那……"周进深吸一口气，退而求其次，"那我等放假过节，再来找你吧。"

说不定到那个时候，全世界的人都在喊脱单，你就会有新想法了。

倪歌却还是摇头。

"学长，谢谢你。"他像一艘驶离航线的邮轮，她不知道该怎么劝，才能真正劝退他，"但是，如果可以的话，请双十一也不要来找我了。"

周进身形微顿，他不死心："为什么？"

为什么？

因为不喜欢，但学长是个好人，所以更不想耽误他的时间。倪歌斟酌着，怎么挑个委婉可爱的借口，才不会伤害他。

"因为，她本来也不需要过双十一。"

倪歌还没开口，电梯"叮咚"响，背后的门缓缓打开，传来一个冷厉的男声。

倪歌微怔，心头猛地漏跳一拍，抬起头。

容屿站在门口，身材修长，脸上没什么表情。

周进见过他，不由自主地转身去看倪歌："这是……"

不等倪歌开口，容屿冷声道："让让，她是我未婚妻。"

04

容屿今天心情不太好。

清晨时分，他刚刚吻过她，就立马想起，今天是他在北城开学习会议的最后一天。

他明天就得回去。

这个认知让容屿内心的小玻璃人悲伤到呕吐，说去的话如泼出去的水，他只好假装什么都没发生过，并不断进行自我安慰：

没关系，反正明天才走，今天还有机会一起吃晚饭。

偏偏在这个时候收到消息，上头指令，让他立刻回去。

连一顿晚饭的时间都不多给。

容峙在饭桌上一言不发地撑住额头，看到倪歌给他发消息，不敢跟她说，自己现在就要走。

离开会议中心，副手帮他把车开到江城集团楼下，他信誓旦旦地保证："我去跟家里人当面讲一声，三分钟就回来。"

结果一上楼，就撞见这一幕。

电梯间沉寂几秒。

周进被这个男人的态度弄得有点不爽，蹊跷地道："倪歌从没有告诉过我，她有未婚夫。"

容峙撩起眼皮，闲闲道："那你现在知道了。"他语气微凉，有恃无恐，显然是被偏爱的一方。

周进心里突然"噌"的一声，蹿起一把小火苗。

"你有什么资格摆出这种姿态？"

他从倪歌大一开始参与她的生活，知道她家里的情况，知道她妈妈身体不好、爸爸是陆军军官；知道她家里没有养狗、哥哥工作很忙；知道她高中的闺密和她小学的朋友，是一对恋人。

他仅仅参与了她三年的人生，自以为已经足够了解她。可眼前这个人，在这三年里，连一次都没有出现过。

周进觉得非常不公平，莫名地生出戾气。

"倪歌。"然而，他转过去面对她时，仍然表现得非常随和，"如果我没记错，你上次在外院对我做介绍，说他是你哥？"

那个时候，周进想，她从小住在大院，拥有一票没血缘关系的哥哥姐姐，不是太正常了吗。

"对……"倪歌停顿很久，有些茫然地道，"我没有未婚夫。"

她仍然没太反应过来，容峙为什么会突然出现在这儿，又突然提起小时候那个儿戏般的婚约。

但容峙的脸色变得有些微妙。

众目睽睽。周围全都是她的同事，大家手上做着各自的事，耳朵却不约而同，全都集中在这里。

"我们换个地方说。"容峙压低声音，在心里告诫自己，时间不多，不应该用在吵架上，"我接到临时通知，下午就要回去，所以……"

"有什么话在这儿不能说?"周进难得怼人,他又想起了那66个许愿瓶,气得想跳起来暴打对方的狗头,"反正也这么多年不出现了,你还差这几天吗?要走就立刻走,男人一点,别磨蹭啊。"

容屿沉下脸,越过他,伸手去拽倪歌:"走。"

周进拦了一下,没拦住。

倪歌赶紧道:"没关系,我很快就回来。"

被他拽着,她还在安慰其他人。容屿心里也憋着火气,攥着她手腕的力道不自觉地变大,拽着她转身往楼梯间走。

倪歌的鞋跟有点高,有些跟不上他。

走下去两层楼,见他速度越来越快,她赶紧拽住:"容……容屿,你要带我去哪儿?"

容屿回过神,停下脚步,松开手。

他注意到她的鞋跟,小心地扶稳她,才低声道:"我中午接到临时通知,现在就得回去。"

倪歌一愣:"这么快?"

旋即,她像是为了掩饰什么,立刻又道:"那你路上小心。"

容屿叹口气,微顿,移开目光,别扭地憋出一句:"你要来……送我吗?"

他还记得,她今天早上半梦半醒时,说过的话。

"对不起。"倪歌犹豫一瞬,她其实很想去,但……"我下午要工作。"

容屿垂眼看她,企图卖惨:"我们已经5年没有见过。"

言下之意,求你来吧。

"没关系啊。"她的眼睛突然一亮,"我今天中午就想跟你说,过段时间,我应该有机会去……"

"你觉得没有关系吗?"容屿的滤镜只允许他断章取义地听见前半句,心里的小人"扑通"一声跪倒在雪地里,难以置信地捶地大哭起来,"对你来说,能不能见到我,都无所谓吗?"

"不是……"

"对你来说,无论是分开半天还是五年,都不重要,是吗?"

倪歌还来不及开口。

"倪歌。"容屿的玻璃心被她一句话敲碎,"我很想你,但你并不想见我。"

倪歌顿了一会儿,说:"可是,容屿,我们的生活本来就是分开的。"她平静地反问,"那你又把我当作什么?宠物还是洋娃娃?我应该永远迁就你的时间,永远站在原地等你吗?"

她在讲道理,但这种话听到容屿耳朵里,完全是另一个意思。

——她不会站在原地等他。

坦白地说,这是他这些年来,最害怕的事。

被她戳到关键点,他心里的小人完全失了智,坐在雪地里放声爆哭。

他难过极了:"你就是这样想的。"

倪歌不知道该怎么解释,她被气得胃疼。果然只有最亲密的人,才知道刀插在哪里,最为致命。

于是,她也抬头,非常肯定地道:"对,我就是这样想的。"

容屿愣住。

空气陷入死寂,几乎是下一秒,倪歌就想把那句话收回来。

因为她看见,映着背后荫翳的天空,容屿的眼眶慢慢红了。

"我不是……"

话就卡在这儿。

容屿一动不动地看着她,停顿了很久,拳头握紧又松开。

半晌,他哑声说:"好的,我知道了,倪歌。"

容屿离开之后,倪歌的生活很快恢复平静。

班长收到学校处分的那天,她从酒店搬回寝室。

她回去才发现,邱妮的床铺空了。

"那天,你离开后,她和班长在学院门口吵了很久……班长打了她一耳光。"乐彤微顿,小心地解释,"她跟男朋友分手之后,第二天就不在这里住了。不过,邱妮的实习单位分配寝室。我猜,她应该是住到那边去了。"

倪歌迟缓地"喔"了一声,莫名有些恍惚,不知不觉,她真的已经大四了。

岁月未免步步紧逼。

她拉开凳子坐下来，把没翻译完的文件拿出来看。

寝室里沉寂几秒，乐彤忍不住，小声问："倪倪，上次那个男生，其实是你的男朋友吧？"

倪歌微怔："为什么这么问？"

"我遇见过他两次，一次在日料馆，一次就是那次起冲突，在外院。"乐彤说，"但无论哪一次，他的眼神都一直停在你身上。不管他做了什么事，请我们吃东西也好，打人也好，做完之后，都会先转过去看你一眼。"

倪歌听得愣神。

乐彤笃定："他很在意你。"

倪歌更加茫然。

他在意她吗？

他总是气她，倒是真的。

倪歌垂眼，拧亮台灯："也许吧。"

双十一那天，一连阴雨好几日的北城不仅没有放晴，雨势反而更大。

阴云密布，妖风呼啸。

倪歌站在公司门口，拒绝了周进开车送她回学校的邀请，她叫的车已经在路上。如果工作能确定下来，她打算自己买一辆车。

她这样想着，背后突然传来一道明媚的叫声："倪歌！"

回过头，竟然是翻译部那位学姐。

"学姐好。"她乖巧地打招呼，"你带伞了吗？我叫了车，要不要一起送你回去？"

"不用不用，我自己开了车。"陶若尔笑吟吟，"告诉你个好消息呀，我刚刚从人事部过来，他们批准了我的申请啦，可以把你调到图书翻译组。"

倪歌一愣，眼睛里的小星星们集体蹿出来："真的吗？"

图书翻译组不用坐班，能给她争取很多自由时间。

"我为什么要骗你？"陶若尔对小女孩有天然好感，捏捏她的脸，笑道，"那我先走啦，快去征服你的星辰大海吧！"

倪歌被她逗笑，笑着笑着，又有些难过。

她的确能去调研了，但她想见的人，可能不想见她。

出租车沉默着穿过雨幕，划开黄昏时分暗沉的暮色。

倪歌靠在窗玻璃上，忍不住想，如果容屿那里也暴雨屠城，他今晚是不是就可以停飞？

"嗡——"

"嗡——"

放在包里的手机响起来。

"呜呜呜，倪倪……"来电人是孟媛，小闺密在电话那头大声哭，"你快过来，蒋池要跟我分手！"

05

掰着指头数一数，这是倪歌认识蒋池的第15年。

在她最初的记忆里，这个男生脾气好得不得了。

小学时，两人是同桌，数学老师在课堂上让同桌交换批改作业。倪歌看东西细致却缓慢，总是拖后腿，连累蒋池被老师翻白眼。

她向蒋池道歉，他每次都笑得如沐春风："没关系，仔细是好事，我可以理解。"

后来，蒋池与吕芸交恶，班上的胖同学仗着身高优势，天天肆无忌惮地当着面嘲笑蒋池没爹没妈，蒋池听见了，也一点反应都没有。

直到某日，倪歌忍无可忍："蒋池是你的同学，你那样说他会伤害到他。"

"我就是看他不爽，就是想伤害他，关你什么事？"胖男生被堵住去路，笑嘻嘻地推她一把，"你跟他关系倒是好，怎么着，打算跟他奶奶一起去卖花？"

倪歌被胖男生推得趔趄，碰倒身后的桌椅，整个人栽下去。

胖男生指着她哈哈大笑，蒋池一言不发地把她扶起来，仍然什么都没说。

可那个男生第二天没来上学。

倪歌再见到他，已经是三天之后。吕芸组织班上的同学去慰问伤员，他被人打得面目全非。

"也不知道是谁，把孩子打成这样。"胖男生的家长站在床头，忧心忡忡，"连话都说不出来，这几天吃东西也难。"

吕芸遗憾地附和："估计是个老手，连学校和附近的摄像头都特地躲过了，别说目击证人，连一点证据也没拍到。"

那件事，就那么不了了之。

后来，倪歌转学去南方，也没再跟蒋池联系过。

高中之后，她回北城，两人重逢。蒋池还跟她记忆里一模一样，待人接物和煦有度，对谁都非常有礼貌。

哪怕后来，他参加青训、成为一名职业电竞选手，在直播和游戏里，也仍然是一张雷打不动的温柔笑脸。

倪歌大一那年，蒋池和孟媛确立了恋爱关系。

他在确立关系的第二周，捧回了人生的第一座奖杯。

记者采访，话筒快要捅到他脸上："请问您怎么看待'游戏误国'？"

蒋池脸上仍然带着招牌式的笑，微微垂下眼。

倪歌站在镜头拍不到的角度，非常肯定，就是那一个瞬间，他眼中闪过难以捕捉的阴郁和强烈的不耐烦。

——像一场酝酿中的，翻滚着的飓风。

然而，这场飓风只存在了两秒。

几乎是下一刻，他就转回去，平静地笑着告诉对方："我认为，游戏和戏子都不会误国，真正误国的，是失败的家庭教育和学校教育。"

倪歌从那时起，觉得这个人，也算得上能屈能伸。

所以，倘若他要跟孟媛分手。

她头痛地想，那应该没商量了。

所以，在去找小闺密的路上，倪歌想了一万个安慰她的理由。

她见到本人，才发现根本就不是那样。

她的小闺密躺在沙发上，捧着钻戒"嘤嘤嘤"："蒋池说想跟我结婚，可我觉得考试比较重要，于是，我们吵了一架。我问他是不是想分手，他就很生气地摔门走了。"

浑身湿漉漉的倪歌在内心翻白眼。

求婚都能被她说成分手，那"吵架"和"摔门"，肯定也不是字面意思吧。

倪歌深吸一口气，脱掉湿外套。

坐下来，她拎起小壶给自己倒了一杯热茶，温柔地道："媛媛，我可以问你个问题吗？"

"嗯？"

"为什么女生一谈恋爱就变作，而她们自己还完全意识不到呢？"

听出倪歌是在说自己，孟媛低咳一声，稍稍正色："等你谈恋爱你就知道了，忍不住的。"

"你不喜欢蒋池吗？"

"怎么会？"孟媛睁大眼，"就是因为太在意他，才会怎么都不爽。他出去买杯奶茶，晚两分钟回来，我都会在脑子里完整地演一部韩剧。"

"所以，你把我叫过来，就是想向我炫耀你的钻戒？"倪歌哭笑不得，在果盘里一颗颗地揪葡萄，善意地打趣，"恭喜，钻石很好看，结婚时我一定给你们包个大红包。"

"不不，我们确实有点小矛盾，关于考试。"孟媛赶紧摇头，"我总觉得他在学习上很不上心……所以，我非常发愁。"

"你向他提起过吗？好好跟他交流一下呀。"

"嗯……是这样的，倪倪。"孟媛微顿，舔舔唇，有些不好意思，"你还小，你不明白，大人之间的很多事，并不是睡一觉能解决的。"

倪歌正想吐槽，门铃响起来。

"蒋池刚刚出门没带钥匙。"孟媛扔下抱枕，迅速遁走，"你去给他开门吧，就说我不在家。"

倪歌奇了："你当他智障吗？你不在家，我怎么进得了你们家？"

孟媛压根不理她，一转眼，就跑没了。

倪歌无奈地起身开门。

打开门，屋外乌云翻滚，冷气见缝插针地扑面而来，倪歌不禁打了个寒战。

蒋池赶紧进屋，反手关上门，低声打招呼："倪歌。"

他声音温柔而平静，似乎并不意外，她怎么会出现在这儿。

蒋池手中提着三杯奶茶，两杯被他放在厨房，一杯递给她："请你喝。"

"谢谢你。"倪歌有些惊讶，他猜到她会来？

"我猜到你会来。"微顿，蒋池解释，"她难得闹别扭，肯定会叫你来围观。"

不知怎么，明明他语气清淡，没什么起伏，可倪歌竟然嗅到宠溺的气息。

她斟酌："媛媛说，你的成绩不太理想。"

"对。"蒋池态度随和地承认，"我的分数提不上去，她觉得我不爱她了，总是生闷气。"

倪歌没说话。

"但其实说实话，这么多年走过来，我是真的从没想过要跟她分开。"蒋池带着她在沙发上坐下，不急不缓地道，"我和媛媛的思维不太一样。在考试的事情上，我能理解你们；但在结婚的事情上，我坚持我的想法，并且希望她也能理解我。"

倪歌沉默了下，诚恳道："你说话再大点声，再大点声，她就能在楼上听见你的内心独白了。"

蒋池无语。

微顿，倪歌叹息："坦白地说，媛媛刚刚认识你时，我没想过你们会在一起。"

孟媛家里开公司，她是不折不扣的千金大小姐。她的世界和蒋池相差太远，骄纵的个性根植在骨子里，从来只有别人对她让步。

"但你们在一起之后，"倪歌轻声道，"我就再没想过，你们会分开。"

蒋池一愣。

"在英文中，'my'是'I'的所有格，也就是'my'等于'i'。"倪歌停了一下，抬头看他，眼底积起星星点点的光，"所以，你的游戏名'ii'到底是什么意思？"

蒋池微征，笑意飞扬："如果媛媛像你一样聪明，世界会比现在和谐许多。"

"所以，我没猜错？"倪歌也笑了，"你的游戏名里的其中一个'i'

确实是孟媛'my'的缩写。但是，另一个'i'呢？"

"你学外语，总是对语法敏感，看到一个句子，就想拆分成分。"蒋池微微向后靠，徐徐笑道，"但大多数人，看到单词和字母的第一反应，都不是分析句型——"

停了停，他说："而是直接把它读出来。"

倪歌来回咕哝着，突然意识到什么，心头猛地一震。

字母"i"的读音，跟"爱"一样。

她突然想起容屿的那个用户名"rystudying"。

她记得高中时，自己曾认真地向他指出："那是个病句，'容屿在学习'是'ry is studying'，要加 be 动词。"

结果遭到他当场回怼："容屿不爱学习。"

这么多年了，他没有删软件，名字也一直没有改。

倪歌慢慢捂住眼。

她在这个瞬间，想起无数件少年时代的事，想起自己的名字拼音首字母的缩写是"ng"，想起字母"i"的读音和"爱"一样，想起那年年级上的红榜和容屿怎么也睡不醒的样子。

——是的，容屿不爱学习。

——但是，容屿爱倪歌。

第
四
章

一起
长命百岁

JUST DON'T LEAVE ME

01

倪歌计划在三天之后，踏上前往西北的路。

出发前夕，她在网上搜攻略。

西北大漠黄沙漫天，拍起照来格外好看。

倪歌蠢蠢欲动，企图在本就快要塞满的行李箱中，再带上一条红裙子。

"亲爱的，那里最低气温只有3℃。"导师平静地帮她把裙子薅出来，"你信我一句，只要带羽绒服就够了。"

出发当天上午，一连几日阴雨的北城，竟然毫无征兆地放晴了。

倪歌回公司办理交接工作，陶若尔帮她办好手续；末了，递给她一本装在牛皮纸袋里的待译样书："一个月的时间，怎么都能翻译完吧？"

倪歌没拆袋子，放在手里捏了捏，很薄。

于是，她眉眼弯弯，笑道："能。"

陶若尔也跟着笑起来："加油呀，小学妹。"

倪歌向学姐道过别，乘电梯下楼。

电梯里的人仍然很多，但她今日心情愉悦，丝毫感觉不到拥挤。

她没想到的是，下行途中路过江城直播，竟又遇见周进。

"倪歌。"他显然也很惊喜，从人群中挤到她身边，语调温和地问，"你是要下楼，去复印文件吗？好巧，我也要去。"

然而，倪歌摇头。

"我下班了。"她晃晃手上的牛皮纸袋，"我回去工作。"

周进反应非常快。

他奇怪："你不是不在图书翻译组？"

"刚刚申请调过去。"倪歌两眼弯弯，礼貌地解释，"因为不想坐班。"

她眼角眉梢都是雀跃的笑意。

周进很少见她这么开心，问："发生了什么好事？"

电梯"叮咚"一声，人群鱼贯而出。

倪歌走在前面，声音低低地笑道："不用坐班，可以离开北城，就是值得开心的好事。"

她似乎不打算细说，于是，周进干脆换了话题："那天你和你……哥哥，后来怎么样？"

"他回部队了。"

周进无声地松口气："也好，军人的确不能离岗太久。"

然而下一秒，倪歌眼睛亮晶晶的，小声说："他不能离开，所以我去找他。"

周进脚步微顿，一怔。

倪歌走在前面，抱着牛皮纸袋，无形的小羊耳朵开心地晃啊晃。

毫无理由地，周进在这一刻，才真正地升起强烈的预感，她永远不可能留在他身边。

她的心不在这里。

"倪歌，"周进忍不住叹气，"你喜欢他。"

明明用的不是疑问句，心里却还是忍不住，浮起微小的期待。

想听她否认。

可是，倪歌仰起头，毫不迟疑地说："是啊，我也喜欢他。"

周进从没在她眼里见过这样的光芒。

他刚想开口，她转过来，很认真地道："所以，学长，我要去找我的未婚夫了。"

周进心头苦涩。

"虽然学长现在暂时还没遇到那个刚好适合你的女孩子，但也请多多保重。

"尽管我知道，学长非常热爱摄影，但也请照顾好自己……"

周进上前一步，俯身抱住她。

余光外尘埃飞扬，倪歌还没反应过来，他就松开了手。

非常短暂的一个拥抱。

"倪歌。"周进退后一步，像第一次见面那样，微微笑着，"未来路途遥远，请你也记得，照顾好倪歌。"

02

10月过后，西北气温陡降，昼夜温差急速拉大。

坐在摇晃的火车上，倪歌眼看着铁路旁的植被从乔木变成矮灌木，又变成可怜巴巴的小草堆。

她坐在窗前，想起高中时，孟媛曾经指着地理课本开玩笑："你在温带都冷成这样，万一以后去北极旅行，岂不是要冻死在那儿？"

那时，倪歌裹在厚厚的羽绒服里，靠着暖气，信誓旦旦："我以后就生活在热带，永远不去气温低的地方，永远不离开太阳。"

没想到，打脸来得这么快。

车上感觉不到温度降低，倪歌捧着热水，问导师："我们都已经出来了，您还不愿意告诉我，到底是什么项目吗？为什么一直神神秘秘的？"

导师只是说："到了你就知道了。"

"您不会把我卖了吧？"

"瞎说什么，明明是组织重视你。等会儿下车，别乱跑，别真给跑丢了。"

倪歌低低地"喔"一声，然后，拿起手机，第无数遍检查消息。

还是没有新短信。

她和容屿的短信对话记录，停留在三天前，她说"太好了，过段时间我就能去西北找你了"。

倪歌心里又打起鼓来。

她不太确定，究竟是他不方便回短信，还是不想回短信。

两个小时后，火车停在西城车站。

西城昼夜温差太大，一年只有 3 个月适合旅行。今年的旅行旺季已经过了。因此，游客不多，门口连开小黑车招徕游客的人都没有。

倪歌和导师一人拖一个行李箱，站在风口上，安静地凝望远方。

沉默半晌，她的头发被西北妖风吹得抖啊抖："老师，我们要在这里站到地老天荒吗？"

"再等等嘛，有人接。"

倪歌停了一会儿，忍不住，又把手机拿出来。

容峙还是没回她消息。

【我已经到西城了，你有没有感觉到我在向你靠近？】

【来的路上，我看到一种生长在沙子里的植物，觉得很神奇，也很漂亮。】

【听说西城空气干燥，我特地多带了两盒面膜。不过你真的在这里待了好久啊，会不会加速变老？】

【容峙，你已经是个大孩子了，闹别扭是小朋友才做的事。】

……

倪歌翻着这些莫名其妙的短句，突然体会到他当初在会场外给她发消息的心情。

——哪怕对方只是回一条"嗯"，自己都会很开心。

【容峙。】

既然他铁了心不回复，那么，她眼珠子骨碌一转。

【你再不回复我，我就回北城去了。】

几乎是她发完这条消息的下一秒，一辆越野车破开飞扬的灰尘，在一行人面前缓缓停下。

倪歌看着车牌，呼吸都快停了。

条件反射般地，她立刻抬头去看驾驶座，里头的人也刚好走出来——

逆着稀薄的阳光，一双军靴映入视野，上面那两条腿修长笔直，裹在军装里。男人身材高大，宽肩窄腰，气势迫人。

车门关闭，"砰"的一声轻响。

导师眼前一亮，迎上去："小宋同志。"

倪歌还没反应过来。

宋又川背脊笔直，向两人敬了个礼，然后自然而然地接过行李箱，笑道："路上辛苦了吧？我们刚刚走到半路车辆出了点儿小故障，所以耽误了几分钟。"

"没事，我们也刚到。"导师笑着跟他寒暄，一起将行李箱放到后备厢。

"嘭"的一声轻响，后备厢门落下。

倪歌神情茫然地站在原地，显然还没回过神。

怎么会是宋又川，为什么不是容屿？

"小倪歌。"宋又川一回头就看见她幻灭的眼神，心里乐坏了，明知故问道，"想什么呢？咱俩也有一段时间没见过面了吧？你见着我就这反应？不待见我啊？"

这些年，容屿回家次数不多。逢年过节，全靠宋又川替他开脱。所以，倪歌得到的所有"容屿过得还不错"的反馈，都是来自宋又川。

眼下，说不失望是假的。

"我没有不待见你。"倪歌不敢表现得太明显，垂着无形的蔫了吧唧的小羊耳朵，伸手就要去拉车门，"我只是没想到，今天是你来接……"

她突然停住。

车后座还坐着一个人，同样的军装，同样的制服，连身形都相近。

面庞清俊的男人听见声响，放下手机，转过来。

四目相对，倪歌呼吸一滞。

容屿面不改色，声音清冷，闲闲地反问："都走到这儿了，你还想着回哪儿去？"

"你屿哥吧，今天上午跟我说了三百遍，绝对不来接你们。他容屿，就算是饿死，从办公楼跳下去，也绝不来接编外人员。

"我邀请他跟着一起来，他还吼我。吼得特别凶，让我别什么事都烦他。"

車輛拐過彎道，宋又川一個大喘氣："結果我告訴他，小倪倪也跟著過來了。他二話不說，夾著尾巴就跟過來了——我真的是白白被他罵一頓，委屈得要死，好嗎？"

……

宋又川在車上滔滔不絕。

午後陽光溫暖，導師坐在副駕駛上，扣著安全帶，已經睡著了。

倪歌坐在容嶼身邊，有些局促地抱著背包。

容嶼臉色不太好看，情緒顯得捉摸不定。

背脊太直顯得刻意，但彎腰駝背，又顯得格外家教不嚴。她怎麼都不爽，坐在椅子上扭來扭去。

容嶼沉聲道："你沒有骨頭？"

倪歌停下動作，一雙眼睛黑白分明，玻璃珠子似的，一動不動地看著他。

對峙三秒，仍然是容嶼率先敗下陣。

他嘆口氣，提起她抱在懷裡的背包："放我這兒，我替你拿著。"

倪歌終於安分下來，小心地舔舔唇："謝謝你。"

他沒有說話，移開目光，非常冷淡地"哼"了一聲。

不是針對她，倒更像自嘲。

她頓時有點難過，想碰他落在座椅上的手："容……"

他想也不想，立刻將手拿開。

倪歌又不動了。

"小蠢羊"像是一隻被欺騙的食草小動物，不知道自己做錯了什麼，只能仰著頭，可憐巴巴地看著他。

容嶼的心理防線開始崩潰。

三秒過後。

他沒有辦法，將手伸過去："拿著拿著，給你握著。"

倪歌歡歡喜喜地接過來，兩隻手握住。

他的手掌比她大，也比她暖和許多，是天然的小熱水袋。

然而，摸著摸著，她開始不自覺地揉他的手，揉著揉著，臉也不自覺地往上湊。

容嶼不知道這是她哪兒學來的壞習慣，眼看這個姑娘迷迷糊糊，

082.

下巴就要落到自己手上了，他赶紧撑住她，皱眉："你的手为什么这么凉？"

不等她说话，他又教训她："你没看天气预报？知不知道这里最近晚上多少度？你连件厚外套都不带？"

前排的宋又川没忍住，"噗"地笑出来。

"屿哥。"他一本正经道，"你这语气真的好像一个老父亲，你是老大不小了，但还年轻，能不能不要那么唠叨？"

容屿没理他，垂眼看着倪歌。

他将手往回抽，发现……抽……抽不出来。

绵羊姑娘死死拽着他的手，低着头；半晌，用特别小的声音，嗫嚅着说："可我……我是因为你，才来这里调研的……对啊，我真的超级冷。"

停了一阵，她超级委屈地问："但我走这么远，就只是想握着你的手而已。这样也不可以吗？"

心里千疮百孔的玻璃小人猛然受到暴击，瞬间炸得尸骨无存。

容屿深吸一口气，呼吸都快被吓停了。

别说手了，我命都是你的啊。

"倪歌，你现在可以握我的手。"他沉声，像教育女儿一样，"但是以后不可以因为冷，就握着别的陌生男人的手，死活不撒开。"

——才不是因为冷。

倪歌两只手乖巧地缩在他合起的手掌中，在心里愉悦地小声哼，偏偏脸上表情还十分心碎："连手都不让摸……你是不是真的很不喜欢我？既然这样，为什么还要来接我和老师？"

他拥有绝佳借口："这是工作。"

倪歌故意道："但是又川哥告诉我，原本安排来接我们的人，不是你也不是他。只是他今天刚好不轮值，想来见我，所以才提申请。

"然后，你也跟着来了。"

容屿下颌绷紧，额角青筋暴突。

她知道他无话可说，主动帮他找台阶："容屿，你今晚飞夜航吗？"

他下意识道："不飞。"

"那不是正好——"倪歌的眼睛"噌"地亮起来，"我听说西城的夜市很出名，你今晚陪我玩好不好？"

他想也不想地拒绝："不好。"

蠢羊超级不开心，小羊耳朵失望地垂下来："为什么？"

他不冷不热："我要工作。"

这话听着耳熟。

倪歌愣了一下，想起来。

那天她也是这么说的。

她不由嘟囔了一句："小气……"

容屿没听清，皱眉："什么？"

"我说，容屿，"倪歌顿了一下，垂下长长的眼睫，解释道，"那天在公司，我不是那个意思。"

容屿胸腔微动，什么都没说，背脊却不自觉地挺直。

一副听得很认真的样子。

"那天是你无理取闹，把我也惹毛了，我才会说出那种话。""小蠢羊"垂着脑袋，声音闷闷的，"说完之后，我也很后悔，可惜收不回来了。"

容屿仍旧没作声。

微顿，她小声说："那是气话，我没有不想见你。"

小姑娘声音软软的，稍稍垂着眼，睫毛在眼睛下方打出清浅的阴影。

容屿看着她，从她开口起，就心软得一塌糊涂。

离开北城时，他觉得这个世界上再也不会有第二个人，能让他那样心碎了。

所以，当宋又川告诉他："京大派来的人里头有倪歌，你真不跟我一起去接人？"

他身形微顿，心里的小玻璃人哭着跳起来，"啪"地甩了他一耳光："不准去！你想被她羞辱吗？"

容屿几乎毫不犹豫，将小玻璃人一把搋回雪地，转头就坐上了宋又川的车。

——算了，他认输了，让她羞辱他吧。

谁让他想见她，多一面都好。

然而，事实，跟他想象的完全不一样。

四舍五入，她也算是告了个白，容屿心下澎湃，脸上仍然面无表情："无理取闹？我什么时候无理取闹？"

"你真的太幼稚了。"倪歌说不过他，"我当时根本没想那么多，而且，谁知道你会突然提起未婚妻的事。"

"看到你旁边还站着别人，"容屿气闷，"忍不住。"

倪歌微怔，反应很迅速："我跟你说过很多遍，那个人只是我的学长，我们没有恋爱。"

容屿抿着唇，不说话，心想，那是，她要是敢跟周进恋爱，第二天他就去打断周进的腿。

"容屿。"见他半天不说话，倪歌有点蹊跷，"你是在吃醋吗？"

他冷笑："我？吃醋？我吃谁的醋？我连喜欢的人都没有，怎么可能吃醋？呵。"

好了，现在她可以肯定了，这个家伙就是在吃醋。

"其实，我还在实习，本来也该走不开的。"倪歌想了想，揉揉鼻子，声音很轻地道，"但我跟公司申请调换到图书翻译组，争取半个多月的自由时间，大老远跑来调研——"

容屿眼睛一眨不眨，看着她。

小姑娘微顿，抬起头，眼中光芒乍现，笑意满满。

"就是为了来见你呀。"

她话音落下的瞬间。

身形高大的男人忍不住，握住她的小爪子，将吻落在她手背上。

03

一行人回到军区，正好下午两点半。

导师在路上睡了一觉，一觉醒来，转头就看见容屿握着倪歌的手，震惊极了："你俩什么时候好上的？我这才睡了一觉，你俩怎么就好上了？"

容屿有些不情愿地放开倪歌，嘴角抽动："读一年级时。"

导师听得嘴角抽搐。

宋又川开车一路行至会议室楼下，倪歌跳下车，转过来问："那我今晚能叫你出去玩吗？"

容屿低笑："再说。"

她明明已经看到他眼里的玻璃小人在磨刀霍霍地露出奸笑了，嘴上还是不肯认输。

她气得拍他："你烦死了。"

容屿乐坏了，顺手在她的头发上撸一把，声音低低地落在她耳畔："你找个暖和的地方待着，晚一些，我来找你。"

倪歌的脸莫名有些烫。

她跟着导师上楼。

到了地方才发现，除去京大，这里竟然还聚集着很多其他大学的教授。只不过，只有自家导师带着小尾巴。

"难怪你之前一直神神秘秘。"倪歌眨眨眼，小心地指出，"这个项目，看起来确实涉密。"

两人找座位坐下，导师向倪歌解释："他们做了一个新的数据系统，来全程跟进飞行员的身体情况，最近在进行最后一个阶段的测评，所以，请了很多这方面的教授。"微顿，她暗示，"但我一个人搞，太累了喔。"

倪歌懂了："我真可怜，你只是把我骗来当秘书。"

导师很平静："你说得很对，但现在逃跑来不及了，我给你倒杯水吧——你喝茶吗？"

会议在下午三点准时开始。

在座都是学术圈大佬，然而事实上……倪歌不太能听懂他们在说什么。

导师修了博士双学位，听见数据就两眼放光，可倪歌是一个实打实的文科生。

她在车上没睡好，眼下有点困，靠着导师的肩膀，迷迷糊糊，再醒过来时，窗外竟然飘起了雪花。

倪歌惊奇极了，揉揉眼睛，再确认一下，不是错觉："我在做梦吗？现在不是还不到十一月？"

"大惊小怪。"导师哼,"你没夏天来过,这地方,有一年八个月飘雪。"

倪歌没声了。

她的座位本就靠窗,这里的会议室又装着大片的落地玻璃,折身向外看,空气中飘浮着细小的雪子,慢慢变成大片大片的雪花,很快就在地面树梢积起白色的一层。

好像厚厚的糖霜……她忍不住凑上前。

铅灰色的天空下,已经有小战士站在门前,开始扫雪。

雪花落到忍冬枝头,天地间白茫茫一片,容峙抱着件厚外套,只身立在树下。他面前站着个同样穿军装的中年男人,背脊笔直,气势威严。

男人好像说了很多话,偶尔抬起手臂,悬在容峙眼前,比画一些手势。

容峙表情平静,对方每段话一结束,他就微微颔首。

那个口型,倪歌能看懂。

只一个字:好。

倪歌突然感到如坐针毡。

"老师。"她转过去,诚恳地发问,"我可以出去玩雪吗?"

"你多大的人了?走哪儿玩哪儿,我们是来干什么的,你还记不记得?"

不等倪歌说话,导师严肃道:"去吧,记得戴帽子,别感冒了。"

倪歌抱起小背包,愉悦地跑下楼。

一出门,冷意便顺着指尖爬上来。

北城冬天也会下雪,但那都是二月份之后的事了。

倪歌初来乍到,下场雪都能让她感到兴奋,她忍不住举起手机,对准站在雪地里的容峙。

然而,还没按快门,耳旁就传来一个带笑的男声:"倪倪,这里不能拍照。"

倪歌回头,看到从楼上走下来的宋又川。

她顿时有些不好意思:"对不起,刚刚一下子没想起来。"

宋又川顺着她的目光朝外看,微怔,发出可怜的叹息:"啊,又要扫雪了。"

他转回来："你们这么快就开完会了？"

"没有，我的老师还在上面。"倪歌站在屋檐下，小脸藏在羽绒服毛茸茸的帽子里，眼睛亮得像是落着星星，"只是我在北城从没见过十月下雪，所以忍不住，冲出来看。"

小孩子心性，宋又川被她逗笑。

不过……

倪歌略一斟酌，忍不住问："你们这儿，这几年，手机还管得很严吗？"

"还好。刚来那几年比较严，那时候，我们都不敢用智能机，偷偷藏老年机，像高三一样。"宋又川沉吟一下，笑道，"也就你屿哥胆子大，收一部换一部，刚进部队时，他没少为这事被罚。"

"咦？"倪歌微怔，好奇地眨眨眼，"好像从没听你说过。"

"我不敢在年夜饭饭桌上讲，怕容爷爷生气。"宋又川突然找到了没分享过的瓜，笑意飞扬道，"那个时候，我们野外训练，山上没有信号，阿屿就藏着手机，编辑完内容之后，往天上扔。

"他可有意思了，如果手机落地，短信还没发出去，就再扔一遍。"

——直到消息发出去为止。

——偶尔高处有信号，能把他的信息送达。

倪歌整个人都愣住。

他刚刚离开北城，正是她在读高中的时候。

那时候她隔三岔五还会收到容屿的诚挚问候，他问她的生活，也问她的学习状况。

不过……

倪歌心虚地揉揉鼻子。

她经常不回。

她忙着考试，忙着补课，忙着跟老孙斗智斗勇。

这样想着，她突然想扑过去抱抱容屿。

转头去看，发现站在容屿对面的人，终于有了要离开的迹象。

倪歌远远看着对方的肩章，问："那是容屿的教官吗？他们好像在那儿聊了很久。"

"对，因为过段时间，有一个蛮重要的演习。"宋又川顺着她的目光望过去，含糊其辞，"阿屿他……"

话就卡在这儿。

倪歌蹊跷："他怎么了？"

"没。""嘭"的一声轻响，宋又川撑开手中的伞，"他们好像谈完了，我们过去吧。"

倪歌张张嘴，还想问什么，只能暂时放下。

她和宋又川一起走过去。

容屿的领导先行离开。他原本也正打算走，一回头，就看见缩在羽绒服里，小小一团的绵羊姑娘。

"倪倪。"容屿不知道自己刚刚被默默盯着看了很久，回头看见她，眼底不自觉地浮起笑意。

他朝她招手："过来。"

雪下得比刚才大了一些，天地间白茫茫一片，只有他是有颜色的。

倪歌心情大好，肥羊一样扑过去，两只手刚刚碰到容屿，一件大衣带着体温，铺天盖地，压到肩上。

"你到底有没有带厚衣服？"容屿帮她扣好扣子，捏捏她的手，低声，"没带的话，晚饭之后再去买一件。"

"当然带了。"倪歌抖抖无形的羊毛，怀疑自己身上的衣服可能重达3公斤，"我觉得，我穿得已经够厚……"

容屿皱眉："不准脱。"

宋又川站在旁边，一脸嫌弃。

他怀疑自己是不是单身太久了，倪歌跟容屿明明只是同框，什么也没干，他竟然就觉得眼睛疼。

容屿手一顿，目光轻飘飘地扫过来。

宋又川以为看了这么多年，已经对这免疫了；然而，当容屿真正露出这种"你有事吗"的表情，他还是觉得很危险。

他警惕地退后一步。

容屿却没有发作。他收回目光，略一沉吟，毫无征兆地伸出两手，揪住倪歌的羽绒服帽子，将脸凑过去。

倪歌被吓一跳，下意识软绵绵地"呀"了一声。

树影晃动，她被他拽着绕了四分之一圈，一大团雪簌簌掉落，"啪"一声，正正落在她刚刚站立的地方。

容峙没有立刻放开她。

他的脸近在眼前，两个人离得很近很近。她的目光越过他的肩膀，能看到大朵大朵的雪花与绵延不绝的青松。

气息温热，容峙鬼使神差地，借着羽绒服帽子的遮挡，在她鼻尖上恶作剧地碰了一下，声音很低很低地道："不给他看。"

倪歌的脸"噌"地变红："你……"

容峙心满意足，放开她。

宋又川不由得发出很大一声："呕！"

容峙这回一巴掌拍到他肩膀上："闭嘴。"

下班之后，他回寝室换衣服。

宋又川领着倪歌原地等候，看着他的背影在雪地里渐行渐远："小倪歌。"

"嗯？"

他打趣："说实话，你是不是挺喜欢你峙哥的？"

倪歌微怔，把脸埋进羽绒服帽子。

半晌，她很小声地应："是呀。"

年岁越长，便越发感到他的不可替代。

她一路行来，人生至此，处处是他。

"那你以后对他好点啊……"

毕竟他这几年，过得真的不太好。

宋又川最后一句话，倪歌没听见。

随着落雪，飘散进风里。

04

晚饭订在西城一家羊肉火锅店。

倪歌之前在网上做攻略，曾经注意到这家评分格外高的店。因此，他一上来就带她来这儿，让她莫名生出种心有灵犀感。

喜欢一个人的时候，就觉得他哪里都顺眼。

"这里的羊肉很出名。"容峙礼貌地笑着，一边对导师介绍当地美食，一边将离他近的肉全都挑进倪歌碗里，"多吃一些。"

导师看得直摇头。

哦。

"你别……别夹了。"倪歌眼看碗里的肉越来越多，赶紧拦住，"我吃不完。"

容屿不假思索："吃不完给我。"

宋又川突然"啪"地放下筷子，低下头，又开始揉眼睛。

"小同志，你跟倪歌是怎么认识的啊？"导师一边涮羊肉，一边"啧啧啧"，"倪歌快毕业了，我都不知道她有男朋友，之前还想给她推荐青年才俊来着……想不到你俩竟然异地。也难怪，我上次在学院见你，就觉得眼神不对劲。"

"你要聊这个，我眼睛可不疼了啊。"宋又川猛地抬头，眼里放绿光，"这次，我可以抢答，拥有甜甜小未婚妻的秘诀是：小学时就抢在所有人之前求婚。"

导师笑意飞扬："下手快是好事，你们恋爱多久了？异地是不是挺辛苦的？"

"我们……"倪歌愣了一下，闷闷地低下头戳羊肉，"我们没有异地。"

因为根本就没在一起。

"对。"容屿顺着她的话茬，捏捏她的手，"因为最晚年底之前，我就会调回北城去了。"

这句话听起来像解释，但倪歌觉得，他是在回避刚刚那个问题。

他们压根没有确立关系。

"这样？那很好啊。"导师毫无所觉，笑道，"不过，你这个工作，是不是挺忙的？"

"也还好……"

容屿话没说完，手中的热气突然消散，倪歌把手从他掌心抽了出去。

他不解地望向她。

"我刚刚不小心，把蘸料弄在衣服上了。"她低头，外衣的襟口上落着显眼的一个油点，"我去卫生间清理一下。"

"没事，反正是我的衣服。"容屿眉头微舒，还想去捉她的手，"晚上回去再洗。"

倪歌第二次躲开他："干了就洗不掉了。"

容屿动作微顿。

回过神，她匆匆扔下一句"失陪"，就跑掉了。

容屿有点苦恼。

不知道小姑娘又在闹什么别扭。

他看着"咕噜咕噜"的汤锅，思考。

难道她不喜欢吃羊……

宋又川开了一小瓶酒，倪歌从卫生间回来，正听见他说："……这是他们从南边过来时给我带的，我没什么机会喝，老师可以尝一尝。"

"我也不能喝酒，以茶代酒，敬您一杯。"容屿也跟着笑道，"谢谢您这些年照顾倪倪。"

倪歌刚刚被水浇灭的委屈，"噌"地又爬上来。

为什么你自己不来照顾我？

她推门进去，小动物似的耸耸鼻子："是青稞酒吗？我闻到香味了，我也要喝。"

导师大笑："就你鼻子灵。"说着，就要帮她倒。

老师亲自倒酒，容屿拦不住。

但见倪歌拿着杯子真的打算喝，他深深皱起眉："别胡闹。"

倪歌动作微顿，抬眼看着他，一句话也不说。

"我没有凶你。"他只好软下声音，骗她，"但白酒后劲儿大，你明天头会疼。"

她还没来得及说话，导师笑着道："她想喝就让她喝吧，我们几个都在呢，出不了事。何况倪倪酒量也不错，我们平时在外面吃饭，就没见她醉过。"

容屿一愣。

突然想起，他对她的印象，其实一直停留在五年前。

他一直觉得，她是需要被保护的小姑娘。

然而，眼下，小姑娘看他一眼，跟他赌气似的，一口把那杯酒干尽了。

容峙没见过人这么喝白酒，有点蒙。

她的豪气没过三秒，她便撑住他的小臂，剧烈咳嗽起来。

"咳，咳咳咳……"一秒破功，小姑娘满脸通红，扶着他的手臂，抖成一个颤颤巍巍的毛球。

容峙微怔两秒，低低地笑起来。

"干什么呢，傻不傻，嗯？"

倪歌咳得面红耳赤，感觉到一只温暖的手，一下一下地，从她的脑袋撸到后背，给动物顺毛似的，轻轻地拍。

她听见他低沉带笑的声音，徐徐落在头顶："蠢羊。"

因为这一声"蠢"，倪歌整个后半夜都气鼓鼓的。

雪在晚饭后就停了，宋又川带她们去逛当地著名的夜市，容峙怕小姑娘着凉，将她领口的围巾紧了又紧。

倪歌脸颊红扑扑，眉毛皱成一团："我快喘不了气了……"

他只好将她的围巾稍稍放松，轻轻拍她脑袋："晚上冷，听话。"

她立刻偃旗息鼓。

西城夜市，其实是一个专门开给外地游客买纪念品的跳蚤市场。

十里长街灯火明灭，檐下的灯笼上积着厚厚的雪。

这个时节，游客已经少了，夜市里的小吃店却仍然红火，烟火气顺着风，一路飘散成白色的雾。

容峙给倪歌买了两个驴肉火烧，她从出门起就闷闷不乐，看到吃的，眼睛才重新亮起来："谢谢你。"

容峙好笑："你刚刚没吃饱？"

"饱了。"火烧拿在手里有点烫，她小心地咬一口，"但还能吃。"

容峙想起来了。

她怎么可能不喜欢吃羊肉，高中的时候，她曾经跟他说，如果她是苏武，牧羊时，她要一天三顿地吃羊肉火锅。

他失笑，拇指从她唇边擦过："慢一点。"

倪歌有点迷糊，没反应过来，下意识偏转脑袋，在他手指上亲亲。

容屿整个人都一僵。

他赶紧把手收回来，头皮发麻。

这谁受得了？

"容屿。"她突然叫他。

"嗯？"

"你为什么要躲开？"

小姑娘缩在羽绒服里说："你不喜欢我。"

"我没有……"

倪歌不说话了。

他微微舒口气，牵着她往前走。

西城的古建筑很有特色，导师和宋又川走在前面，抱着相机，时不时拍一拍夜景。

倪歌捧着火烧，默不作声地啃。

容屿想来想去还是觉得她不对劲，低声问："你冷不冷？要不要先回去？"

她突然停下脚步，转过去，盯着旁边一家干果店，不搭理他。

容屿也跟着停下来："想吃葡萄干吗？"

倪歌摇摇头。

他又问："黑加仑？"

她还是摇头。

容屿猜不到她想干吗，蠢羊好像喝醉了，他想先带她离开。

"倪……"

"容屿。"她突然指着铺子，打断他，"那是什么？"

他潦草地看了一眼："黑枸杞。"

"为什么会有黑色的枸杞？"

"你没见过？"

"没有。"她仰起头，眼睛干净得跟玻璃珠子似的，"跟红枸杞比起来，多了什么功效？"

容屿的脑子"嗡嗡"响。

"我也不知道多了什么功效……"他不知道该怎么解释，像是在哄一个小朋友，"但它会变色，不同温度的水，能泡出不一样的颜色。"

"我的皮肤也会变色，小时候洗澡我就发现了，它会变得更粉。"倪歌脸颊红扑扑的，声音很软。

容峋在心里大骂。

宋又川今晚带的是什么酒？怎么还有这种功效！

"倪倪。"他赶紧两只手扣住她的领口，"你冷静一点，我们还在外面。"

倪歌的手被他扣住，莫名安静下来。

容峋松口气，将她手中没吃完的火烧拿起来装进口袋，索性两手用力，将她抱起来："走。"

倪歌伏在他的肩膀上，很久没有说话。

他往前追了几步，眼看要追上宋又川了，又听她声音闷闷的，在他耳边道："我吃饭时，弄脏了你的外套。"

"我知道。"

边关冷月，夜色浓稠，两个人在人间烟火中行走。

他声音低沉，哄她："那是小事，没关系。"

"你知道什么？你什么都不知道。"倪歌在他肩头捶了两下，声音突然呜咽着低下去，"我在口袋里看到一枚硬币。"

她把衣服脱下来擦油渍，一不小心，硬币就从口袋中滚出去。

容峋身形微顿。

"那明明是我给你的硬币……"她噎嚅，"可是为什么，有一面都烧焦了。"

他身形微顿。

"容峋，"她稍稍后退，两只手掰着他的脑袋，强迫他转过来看自己，"你这些年到底在干什么？"

"我……"

"算了，你不用告诉我，你说什么我都不信。"倪歌的表情突然垮下去，眼里蓄起雾气，"你这个骗子。"

"我……"

容峋进退两难，恰巧宋又川见他们两人消失，又顺着原路寻找回来："峋哥？"

"川子。"容屿赶紧道,"倪倪喝醉了,你去把车开过来,先送她回去休息吧。"

"我不要回去!"见他注意力偏移,倪歌第二次拽着他的脑袋转过来,凶恶道,"你胡说什么!我超级清醒!青稞酒喝完是不会头疼的!你以为我不知道吗?骗子!"

容屿不知道该怎么解释。

"道歉!"

容屿一动不动,脸被她捏来捏去,他面无表情地盯着她。

——天啊,为什么倪歌训人也这么可爱?

他深吸一口气,选择低下大佬的头颅:"对不起……"

宋又川震惊得倒吸一口冷气,心想,倪歌骑在容屿头上让他唱《征服》的日子,应该指日可待了。

导师听见声响,也折身回来。她从没见过自己的得意门生醉成这样,有点幻灭:"倪歌……"

倪歌"噌"地回过身,吼她:"不准过来!"

宋又川和导师不自觉地停下脚步。

小姑娘被容屿抱着,红着脸,吐息温热,气息间都是清浅醉人的酒气。

"你们,谁都不准靠近他。"她一边说,手指一边点火似的,在容屿脸上游移。

他的轮廓比过去冷厉,气场也更加迫人,但全身上下没有哪一处,不是记忆里少年的样子。

"他只能是我的。"

说完后,她突然笑起来。

然后,她捧住他的脸,朝着他的唇吻下去。

容屿整个人都蒙了。

倪歌脸颊红扑扑的,两眼微阖,睫毛长而卷翘,羽绒服的帽子松松垮垮地垂落,像只小小的毛球,紧紧吸附在他身上。

她气息温热,两只手扣着他的脑袋,动作青涩而笨拙。

容屿脑子"轰"的一声,瞬间失去了理智。

倪歌的心跳得很快，有点犯迷糊，呼吸的节奏也跟着变乱。

她抬起眼，看见他眼中陌生的情绪。

势不可当，不容置喙，像一场酝酿已久的风暴。

空气逐渐稀薄，倪歌两只手扶在他肩膀上想推开他，感觉自己不仅脑子有点不够用了，还失去了力气。

容峙顺着她的力道往后退，但又忍不住盖章似的，在她微凉的唇上碰一碰："我的。"

倪歌迟缓地眨眨眼。

容峙凑近她，两个人额头抵着额头。

深夜冷风袭面，他的气息很温暖："乖，重复一遍。"

倪歌被风吹得微微眯起眼，愣了一会儿，像是反应过来什么，突然笑起来。

她如小动物似的，带点儿傻气，在他脸上蹭一蹭："你的。"

容峙的心在一瞬间被蹭得稀巴烂。

宋又川心情复杂地在旁边围观完全程，感觉自己仿佛坐在了高高的柠檬山上。导师则目瞪口呆地感慨着："现在的年轻人，唉。"

倪歌可算安静了，一动不动地伏在容峙肩头，要多乖有多乖。

容峙帮她把掉下来的帽子重新戴好，若无其事地带着她，去跟另外两个人会合："川子，老师。"

宋又川忙着揉眼睛，导师问："倪倪醉了？"

"嗯。"容峙说着，言简意赅地示意她掏钥匙，"时间也不早了，我们先上车吧，我送你们回去。"

来调研的教授们统一安排，都住在西城一家招待所。

上车时，容峙想把倪歌放下，可是刚一离开，小姑娘就啜泣起来："我难受……"

没办法，他只能重新把她抱起来，表面上十分为难，心里其实爽得起飞："哪里难受？"

"我冷……"

容峙把她两只爪子都捉进掌心，好笑地想，这家伙骗人也不找个好点儿的理由，两只手明明都热腾腾的。

"没事。"但他手上一点没松，嘴里还在很认真地哄，"我抱着你，你就不冷了。"

路上没其他车辆，宋又川这个"柠檬人"，把车开得好像在飞。

容峒心里有点恨，这种机会实在难得，他希望这条路最好长得看不到尽头。

然而，还是很快抵达招待所。

导师见倪歌趴在容峒怀里一动不动，以为她睡着了，伸出手，作势要将她接来："来，给我吧。"

容峒磨磨蹭蹭，不太想给。

可喜可贺的是，下一秒，倪歌从他怀里抬起头，哼起来："我不要跟老师走……"

容峒哄道："乖，回去好好睡一觉。"

"我不。"她都快哭了，"她老是……老是骂我。"

容峒动作一顿，眼神瞬间凉下去。

导师赶紧道："我不是，我没有，不要瞎说啊！现在的大学生一个个的，动不动就想不开，我骂谁都不敢骂他们好吗！"

容峒没有抬头，抱着倪歌，低声问："哪个老师骂你？"

"吕芸……"

容峒松口气。

微顿，他抬起头，朝着导师诚恳地道："对不住啊，老师，倪歌有童年阴影，不是针对您。"

坦白地说，导师从没见过得意门生这副样子，但她挺同情小姑娘："是小学老师吗？我以前确实听说，小学有好多垃圾老师——不过，倪歌以前喝醉酒也会这样吗？她会不会哭啊？"

"会呢。"容峒叹气，"会哭一整夜，吵得我们都没法睡觉。所以，以前在家时，我们就很怕她喝醉，都不敢给她喂酒。"

导师听得眉头一皱。

"您看今晚这事儿……酒是川子带的，篓子是他捅的。"容峒循循善诱，"要不这样，我今晚就先把倪歌带回我的住处去，我负责给哄好了，明天再给您送回来，成不成？"

导师狐疑地看着他。

他突然严肃："我们纪律严明。"

导师其实一点也不信。

"你确实是她的未婚夫？"

容屿撸撸倪歌羽绒服上的毛毛，眼睫微垂，目光突然变得很温柔："对，我俩小时候一个大院长大的。"

——我一年级时，就想娶她。

"行，你带走吧。"就是他这一个眼神，让导师确定了想法，"明天早上，你还我一个活蹦乱跳的倪歌。"

05

容屿带倪歌回了空军大院。

他在西城有套房子，单身小公寓，当初，完全没想过会有人来，连床都只布置了一张。

而且是单人床。

容屿坐在床前，盯着滚在床上抱着被子睡得正香的倪歌，看了一会儿，站起身，去柜子里找厚被子。

完全没料到她会突然出现。

家里没有女孩子的睡衣，但空调恒温在26℃，她可以暂时穿他的衬衣，光脚到处跑也没关系……但最好还是不要光脚跑，他得给她找一双地毯袜。

在储物室里还有新的牙刷，沐浴液她可以用他的……

容屿突然顿住。

怎么好像她要在他这里住很久一样。

他觉得自己开心得有点精神失常，失笑地抱着厚被子回卧室，心里想着，如果明天天气好，要将被子拿出去晒一晒。

他帮她把羽绒服挂起来，然后伸手去扒她抱住的被子。

"呜……"他的手一碰到被子，她立刻发出小动物的叫声，"容屿……"

"我在。"

她翻个身睁开眼，脸颊仍然很红，唇瓣泛着淡淡的玫瑰色，显出被蹂躏过的色泽，好像有点委屈。

她问："你刚刚去哪儿了？"

　　"去帮你拿被子，还有睡衣。"他不厌其烦，又俯身在她唇上亲亲，"我怕你冷，怕你在这里睡得不舒服。"

　　倪歌眼中水光潋滟，脑子转得很慢很慢："你又要去睡沙发。"

　　这是个陈述句。

　　容峤："嗯。"

　　"为什么要睡沙发？"她不满极了，开始假哭，"你讨厌我。"

　　"我怎么会讨厌你？"容峤被磨得没脾气，但还是好声好气地哄她。

　　倪歌完全不听，抱着枕头委屈地滚远了："你不喜欢我，你心里有别人。"

　　"怎么会。"容峤欺身上前，抖开珊瑚绒毯子，裹寿司似的将她卷进去，"我的心里只有你。"

　　倪歌立刻又兴奋起来："你喜欢我？"

　　他毫不犹豫，亲在她额头上："对，我喜欢你，喜欢你很久很久了。"

　　她开始傻乐："那你去睡客厅吧，我原谅你了。"

　　容峤信了她的鬼话。

　　他抱起枕头，手指停在灯的开关上："晚安。"

　　正想关灯，突然看到蜷在被子里的倪歌，瑟瑟发抖起来。

　　容峤看得心疼。

　　小姑娘牙关打战，小小的声音在房间内虚弱地响起："我……我好冷。"

　　她真情实意，非常悲切："我要冻死在这里了。"

　　见他无动于衷，她快要哭起来："没有人爱我。"

　　容峤深吸一口气，将枕头放回去，然后，将她抱起来，走进卫生间："你的洗面奶在箱子里，我忘了拿上来，你就用清水将就一下，好不好？"

　　倪歌窝在他怀里，有恃无恐地摇头。

　　容峤眼里突然浮起两分笑。

　　他将她放下来，拿下洗脸巾，手放到水龙头开关处，慢条斯理地问："好还是不好？"

倪歌缓慢地眨眼，小心地将自己缩到容屿的身后。

下一秒，他猛地打开水龙头，打湿洗脸巾，稍微一拧就盖上了倪歌的脸。水有点冰，倪歌被冻得浑身一颤。

"倪倪。"容屿一边仔细地给她洗脸，一边说，"不——应该改口叫女朋友。"

倪歌的脸颊烧起来。

"女朋友，你是一个成年人了，应该知道——"他声音沙哑，"成年人做事，什么都是要负全责的，嗯？"

第五章

分开
的那些年

JUST DON'T
LEAVE ME

01

容屿身上很烫。

倪歌没有察觉到，她只想挣脱这冰冷的包围。

"你放开我……"小姑娘有些抗拒地推他，"水好冰。"

"是刚刚冷还是现在冷？"他好笑地耸眉，声音低哑，"还说不说你冷了？你是想暗示什么？"

倪歌软绵绵地蜷在他胸前，脑子仍然有点混沌。

她小声咕哝："我就是……就是……"

"就是什么？"

"就是，很久没有梦见过你。"她将醒未醒，声音很低很低，断断续续地嘟囔，"所以想……想多跟你说几句话。"

容屿愣住。

半晌，他慢慢地将洗脸巾挪开，开了热水，好好地给她擦了擦脸和手，将她安置好，帮她掖好被角，心头后知后觉地涌起一股……愧疚。

他就是气不过才欺负倪歌的。

他怀疑这个坏家伙早就醒酒了，只不过仗着他宠她，在这里作妖，故意报复他。

然而，她好像真的没醒，就连做梦都在纠结当初他一声不吭消失的事。

容峙颓然地起身，严厉地斥责想歪了的自己："你真是个禽兽。"

他爬起来洗了个澡，再回来时，倪歌已经睡熟了。

这不是他第一次趁她睡着偷偷盯着看，她睡相很好，整个人蜷成团，像小动物卷起毛茸茸的尾巴，乖乎乎的。

容峙心里温柔极了。

"晚安。"他吻在她额头，"我的倪倪。"

西城降温说来就来，后半夜，又开始飘雪。到清晨时，已经在窗台积了厚厚一层。

倪歌一夜好眠。

容峙大清早就醒了，处理好个人问题，他雷打不动地换衣服出门，晨跑五公里。

回来时，天光已经开始转亮。

容峙一推开卧室门，就看到倪歌穿着他的衬衣，披散着长发，一脸茫然地站在床上。

四目相对。

三秒过后，倪歌先崩溃。

她捂住脸，难以置信："我……我昨晚……喝醉了？可是我……我只喝了一杯！"

"嗯。"容峙若无其事地转移视线，"醒了就出来吃饭。"

倪歌丧气得像只迷路的绵羊。

她垂着耳朵，小心地在饭桌前落座："我的衣服……是谁给我换的？"

容峙头也未抬，将羊肉包子分给她："你自己。"

倪歌松口气："那我醉得也不是太厉害嘛。"

"嗯，因为怕你在浴室里摔倒。"容峙波澜不惊，"所以我全程看着你换的。"

无形的绵羊耳朵再一次丧兮兮地垂下去。

容峙突然有些好笑，但还是向她解释："我没有占你便宜。"

可倪歌听完这话，撩起眼皮看他一眼，又蔫了吧唧地垂下头。

眼神竟然有点……哀怨？

容屿愣了一下，一时之间脑子有点蒙。

倪歌默默地吃包子。

包子个头不小，她吃掉一个之后，再啃第二个，啃得有些费劲。

"吃不掉就别吃了。"容屿忍不住，"给我。"

倪歌放下包子："你喜欢吃别人剩下的东西？"

容屿莫名其妙："倪歌，你有没有良心，昨晚的羊肉还是我帮你吃完的。"

"我不记得了。"

他冷笑："你还记得什么？"

"记得你叫我女朋友。"

容屿一愣，火气瞬间烟消云散。

"我还记得，你说喜欢我。"倪歌一动不动地看着他，一双眼黑白分明，"说喜欢我很久了，只喜欢我一个人。"

"我……"

"我吻了你，你说我是你的。"倪歌没给他插话的机会，只是说着说着，自己竟然也委屈起来，"这些重要的事你都只字不提，我忘记你替我吃羊肉，难道就很过分吗？"

容屿微怔，被翻江倒海的惊喜和开心击中。

他有些头痛，但这是甜蜜的烦恼，他乐意低头。

"我以为你不想承认。"微顿，他又道，"对不起，是我错了。"

倪歌不说话，小羊耳朵一动不动地垂着。

他心里好笑，干脆在桌子底下伸长手臂，去捏她的手："别生气，嗯？"

"没生气。"倪歌声音有点闷，"就是觉得……"

觉得这件事不该一页揭过。

要认真地在头脑清醒的时候，也对对方说一遍。

她的神情认真而执拗。容屿看着看着，突然笑起来："你知道为什么，这些年来我从来不交女朋友吗？"

倪歌将手往回抽了抽，没抽动。

她小声地、有些负气地问："为什么？"

容屿笑意飞扬。

"我一直在等你长大啊。"

02

容屿一连几天，心情都很好。

他的脾气烂得出名，最近巡航却连新兵都不骂了，大家感到惊奇又幻灭。

只有宋又川知道内情，复读机一样，每天说一遍："唉，我好酸。"

他嘟囔到第三遍时，倪歌正式搬进了容屿的小公寓。

容屿的住处从没有生活过异性，很多东西都要重新添置。下班之后，两人一起逛超市。

"地毯袜,牙刷,水杯——"容屿拿着备忘录小本子，买一样钩一样，"倪倪，你喜欢这个杯子吗？"

倪歌低下头，看到一对情侣水杯，一粉一蓝，边缘是锯齿形，放到一起正好能拼成一个圆。

她问："但是，你不是已经有杯子了吗？"

"我预言，"容屿淡定地将那对情侣杯装进购物车，"我原来的杯子会在三小时后碎掉。"

倪歌好笑地捅捅他。

她在西城待不了多久，调研项目一结束就得立刻回去。这样一想，就觉得跟他在一起的时间好像也没多久了。

然而，工作还是得做。

晚饭之前，倪歌坐在书房翻译老师留给她的资料，很多专业名词她没有接触过，要对比着词典一点一点查。

"倪倪。"没看几页，容屿就来敲门，"出来吃饭。"

"好，我这就来。"她应了一声，捡起金属书签，夹进资料里。

起身时，她小腿腿骨不知碰到什么，发出一声撞击的闷响。

膝盖闷疼，倪歌下意识小声地叫了一嗓子，低下头，看见凸出来的木把手。

"咦……"

是个没锁的抽屉。

她心里好奇，想把抽屉塞回去，视线草草扫过，却看到一个熟悉的东西。

倪歌一愣，心跳猛地加速，一颗心提到嗓子眼。

她难以置信，躬身轻缓地拉开抽屉，将塞在最里面的那个小盒子拿出来，然后轻轻掀开——

倪歌一瞬间清醒了。

她太阳穴猛跳，手指泛凉，呼吸不稳。

是一枚一等功的奖章。

倪歌很小很小的时候，曾经无意间见到爸爸的军功章。

其实她直到现在也不大能分清那些章，她觉得它们同样漂亮，是英雄的证明。

但大人的世界不是这样的，它们靠一、二、三来标记差别。久而久之，倪歌也明白它们存在委婉的不同。

她好奇："一等功有什么不同吗？"

"和平年代，九死一生。"爸爸拍拍她的头，温柔地说，"我们那里有个说法：十个一等功，九个是追封的烈士。"

倪歌从那时起，便觉得这不是什么好东西。

但是为什么……

她拿着盒子，脑子一片空白。

为什么容峙会有这种东西？

本子上写着他的大名，她甚至没办法自欺欺人地安慰自己，"也许这是别人的"。

"倪倪？"见她一直不出来，容峙心里奇怪，敲书房的门，"你还好吗？我进去了？"

倪歌没有说话。

他推门而入。

容峙推开门的瞬间，感觉到一团白色的影子，朝他扑过来。

他眼疾手快，两手捞住，将她捞了个满怀。

好像抱住整个宇宙。

他心满意足，拍拍小姑娘的背，低声问："怎么了？"

倪歌毛茸茸的脑袋埋在他的颈窝，许久，闷声道："你这些年，到底是怎么过来的？"

容屿愣了一下，有些好笑："怎么了？"

"我啊，"他以为她在撒娇，低下头，在她唇边亲一亲，声音很低很低地道，"当然是想着你过来的。"

倪歌不说话，两条小细手臂一动不动，搂在他脖子上。

容屿没有多想，抬手关灯，转身抱稳怀里的小姑娘，想带她去餐厅。

刚走出去两步，就感觉她的手在探索地摸自己的毛衣领子，仿佛是想要解开他的风纪扣。

容屿浑身一僵。

"不是……"大佬一下子慌了，赶紧把她薅开，"你怎么回事，小朋友？"

倪歌看他一眼，一言不发地将手收回来，神情恹恹的。

在家里时，她穿着他给她买的冬季睡衣，衣服是珊瑚绒的料子，帽子下垂着小小的恶魔角，整个人看起来柔软乖巧，像只毛茸茸的小动物。

然而，现在，这只小动物非常丧气。

容屿把她抱到沙发上："怎么了？"

"就是……"倪歌一本正经地控诉，"我觉得你很不诚实，你有很多事情一直瞒着我。"

容屿微怔，举起双手发誓："分开的这些年，我真的没有谈过恋爱。"

倪歌在内心叹气。

"我发誓，如果我说的是假话，下次上天，就让我坠……"

"你能不能不要乱说。"倪歌有点生气，用指头戳他胸口，"我没说女朋友……我说军功章，军功章啊。"

容屿没反应过来："什么东西？"

"你抽屉里那个一等功奖章，"倪歌声音闷闷的，"你从来没跟我提过。"

现在想想，也不是完全无迹可寻。

容峙晋升这么快，明显被破格提拔过。

她之前只以为是容伯伯的缘故，现在看来，是她想太多。

容峙怔了一会儿，笑："你好奇这个？不早说，我书柜里还放着别的呢。想看的话，一起拿给你看。"

倪歌内心仍存有疑惑。

"那个章是之前全军比武时拿的。"容峙好笑，"你以为发生了什么？"

倪歌垂着无形的小羊耳朵，看他的眼睛黑白分明，满眼写着：哼。

容峙扯扯她的小手指，哄道："如果我重伤，会被停飞的。但是你看我现在，不是还好好的？"

倪歌慢慢冷静下来，后知后觉地，也觉得自己有些无理取闹。

特殊兵种的工作确实很危险，但他现在确实还活蹦乱跳，并没有缺胳膊少腿。

是她自己先入为主，以为容峙死过一回。

"为这种事情闹别扭。"容峙见她神色渐渐缓和，心里有些好笑，又不自觉地升起暖意，"也只有你和我妈会这样。"

倪歌没说话。

"去吃饭吧，好不好？"他起身，将她抱起来，"西城这种鬼天气，饭放得太久，会结冰。"

她身体一轻，被他捞起来。

倪歌觉得哪里不太对劲，但她说不清楚。

"不行……容峙。"她不甘心，挣扎着起来，两条手臂搂住他的肩膀，"你给我看看你到底有没有受伤。"

小姑娘一双眼清凌凌的，流露出坦坦荡荡的关心。

但容峙觉得，他的心最近好像有点不太听话，蠢蠢欲动的。

"倪歌。"他停住脚步，声音低哑而温柔，"乖一点，知道吗？不然，我怕我会把你扔出去。"

绵羊姑娘警惕地盯着他。

"你放心，只要你乖，我就不会。"他循循善诱，"所以，乖一点？"

倪歌沉默半晌，迟缓地摇摇头。

"你很聪明，你知道该怎么选的。"他说。

倪歌瞪他。

"你乖一点啊。"他将她放到餐厅座椅上，拍拍她的头，"不然，我亲你。"

03

雪一连下了几日，直到倪歌快要离开西城时，才停下来。

待翻译的文件已经差不多全都进行完了。工作进行到最后一步，导师不忘见缝插针地关心学生的私生活："我看你最近精神不错？"

"唔？"倪歌愣了一下，"是啊，因为这边没有娱乐项目也不用社交……我每天都睡得很早。"

导师发出啧啧啧的八卦声："睡得早好啊。"

倪歌莫名其妙。

好学生在这种事情上的反射弧永远长出太阳系。

导师不解释，倪歌也没有追问。

这段时间，她始终被一件事困扰："老师，我可以问你一个问题吗？"

"说。"

"都说飞行员不能带伤上天，那如果因公重伤，就真的永远离开飞机了吗？"

"原则上来说，任何制度实施起来都是有弹性的。"导师没有抬头，把键盘敲得啪啪响，"国家培育一个飞行员要花费很多时间精力，如果真的很优秀，复飞也不是不可能。不过——现在是和平年代。"

"所以？"

"我觉得吧，"导师抬起头，扶扶眼镜，"可以复飞，但没必要。"

倪歌重又沉默下去。

一时间，室内安静得只剩时针跳动的声音。

不知道过去多久，导师伸个懒腰："好了！终于结束了，剩下的数据让电脑自己导吧，不需要我们看着了。"

倪歌瞥一眼电脑屏幕，几台电脑同时导入，数据闪动快得看不清。

"我们出去溜达一圈吧，你不是早就想去堆雪人？"

"啊……"倪歌目光转向窗外，还没出门，就感受到冷意，"但营区里的雪，应该都被扫得差不多了吧。"

话是这样说，但她还是跟着出了门。

营区里很多地方禁止通行，她们只能在附近溜达一下。

"倪歌啊。"导师两手插兜，有一搭没一搭地跟她闲聊，"你也快毕业了，有没有出国的打算？"

"您怎么突然问这个？"

"没事干，随便问问嘛。"导师缩着脖子，呵气成霜，"我前几届带过的学生，成绩最好的那几个，毕业之后一个个都跑国外去了……"

倪歌有点心不在焉。

她也很冷，在羽绒服里缩成团，举起手套挡着脸，声音闷闷的："再说吧。"

她们不知不觉，已经走到了训练场。

这个地方的风实在太大，倪歌平时很少过来，她觉得自己要用尽全力，才能不被风吹走。

"不过说到这个、这个……风啊，"导师怕她听不清，竭力嘶吼，"你知不知道，我们学校到了冬天，那妖风也贼大！之前，学校里还有传闻，说有个女生，下雨天撑着伞在路上走，结果被风吹倒了！哈哈哈哈！"

倪歌沉默了下，没忍住："老师，那不是传闻，那个女生就是我。"

导师默默闭上嘴。

不知道是不是心理作用，越靠近场站，风就越喧嚣。

倪歌走到一半，停下来。

她看着手机短信上那个简简单单的"落"字，蹲下身，负气地道："不走了，就在这里等。"

刚刚蹲下，头顶传来一声低笑："路是挺难走，也挺长的，嗯？"

倪歌不理他，蹲在地上，像一只瑟瑟发抖的小蘑菇。

容屿心里好笑，将这朵"蘑菇"抱起来："你工作都做完了？吃饭没有？"

倪歌气鼓鼓："嗯。"微顿，又强调，"工作做完了，但饭还没有吃。"

"那一起去吃。"风吹掉她的帽子，容峙抬手帮她重新戴好，将这颗毛绒脑袋按进怀中，"你能来找我，我特别开心。

"不过，今天你来得不是时候，其他飞行员先回去了，等下次有机会，我再把你介绍给他们。"

倪歌从他怀中抬起头："今天不是试飞？"

这几天有军演，容峙提前来试飞一架新飞机。

倪歌年纪轻轻就体会到了老母亲忧心忡忡的心情，在研究室里收到他说"落"的短信时，她几乎想立刻小跑去见他。

只不过那时导师还没忙完，她不敢打断。

"对。"容峙笑着，低声在她耳边轻语了一句。

倪歌耳根"噌"地红了。

他带她和导师一起去吃午饭。

然而，一想到两人马上要分开，倪歌又有些不开心："你什么时候能调回北城？"

"想我？"容峙一下子乐了，"想我，你不来多看我两眼？还走到半路就放弃？"

倪歌无语。

"年底吧，年底之前，我应该能调回北城。"仿佛见小姑娘的小羊尾巴委屈巴巴地卷着，容峙的声音不自觉软下来，"等这次军演结束，我就去做工作交接。"

倪歌眼皮猛然一跳，没忍住："然后呢？"

"然后？"果不其然，他下一句话，话里话外，都是低沉的笑意，"然后，就打报告，把婚给结了。"

空间内静默一瞬。

导师："呵！"

容峙："跟谁学的？"

导师："你那个小兄弟。"

说的是宋又川。

行吧，容峙默不作声地低下头。

可倪歌有些失神，安安静静地坐在旁边，没有开口。

容峙等了几秒，突然有点心虚："倪……"

下一刻，沉默很久的小姑娘抬起头，一脸认真地叫他："容屿。"

他下意识："到！"

她顿了一下，真诚地道："把你刚才那句话收回去，可以吗？"

他一愣："哪句？"

"所有。"

容屿也放下筷子。

他背脊笔直，语气有些无奈："又怎么了？"

他觉得，自己最近脾气真的变得很好。

面对倪歌的时候，他好像不管怎么样都没办法发火，耐心变得无限大。

"我以前听说，"倪歌声音不大，不急不缓，"分别时，一定不能立'等我……就……'这种约定，尤其不能说'等我回来就娶你''等我回来我们就在一起'，这种 flag（意为要定下一个实现的目标），立一个倒一个。"

她的话说到一半，导师先笑起来："倪歌总是在这种事情上很较真。"

但容屿没有笑。

他越发觉得，面前这个毛茸茸的家伙，真是越看越可爱。

于是他等着她说完，也很认真地回："好，我把那些话都收回来。"

尽管食堂里人来人往，有很多双眼睛看着他。

但他还是没忍住，站起身，托住她的脸："以后但凡想做的事，我一定立刻去做。"

他从她唇上擦过。

明明非常留恋，却轻如羽毛，一碰即止。

"倪歌，"他轻声说，"我会带着你的福气，和你一起长命百岁。"

04

这场军演持续几天，主要是训练远程实弹突袭。

倪歌没忍住，硬拉着导师，在西城多住了几天。

导师吐槽："军演很安全的。现在连打仗都不用真人上阵了，你担心什么？"

倪歌舔舔唇："就当是在西城多玩几天。"

事实上，她的想法是，虽然军演期间容屿不能跟外界联系，但万一他那儿出点什么问题，她第一时间就能赶到。

所以，她在西城待到军演最后一天。

滞留时间已经比预想多出了将近一个星期，学校三番五次地催导师回去，江城传媒也开始催倪歌。

"从一开始我就跟你说了呀，不用担心的。"高铁下午两点出发，倪歌恨不得在市区待到一点半。导师恨铁不成钢，轻轻戳她额头，"你这么不放心他，当初就不该来读文，应该去学医。"

不知怎么，倪歌心里隐隐不安。

但她又不可避免地感到不好意思："对不起，老师，耽误了您好多时间……"

"那倒没关系，西城还挺好玩的。"导师以为她是沮丧，安慰道，"不过，他不是很快就要调回去了吗？来日方长嘛。"

倪歌低声："嗯。"

导师帮她把行李箱放到后车厢，两人一起坐上车。

倪歌心里一直惴惴的，车子驶上高速时，她开始犯困。

将醒未醒之间，她从口袋里摸出电话，漫不经心地瞥一眼屏幕，看见宋又川的名字。

十二个未接电话。

全都来自一个人。

倪歌陡然惊醒，下一秒，屏幕上又弹出通话请求。

她滑开绿键，宋又川急切的声音落到耳边："倪倪，你还在西城吗？"他呼吸不顺，"阿屿出了点事，你方不方便现在来一趟医院？"

今日无雪无雾，也没有太阳。

倪歌在解放军医院门口下车，一路跑上楼。

宋又川在电话里没有说具体情况，他越是这样，她心里越是没底，来的路上，已经把能做的祈祷全部做了一遍。

她呼吸急促，穿过熙攘的人群，跑到病房门口，猛地推开门——

光芒流泻，时间一刹静止，屋内的目光齐齐向她投来。

"我都说了我没事我没事，你们不要在这里围着我，人太多我真的会呼吸不畅。难道你们不知道，病人最需要的是……"

空气静默三秒。

容屿若有所觉，猛地停住。

他转过来："倪歌？"

倪歌嘴角发白，围在他身边的医生和蓝色军装像流水一样，自动给她让道。

她走过去。

容屿身上的作战服还没有换下来，齐齐整整，连卷起的边缘都被刻意抹平了。像是刻在骨子里的习惯，尽管坐在病床上，她背脊依旧挺得笔直。

他额角磕破了点儿皮，贴着一片咖啡色创可贴。除此之外，全身上下，再没有别的伤口。

像是察觉到倪歌的靠近，容屿仰着头问："你不是今天回北城吗？怎么又回来了？"

倪歌没有说话。

他一个人，滔滔不绝："是不是川子跟你说我出事了？不是，倪歌，这我一定得给你解释一下，其实军演很顺利，我没有坠机，我只是在降落的时候，不小心撞了一只鸟。"

倪歌只是盯着他看，仍旧没作声。

"但是撞鸟多常见啊？我们平时巡航，也三五不时地撞鸟。"她不说话，容屿心虚似的，一个人表演单口相声，"《特情手册》上写在最前面的就是撞鸟，这个事儿吧，它完全就不能叫事儿。"

倪歌还是没说话。

"不过你回来了也好，我这儿军演结束了，正好能送你回去。你的高铁票改签了吗？导师呢？导师没跟你一起？"

倪歌一动不动地站在他面前，沉默地看着他。

病房里其他人都替容屿尴尬，也不知道该说什么。

"那个……"始终只有他一个人在拼命说啊说，容屿沉默了下，终于感受到空气中弥漫的死亡气息，"川子，你帮忙拿一下凳子，别让她站着啊。"

宋又川正要开口，倪歌打断："我已经坐下了。"

她站在床前，指甲无意识地刺入掌心，一颗心提到嗓子眼。

容峙微怔，继而神色舒缓："那你坐着等我一下吧，我在等体检结果，出了结果，就可以走了。"

他话音落下，病房的气氛明显更加压抑，仿佛连空气都停止流动。

容峙正云里雾里，不明白怎么了。

倪歌轻声叫："容峙。"

上一刻，就是上一刻。

她终于确认了一个从进门起，就浮现在心头的猜测——

"你看不见我了，对不对？"

05

"这事儿得从一年前说起……唔，不对，一年半以前。"

宋又川在走廊上坐下，两只手肘撑住膝盖："阿峙去国外执行一个任务，返程时途经战区，僚机遭到袭击。他去给队友帮忙，被军用射线弄伤了眼睛。然后……休养了很长一段时间。"

倪歌安静地听着，许久不见他再开口。

于是，她轻声问："他的飞机还好吗？"

这问题问得未免太委婉，宋又川笑着摇头："不太好，返程快降落时，他的飞机炸了。"

尽管高度不太够，但是——

"他跳了伞。"

后来，容峙住在疗养院，宋又川三五不时地，跑过去探望他。

极其偶尔，容峙会向他说起那天的情况。

他很熟悉他的飞机，哪怕看不见前方，哪怕闭着眼，他也有信心，能平平稳稳地开回来。

但他怎么都没料到，飞机机身会出问题。

所以，更偶尔的时候，宋又川会听到容峙叹息："没想到是折在那里。"

倪歌沉默一阵，深吸一口气，轻声问："除了眼睛……他还有别的地方受伤吗？"

宋又川假装听不懂："撞鸟而已，确实是小事。"

"我说那次跳伞。"

宋又川沉默半晌，没办法似的继续道："有。"

"头，肩膀，腿。"他见到他的小兄弟时，对方已经被裹成了木乃伊，"不过好在，他没有伤到内脏。"

医生当时甚至安慰他："年轻人伤筋动骨，要说恢复，其实也快。"

——那已经是不幸中的万幸。

但这一点也没让倪歌感到振奋人心。

她更难过了。

小姑娘两手扣住塑料座椅的边缘，无形的小羊耳朵失落地垂下来："我什么都不知道。"

他们失去联络太久了。

没有任何一个人，告诉她这些事。

"这很正常啊，你知道的，容峙什么都不爱，就超级爱面子。"宋又川安慰，"他的眼睛有手术风险，只有四成胜算，搞不好会致盲。所以，刚出事时，他连容阿姨都想瞒着。"

结果当然是没瞒住。

容妈妈怒气冲冲地扔下工作，一个人从北城跑到西城医院。

她千里迢迢跑过来，给了容峙一耳光。

这一巴掌打得不重，容峙的脸却还是因为惯性，被甩得转过去。

他一言不发，脑海中浮现出的第一个念头是：一巴掌够不够消气？不够的话，要不要再来一下？

然而下一秒，他感觉到滚烫的水珠，从空中坠下来。

一颗一颗地，掉在他掌心。

容峙有些无奈，一边伸手去接，一边低声叹息："我受伤了，又挨揍了，我没哭呢，您先哭上了。"

容妈妈逻辑清晰："那是因为医生不让你哭。"

容峙无语。

容妈妈微顿，威胁："你要是敢哭，把眼睛搞得更糟糕，我现在立刻打视频电话，给你爸爸和你爷爷直播你的惨状，让他们今天下午就给你转文职。"

容妈妈来到医院探望儿子的第 15 分钟，容峙做出了接受手术的决定。

　　那天晚上，宋又川溜进病房，看到孤寂的大佬一个人坐在窗前。

　　是夜晴空万里，明月清辉，天边朗月高悬。

　　"是不是快到十五了？"容峙眼睛看不见，耳朵变得格外灵敏，"今天的月亮一定很漂亮。"

　　"嗯。"宋又川忍了忍，没忍住，"手术的成功率是 40%？"

　　"对。"

　　"那还是很高的。"宋又川不知道怎么安慰他，"你要相信人类的科学技术。"

　　容峙却没有接茬。他沉默很久，说："川子，你还记不记得，高中时，地理老师曾经问过我们一个问题：在你们的印象里，哪一样交通工具的死亡率最高？"

　　"大家的回复五花八门，提到最多的是'车祸'。"不等宋又川回复，容峙又道，"然而事实上，死亡率最高的交通工具是飞机。"

　　"一条高速路，很可能每天都在发生不同程度的车祸。一百起车祸里，运气不好，大概能有一个重伤。"容峙微顿，"但飞机就不一样了，一架客机出事，没有商量，死亡率板上钉钉，就是百分之百。"

　　"——这是当年地理老师给我们的答案。"容峙说着说着，又笑起来，"很多人不服气，举了很多飞机上死里逃生的反例。"

　　宋又川默不作声，看着他。

　　"但我最近总是在想，她当时真正想告诉我们的，也许是另一件事。"他停了一会儿，道，"'别人的数据没有意义，有些事情放在你身上就是百分之百，逃不掉的'。"

　　比如遇上一场天灾或是爱上一个人。

　　空气一时间陷入静默。

　　月色穿庭入户，在两人之间流动。

　　"川子，"半晌，容峙请求，"手术之前，你能带我回去见见倪歌吗？"

　　于是，宋又川驱车，带着容峙回了京大。

　　事实上，当时那种情形，就算容峙说他想去找女人，他也会想办法满足这位兄弟的。

所以，容屿说他要回去见倪歌，宋又川理所当然地以为，他要回去告白，然后用舌头狂甩倪歌的嘴唇。

结果并没有。

容屿指挥着他，把车停得很远，就在那儿躲着，远远地看。

问题在于，容屿又看不到，于是他不停地问："你看到倪歌了吗？她在做什么？"

"啊，我看到了。"宋又川心不在焉，"她提着午饭，和室友一起回寝室，大概是刚刚下课，从食堂回来。"

过两分钟，容屿又问："现在呢？她上楼了吗？"

"没，在寝室楼下，被一个儿挺高的男生拦住了。"宋又川实时播报，"那男生拿着四人份的奶茶……啧啧，现在的小男生啊，厉害。"

容屿却没说话，过了半天才问："她收了吗？"

"没有，"宋又川说，"她上楼了，但那男生还在楼下站着。"

容屿又沉默下去。

半响，他忧愁地道："怎么办才好呢？我答应过她妈妈，这几年都不来见她。"

"哦。"宋又川的内心毫无波动，"你当初就不该答应她妈妈，更不该做那种奇怪的约定。"

"不过，我现在看不见了。"容屿想了想，说，"来找她，也不算见她。"

宋又川微怔，转过去不说话。

容屿真的就这样在车内，一直待到黄昏时分。他让宋又川跟着她，大概摸清了她一整天的作息。

她没有早课，但也没有再像过去一样赖床，她喜欢三食堂的烧卖和燕麦粥，喜欢在教学楼下的花园里早读，下午没课时就泡图书馆，从图书馆出来之后，会先去跑步，再吃晚饭。她仍然很喜欢牛奶，但也学着给自己挑应季水果，不再只吃维生素。

还有，很多人追她。

他猜测她过得还不错。

于是，他说："我们走吧。"

宋又川奇了："你真不去跟她打个招呼？"

"算了吧。"容峤微顿，笑道，"我前几天刚被我妈打了一耳光，不想再被打。"

——也不想再看到她为我哭了。

宋又川尊重他的想法，当真驱车离开。

车子驶上高速，通过北城收费站时，容峤突然问："川子，你英语学得怎么样？"

宋又川不知道容峤又在作什么妖，这种无聊的问题，搁在平时他理都不会理。

但现在容峤是一个可怜的病人。

于是宋又川皱皱眉，敷衍道："啊，就那样吧。"然后一脚油门，离开北城。

"我高中时，英语不好还自不量力地找倪歌比，却总遇到两个单词：一个叫 alone（单独的；独一无二的；独自的），一个叫 lonely（孤僻的；孤单的；荒凉的）。"容峤转过去，苍茫的夜色落到眼前，只剩一片漆黑，"她跟我讲过很多遍，可我一直分不清。不过，如果现在她再问，我一定能跟她讲得头头是道。"

——世间寂寞并非大同小异，孤单和孤独是完全不同的两个意思。

"alone 是，我一个人在军校和部队待了很多年，西北很干燥，要什么没什么。但没关系，我觉得总有一天，我会回去见她的。

"lonely 是——"

他沉默很久，轻声叹息，"怎么办啊。现在我觉得，那一天可能永远不会来了。"

宋又川说完，倪歌沉默下去。

走廊上静悄悄的，她也很久没有说话。

两个人叙旧的空当里，容峤已经做完了体检，医生建议他先休息一下。等结果的时间里，小护士帮忙清空了病房内所有人。

倪歌返回病房，屋内只剩容峤一个人。他躺在床上，已经沉沉睡去。

她在他身旁坐下，两手撑住下巴，默不作声地盯住他。

已经很多年，没有这么近距离地观察过他了。

其实，他的面容没有太大变化，这家伙从小生得一副好皮囊，如今眉眼清俊，下颌弧度坚毅，睡觉时嘴角也微微抿着，皮肤与空气接触的线条边界有些模糊，几乎在发光。

她想摸摸他脑袋上的创可贴。

他却突然醒过来，声音低哑："倪歌？"

倪歌吓了一跳，下意识道："啊，我在！"

他神情一松，似乎突然变得很安心。

"我没事，你不要担心。"他醒过来的第一件事，仍然是解释，"我当初的手术很成功，复健也完成得很好。这次应该是黑视，不是后遗症。"

"你……不用跟我解释这个。"倪歌鼻子有点堵，"等体检结果出来，医生就会给方案的。"

他叹息："我怕你哭。"

倪歌迅速眨眨眼："我没有哭。"

"那就好。"容屿情真意切，"我刚刚做个梦，梦见春天到了。"

倪歌沉默了下，有点无奈："你正经点。"

"我没有不正经……"

他梦见阳春三月，樱花如同霞蔚，大片大片的粉团在院墙内外盛开，好像电影里带有滤镜的浪漫烟云。

他进行完那天的复健，后背的衣服都湿透了，想回去换一件。

路过值班室，看到小护士趁病人不多，正拿着手机看综艺。

屏幕里传来低沉清越的男声："你知道吗？这地方可讲究了，连地上的石砖路都是分开铺的，一条黄，一条青。"

"我知道。"小姑娘迅速应声，音调清脆，"这就叫青黄不接。"

小护士"嘎嘎"笑。

容屿停住脚步。

他倒退两步走回去，探头问："你在看什么？"

小护士抬头看容屿一眼，认出他就是那位上头提醒过要多照顾的病人，热情地向他介绍："是一档户外美食综艺，最近特别火，叫《今天我也很甜呀》。我跟你说哦，虽说是美食节目，但我们都把它当作恋爱综艺来看的。"

容屿的眼睛还没有完全恢复，医生不让他接触任何电子屏幕。

他问得很诚恳："我可以看看吗？"

小护士冷漠无情："不可以。"

容屿站在原地，听见手机里传来小姑娘的笑声。

他忍不住想，那个家伙，到底有没有，长大一点呀？

于是他在那儿站了一阵，很久很久，才失落地抱起自己的大尾巴。

"那好吧，谢谢你。"

然后，他非常寂寞地离开了。

转身的瞬间，窗外吹进一阵风，将细细碎碎的柳絮和花瓣带进屋。

小护士起身关窗，笑着小声道："真好，春天要来了。"

容屿脚步一顿。

"是啊。"他自言自语，也忍不住应和，"春天真好。"

——好就好在。

——我什么都，看不见。

"我后来才知道，那个家伙叫周进。"从回忆里抽离，容屿躺在床上，握住倪歌的手，"我那时候一直在想，等我康复出院，一定要去找他，把他打一顿。"

倪歌没接话茬。

"不过。"微顿，他又低声叹，"你们没有在一起，真好。"

倪歌微怔。

红霞漫天，暮色逐渐蔓延，西城开始入夜。

红色的光辉之中，偶尔有飞鸟自天地间穿过，晚风吹拂，掀开重重云层后的满天繁星。

倪歌握住他的手，缓缓道："大一时，我被学校派去拍一支建校周年宣传短片，导演是隔壁戏剧学院的一位学长，名叫周进。

"短片效果很好，所以后来，这位周进学长，邀请我去参加一档他导演的综艺。

"我原本没有兴趣，但是学校希望我能给母校做宣传。另一方面，这档节目开出的片酬非常可观。

"真正打动我的，是那笔钱。"倪歌微顿，抬起头，"因为那时候，我总是觉得，如果我能有一笔钱，就可以去找你了。"

容屿一愣。

"可是容屿……我联系不上你。"她垂眼，"我根本不知道你们的部队驻扎在哪儿，西北太大了，地图上没有写，我有钱也找不到。"

很久很久。

她轻声说："我很想见你。"

自分别那日起就想。

灯火昏黄，被城市灯光浸染的天空呈现模糊的红光。

天边霓虹绚烂。

"容屿，我们回家吧。"

"好。"他起身，在她嘴角轻盈地吻下去。

"——我跟你回家。"

第六章

你是
我的坐标

JUST DON'T LEAVE ME

01

两个人在第二天的傍晚时分，一起回到北城。

容屿第二次被停飞，部队殷切地邀请他住进疗养院，被他拒绝了。

然而，他也不敢回家。

他非常可怜，他没有去处。

不过好在，倪歌非常热情："没关系的，我可以收留你呀，来跟我住一起吧。"

容屿把头点得好像小鸡啄米。

然后，她把他安置进了……倪清时的公寓。

容屿："……"

他诚恳地发问："倪倪，万一你哥哥突然回来了，我们怎么办呢？"

"没关系，他每次回来，都会提前跟我讲的。"倪歌理所当然，帮他换床单，"而且我以前也经常来这边住，只要不动他的东西就没事。我哥没那么小气，不会生气的。"

容屿没说话。

他摸摸行李箱里那两瓶——回北城之前，宋又川特地塞给他的——青稞酒。

.123

宋大兄弟的话还言犹在耳："既然你俩都要同居了，那你不如一不做二不休，把事儿给办了吧。我看这酒不错，你还记得上次的效果吧……对，没错，记得让倪歌没事的时候，就喝一喝。"

容屿当时答应得满心欢喜。

然而，现在，他觉得，这事儿悬。

万一他灌醉倪歌之后，大舅子突然出现，那可怎么办？

"容屿。"倪歌收拾好床铺，一回头就看见他在发呆，赶紧拉着他坐下，"你饿不饿？晚饭想吃什么？"

"我不饿，你也坐下。"他摸索着把她拽过来，趁机在她手背上摩挲两下，"可能得麻烦你照顾我一段时间了，对不起啊。"

他看起来愧疚极了，倪歌觉得很心酸。

她赶紧道："没关系的，反正我现在没什么课，实习工作也不忙……我一个人在家里也没事做。"

容屿捏着她的小爪子摸来摸去，声音低沉沙哑，内疚地道，"我看不见东西，手里总想捏点儿什么……不然总觉得没有安全感，心里发虚。"

"啊？"倪歌愣了一下，"会这样吗？"

下一秒，她突然想起，没错啊，盲人们手里都是会握有盲杖的。但容屿这种好面子的人，当然不可能握着盲杖在街上走。

"对不起……是我没想到。"她抱歉地走过去，被他拽进怀里。

容屿将下巴压在她的头顶，嗅到她身上玫瑰精油的香气，像一阵若有似无的、清浅的风。

很快乐。

吃完晚饭，容屿安静乖巧地坐在原地，等着倪歌带他去卧室休息。但她没有立刻带他去，而是牵着他，在屋子里走了一圈。

"刚刚洗完碗，我把家里所有利器都收起来了。你一个人在这里时，应该不会磕到碰到。"倪歌微顿，握着他的手，"但我得带你熟悉一下这里的房间布局，如果记不住的话……算了，你记得卧室和卫生间的方位就行了。"

容屿被逗笑，伸手揉揉她的头发，低声道："你说吧，我记得住。"

124.

倪清时的公寓其实不算大，普通的三室两厅，因为建在高层，修建了一个非常漂亮的观景大阳台。

"阳台你不可以去。"倪歌一间一间屋子带着他走，走到阳台，严肃道，"外面特别危险，风也很大，会把你吹走。"

嗯？

她一本正经的样子，也太可爱了吧。

他搂住她的肩膀："知道了，我听你的。"

她最后带他回卧室。

"明天要早起，去医院做检查。"倪歌帮他铺好被窝，看着他刷牙洗漱完毕，贴心地道，"你早点睡吧，晚安。"说完，就打算转身走人。

容屿愣了一下。

"倪倪，"他赶紧叫住她，"你……我睡主卧，你睡哪儿？"

"次卧啊。"倪歌蹊跷道，"不然呢？"

"那个……"容屿词穷，"你晚上一个人睡，不冷吗？"

"有暖气呀。"

好恨。

容屿恶狠狠地想，难怪倪清时快三十岁了还连个女朋友都没有，单身公寓装暖气就算了，放那么多床干吗！

"行吧……"他实在想不到别的由头，只好沮丧地垂下无形的尾巴，"晚安，倪倪。"

倪歌没有多想："晚安。"微顿，她声音很轻地道，"容容。"

几天下来她也被折腾累了，几乎是头碰到枕头，立刻就沉沉睡去。

然而后半夜，被敲门声吵醒。

倪歌抱着抱枕爬起来，睡眼惺忪地拉开卧室门，见容屿穿着睡衣站在门外，脸上和衬衣前襟都是水，额前的碎发被水浸湿，软软地塌下来。他整个人无害极了，表情甚至有点委屈。

"怎么了？"倪歌立刻清醒过来，她半夜被吵醒，见他这副样子，瞬间一点脾气都没了，"屋里的饮水机炸了？"

"不是……"容屿张张嘴，愧疚地垂着眼，像是难以启齿，"浴室里那个淋浴头，不小心被我拔掉了。"

"然后水滋到了床上。"

这是怎么做到的？

"我本来想挽救。"他像一个做错事的小朋友，手足无措地道，"结果……枕头和被褥也湿了。"

倪歌的太阳穴突突跳。

她爬起来，放下抱枕："我去看看。"

刚跳下床，又被他拉住："你小心点。"

倪歌脚步一顿。

"我刚刚过来时，忘了关浴室的水管，现在浴室可能已经淹了。"

倪歌满头黑线。

他忧心忡忡："你小心点，别被水滋到。"

倪歌折腾了半天，才把主卧浴室里的水排干。

离开湿漉漉的浴室，她把枕头和被罩床单也拆下来，放到暖气上方去晾。

回次卧时，她身上出了一身汗。推开门，却见容屿还穿着湿衣服，坐在床沿上。

仿佛察觉到她靠近，他转过来，眼神茫然："都收拾好了吗？"

"嗯。"

他非常抱歉："对不起。"

虽然搞不懂这家伙为什么大半夜跑去开淋浴，但倪歌对他实在发不起脾气，软软道："没关系。"

她打开柜子，帮他找换洗衣物："你的衣服都湿了，介意暂时穿一下我哥哥的吗？"

容屿的东西都还留在西城，宋又川回去之后说要打包帮他寄过来，包裹今天早上才刚刚上路。

"当然不介意。"所以容屿没有拒绝，"谢谢你。"

"跟我客气什么。"倪歌笑了笑，抱着衣服靠过来，将衬衣放在他手中。

她穿着质地柔软的睡衣，半跪在床上。

她探身去关灯时，两条手臂绕过他的脖子，歪着脑袋，在他脸庞落下一个轻若无物的吻："晚安，快睡吧，好晚了。"

容屿赶紧按住自己不争气的小心脏，一边低声道："好。"

02

翌日清晨，倪歌带容屿去医院。

他的病历早在昨天就从西城解放军医院转回了北城，部队特地为他预约过专家，不需要排队，看起病来倒也很快。

进诊室之前，容屿提醒她："我这儿不知道要检查多久，你别在走廊上傻等，先下楼去吃早饭。"

"啊……"倪歌不打算离开，"但是，万一你出来之后，找不到我，怎么办？"

他瞬间乐了，搓她头发："我的眼睛能感光，虽然看不清，但是给你打个电话，应该不成问题。"

回北城之前，他带上了一部很久不用的老年机，把1键设置成了她的号码。

倪歌微怔，猛地抬起头："你能看见东西了？"

言语内外，都是惊喜。

"嗯。"容屿含混不清，手还停在她脑袋上，没有离开，"今天早上一起来，眼睛就能感光了。"

微顿，他捏捏她的小爪子，声音很低很低的，笑道："你真是我的小锦鲤。"

最后几个字，他咬字很轻，尾音微微上挑。

她抬起头，看到他半边侧脸浸在冬日初升的晨光里，卸下平日的冷肃，依旧眉眼清俊，甚至有些柔和。

倪歌不知怎么，耳根突然红了。

"那我下去等你。"

她莫名感到不好意思，不动声色地，把手从他掌心抽出来。

她刚抽出来，又被他捉住。

他拽住她的小臂，略一用力，将她整个人都往自己的方向带。

这回倪歌猝不及防，低呼一声，向前趔趄，摔进他怀里，脸颊蹭到他胸前柔软的针织衫。

"我的身体自己有数，我没事的。"他搓搓她的耳朵，胸腔微微起伏，心跳平稳又有力，"不要担心我，嗯？"

倪歌捧着发烫的脸下楼。

早上七八点，是医院一天之中人流量最大的时间段之一。

电梯很拥挤，她索性走楼梯。

她埋着头下了没几层，耳边竟然传来熟悉的对话声：

"就是因为这个，我才让你不要再碰酒了呀！你知道吗？你真的很不听话！你再这样我不爱你了！——这次是真的！我没有说笑！"

"对不起。"男声低沉，听起来很抱歉，"这次真的是个意外。"

"戒酒哪有那么难啊！你就不能稍微为我着想一点吗？啊！你是不是不爱我了，呜呜呜……"

倪歌停下脚步，抬起头。

她与站在妇产科牌子下的孟媛和蒋池，面面相觑。

倪歌脑子有点死机，一下子转不过弯，卡壳半天，艰难地憋出一句："恭……恭喜？"

"好久不见，倪歌。"大清早往医院跑，蒋池显然也头疼，"不是你想的那样，我没怀孕。"

——是蒋池胃出血。

三个人一起下楼在早餐铺子坐下，蒋池给孟媛和倪歌点了一锅小米粥，盛进小碗放凉。

他帮她们把锅贴和小笼包端到面前，向倪歌解释："我昨晚参加一个饭局，本来没什么事的，结果……不小心喝了两杯酒，把胃病给喝犯了。"

"你活该好吗？"孟媛把手中那个从刚才起就一直提着的篮子"咣"的一声放上桌子，愤愤不平道，"就为了你，我大半夜从外婆家，千里迢迢地跑回来。"

"辛苦了。"蒋池神情里有歉意，却没说对不起，"谢谢你。"

孟媛气呼呼的，像一只河豚。

半晌，见他还维持刚才的姿势望着她，眉目深沉，没有动，她又开始心疼："你还疼吗？"

"超级疼。"蒋池一点儿都不客气，"我的胃都破了，胃酸到处流，你想象一下。"

"那我给你揉一揉。"

"越揉越疼。"蒋池捉住孟媛的手，"你亲我一下，亲一下就不疼了。"

倪歌："呕！"

孟媛抬头白了她一眼。

倪歌："对不起，我没忍住。你拿的这是什么呀？"

她探头看一眼，那竟然是一篮子核桃。

"山核桃，外婆非让我带的。"微顿，孟媛意有所指，又有些愤愤，"她说打游戏费脑子。"

蒋池似笑非笑，在旁边默不作声地看着她。

"这个东西壳超级硬。"孟媛捡起一颗，捏捏，"但果仁味道还不错，我分一半给你，好不好？"

倪歌刚想说不用，蒋池已经起身去找店家要袋子了。

倪歌失笑："你们简直像是已经结了十年婚。"

"谢谢夸奖。"孟媛笑眯眯道，"不过，你还没跟我们说，你来医院干什么？"

"唔……"倪歌低头喝粥，"容屿受伤了，带他回来治病。"

"学长不是在部队？"孟媛愣了一下，立刻反应过来，"他伤得严重吗？"

倪歌想了想，不知道该怎么说。

"也许吧……他……他眼睛现在不太能看得见。"

孟媛惊了："这不严重吗？"

倪歌挠挠脸，觉得，可能上次那架飞机炸了，要更严重一点吧。

"做军人真的好辛苦。"孟媛沉默了下，小声感慨，"高中时，觉得学长特别帅，这么多年不见了，也不知道他腰怎么样了？"

倪歌一口粥差点喷出来："不是，你这话题是怎么转到这儿来的？"

"不是呀，倪倪，你想。"孟媛有理有据，"如果他身经百战，受过很多伤，肯定不止眼睛一个部位虚，肾很可能不行。"

倪歌沉默。

"力气大概也很小。"

孟媛越说越奇怪，倪歌正想止住话题，蒋池拿着两个纸袋走回来："在聊什么？"

"我在教倪倪大人的事，你不要听。"孟媛自然而然地接过来，两只手伸进篮子捧核桃，一把一把地往纸袋里装，"快转过去。"

"好的。"蒋池从善如流，放下手中的小钳子，配合地举起双手堵住耳朵。

"咦？你还拿了钳子？"

"嗯。"蒋池见她注意力转移，拿起钳子，放上一颗核桃，"早上吃一点干果也很好。"

说着，他捏捏钳子，然后，发现捏不动。

蒋池有些窘。

孟媛笑起来："你看，我就说这个壳真的超硬。"

蒋池见她笑了，神色也跟着缓和，却还是接话："硬核啊，我再试试。"

蒋池在旁边碎核桃，孟媛亲切地握住倪歌的手："我们接着刚才的话讲，万一他真的身体虚弱了，你不可以伤害他的自尊心。"

"那我……"

"你自己想办法呀。"

"不过。"不等小闺密接话，孟媛又惆怅地撑住脸，"你婚后可能体会不到某些生活乐趣了。"

倪歌捂住脸："我们离结婚那一步还好远好远呢。"

小闺密闻言还想说什么，倪歌的手机突然响起来。

倪歌边接电话，边站起身："你出来了吗？"

"嗯。"早餐铺子就在住院楼底下，他凭着记忆出电梯，"我出电梯了，正在往那边走。"

"我过去接你吧，你站着别动。"

"不用。"容屿笑了，"我去年来过，还记得路。"

"那……"倪歌不放心，"那你不要挂电话，万一找不到就站着别动。"

容峤好笑道："好。"

倪歌放下电话，孟媛问："是学长？"

"嗯。"

她应得有些心不在焉，忍不住转过去环顾四周，企图捕捉容峤的身影。

"他不是看不见吗？"孟媛忧心忡忡，"他一个人过来，会不会在大马路上摔倒？"

虽然这段路本来也不长。

"他今天早上跟我说，他的眼睛能感光。"倪歌虽然嘴上这么说，其实心里也超级不放心。

所以，容峤出现在视线内时，她几乎飞扑过去。

容峤觉得自己好像被一只毛绒小动物捕捉了。

他捞住她，下意识地撸撸她的毛："吃东西了吗？"

"正在吃。"倪歌轻声说，"我刚刚遇到了孟媛和蒋池，所以他们也在。"

她牵着他走到桌子前："小心一点，别碰到粥碗。"

"好。"容峤嘴角微勾，手在桌上试探着摸了摸，摸到一颗……

"核桃？"他耸眉。

"对，是我外婆带给我的。"孟媛解释，"我给倪倪也装了一袋，回去之后，你可以让她敲给你吃。"

容峤笑了："这种东西，怎么能让女孩子来敲。"他一边说着，一边若无其事、云淡风轻地用拇指搓碎了那个核桃。

孟媛惊得瞪圆眼。

"不好意思。"突然意识到什么，容峤连忙抱歉地道，"最近，我眼睛不太好，很没有安全感，什么东西放在手里，总想搓一搓。"

孟媛迟疑地咽了咽口水："学长你能……能再来一个吗？"

"啊。"容峤眼睛看着前方，波澜不惊地道，"可以。"

他说着捡起另一颗，夹到虎口和拇指处。

两相摩擦，轻轻松松，跟捏空心巧克力球似的，一搓就碎。

"厉……厉害……"孟媛目瞪口呆，简直要跳起来给容峤叫好了。

蒋池赶紧拦住她，让她不要把大佬当钳子使。

孟嫒突然转过去，对着倪歌："我觉得，你的婚后生活，乐趣绝对少不了。"她一脸严肃，"毕竟大佬还是大佬，一点都没变。"

顿了一下，孟嫒又特别特别正经地道："为你祝福。"

倪歌不知道该说什么，她觉得自己其实并不需要发言，孟嫒一个人能演完整出相声。

果不其然，下一秒，"但是，说实话。"孟嫒停了一会儿，又道，"我还要为你加油。"

03

吃完早饭，告别蒋池和孟嫒，倪歌牵着容屿回家。

两人一路上都很尴尬。

倪歌满脑子都是孟嫒小嘴叭叭的"婚后生活"，巧的是，容屿也差不多。

所以，两个人沉默了一路。

回到家门口，倪歌小声道："那个……"

容屿立刻："嗯？"

"我下午得回趟学校，然后去公司交一下之前翻译好的文稿。"倪歌很不放心他，"你一个人在家，可以吗？"

"当然可以啊，你当我是谁"脱口而出的上一秒，容屿心里的小玻璃人眼疾手快地跳起来，死死地捂住他的嘴。

于是，容屿张张嘴，没有说话。

他微微垂着眼，目光向下，睫毛在眼下打出小小的阴影。尽管两眼无神，深邃的眼眸被楼道间的光线冲刷，还是呈现出明亮的颜色。

他站在那儿，短暂地沉默片刻，沉声道："没问题的。我一个人在家里听收音机也很好，听说下午频段有相声，应该不会无聊。"

他明明很正经，但倪歌在他的神情里读出了委屈。

她顿时有点无措。

她从没见过这样的容屿，大概病人都是脆弱的，再嚣张的大佬也要向病魔低头。

"我……"于是，她钩住他的小拇指，语调柔和地打商量，"我会很快回来的，你乖一点，好不好？"

容屿的小心心又被炸飞了一次。

几乎没有犹豫，他低下头，吧唧亲在她嘴角："我乖得很。"

倪歌微怔，脑海中浮现疑问：

这家伙看不清东西，怎么次次亲得这么准？

"没有亲歪。"下一秒，他声音很轻地道，"真好。"

这种得意，真是让人心酸。

倪歌又心疼起来。

她踮起脚，主动回吻："那晚上见啦，容容。"

大四课程很少，倪歌在学校上完下午唯一一节必修课，搭地铁回江城集团送文件。

陶若尔在她去调研之前布置的任务，她已经翻译完了。

倪歌早早把电子稿发到了出版社的邮箱，如果陶学姐看东西速度够快，现在应该已经进入了校对环节。

然而，她没想到，这会给陶若尔添麻烦。

"……谁给你的这么大的权力！翻译部我不敢说，至少文件组，还是我说了算吧！"

她刚一走出楼梯间，就听见争执声。

这吼声听起来很熟悉，倪歌微怔，赶紧走过去。

部门门口站着两个人，一个是穿高跟鞋、小裙子，挂着工作牌的陶若尔，另一位，是那位先前被周进撞了一身剩饭的部长——也就是她先前的面试官。

"部长，我是有权进行人员调动的。"陶若尔不卑不亢，平静地道，"何况，倪歌本来就是我的实习生。"

"但图书翻译组是一个独立组，你没有资格把你的人调到他们组，而且还不通知我！倪歌现在应该坐在办公室里翻译文件，而不是天南海北地瞎跑！你给我好好反思……"

"部长。"倪歌走过去打断他，颔首道，"下午好。"

部长没接茬。

他的西装没有扣扣子，训人时一只手习惯性地卡在腰上，西装下摆就挂在手上，看起来不伦不类，自己却浑然不觉。

"倪歌小姐。"他的语气突然平静下来，"西北好玩吗？"

倪歌没有说话。她没什么职场经验，不确定是不是自己，给陶若尔带来了麻烦。

"我没记错的话，你面试的是笔译岗位，被分进了文件组。"顿了顿，部长问，"是谁给你勇气，能让你一走就是几周，还连个招呼都不跟我打呢？"

"我已经把她调到图书翻译组了，也有给她分任务。"陶若尔快烦死了，一遍又一遍地解释，"而且你也看到她的稿子了，写得很好啊。"

"好什么好！"部长怒道："之前的实习作废！如果接下来一段时间我看不到你全勤，实习证明别想我给你盖章！"

他怒气滔天地吼完，转身走了，把办公室的门甩得震天响。

空气中静默三秒。

刚刚不动声色地偷瞄着看热闹的同事们，瞬间作鸟兽散。

"唉，倪歌，"陶若尔沉默一阵，捧心叹息，"我好累。"

"对不起，学姐。"倪歌抱歉极了，"我给你添麻烦了。"

"哇，快别这么说。"陶若尔赶紧道，"他看我不顺眼很久了，他看所有漂亮女生都不顺眼。"

倪歌眼里不自觉地浮起笑意。

她跟着陶若尔一起回办公室。

"不过，你回来得正是时候，公司周末有晚宴，有空的话一定记得来。"陶若尔一边说着，一边从抽屉里抽出邀请函，"会有很多好吃的东西，我猜你喜欢。"

"谢谢你，我确实喜欢。"倪歌笑着低下头，看到邀请函上精致可爱的小蝴蝶结，突然意识到，"竟然已经圣诞节了？"

"对呀。"

"那……到时我可以带家属吗？"

陶若尔哈哈大笑："只要你想。"

倪歌还真的很认真地思考了一下。

这种晚宴一般就两个目的，一个是公司高层线下交流，一个是制造个机会给员工们嗨一嗨，说不定再牵牵红线。

所以，她要带着容峙去蹭饭也不是不可以。

问题就是……

她想象了一下，失明的容峙，站在人来人往的宴会厅里，茫然无措地小声喊"倪倪"的画面。

倪歌惆怅。

还是算了。

好可怜。

"不过说真的，一到逢年过节，我就特别羡慕你们这些有家眷的人，不像我。"陶若尔坐到椅子上，惆怅地转个圈，"年纪轻轻，貌美如花，却负债累累，月月赤字，日日为还钱的事疲于奔命。"

"怎么？"倪歌以为她要还花呗，眉眼弯弯地笑，"又月光了吗？"

"不是，我把别人的车给撞了，一辆宝马。"陶若尔哼，"就是你离开公司那天，全城暴雨，他硬要开着车往我前面蹿。"

"然后呢？"

"我忍不住，一个猛子就撞到了他的车上。"

倪歌听得无语。

"虽然赔起来有点贵。"顿了一下，陶若尔感慨，"但说实话，真的，爽极了。"

倪歌今天工作不多，下班之后，特地跑去买了一个蛋糕。

回到家时，窗外夜色阑珊，屋内一片黑暗，一点人气也没有。

她心里一揪，一颗心瞬间提起来："容峙？"

屋里没人应她。

她又试探着叫了一声。

还是没反应。

倪歌心里蹊跷极了，手指抚上电灯开关，还没往下按，容峙就凑了过来。

巨大的黑影毫无征兆地靠近，他从身后抱住她，下巴抵住她的脑袋。

他的声音很低，带点儿性感的哑："欢迎回家。"

倪歌的心瞬间落回肚子里。

她觉得他越来越像一条大狼狗，抱着她时暖洋洋的，尾巴跟在身后一甩一甩。

"你饿不饿？"这样子好像新婚夫妻，倪歌莫名有点开心，伸手去开灯，任由他抱在怀中揉来捏去，"我买了蛋糕，你想晚饭之前吃还是晚饭之后吃？"

"都行。"容屿耸眉，"你发实习工资了？"

"不是。"倪歌摇头，很有耐心，一样一样地数给他听，"我有小金库呀，没花完的生活费，还有奖学金。"

"你还有奖学金啊，倪倪真棒。"容屿轻声笑。

他放开她，帮她托着蛋糕，放到桌上："不过，怎么突然想起买这个？"

"我们公司周末有个晚宴，我可能会回来得比较晚。"倪歌顿了一下，说，"但那天是圣诞节，所以想提前陪你过节。"

她好像有些抱歉。

容屿低笑，亲亲她的脸颊："去做你的工作就好，不用觉得抱歉。"

毕竟，反正……他周末也有自己的事。

容屿若有所思地摸摸下巴。

"那我先给你切一块吧。"倪歌想到什么说什么，一本正经地道，"学姐说晚宴会有很多漂亮的小蛋糕，一想到你没法去，就觉得很可怜。"

"不过。"下一秒突然想到什么，容屿把倪歌拽到自己身边，低声哄，"倪倪，我的卡就放在钱包里，密码是你的生日。"

"你可以用我的钱。"想了想，他又补充，"卡上存着我这几年所有的工资和津贴，我平时用不到，几乎没有动过。"

倪歌微怔，眨眨眼。

正常情况下，一个帅气的男人深情款款地拿出一张卡对她说，拿去用——哪怕这人是她亲哥倪清时，她也会觉得自己被幸福击中了。

但是容屿……

她诚恳道："你留着治眼睛吧。"

容屿无语凝噎。

他像一个小火炉，倪歌坐在他身边，浑身上下暖洋洋的。

她一边切蛋糕，一边问："今天的检查结果出来了吗？医生怎么说呀？"

"说——"容屿答得很含糊，"让我多休息一下，它自己会恢复。"

这些年来，容屿接受各种训练，时不时就要风餐露宿。他对自己的身体状况，可以说是了如指掌。

所以，他自己心里有数，下飞机时嘴里喊着小事小事不严重，那是真的不严重。

要说恢复早晚，也只是时间问题。

但倪歌总觉得很严重，秀气的眉头纠结地皱起："庸医。"

容屿听得嘴角抽了抽。

"不过算了，先来吃蛋糕吧。"她怕他难过，迅速转移话题。她拆开盒子，递给他一把小银叉子。

蛋糕不大不小，刚好够两个人吃。白色打底，奶油很厚，没什么复杂的花边，只在最中心用果酱画了一只简笔的、嘴巴咧到耳根的羊。

看得容屿心痒痒。

他伸手捏住她的小爪子，故作茫然地问："蛋糕好看吗？"

"是一只羊。"倪歌毫无所觉，边说边伸手去拿手机，"我拍下来呀，等你眼睛恢复了，发照片给你看。"

容屿心里的小人泪流满面，她到底是什么天使。

他低声："嗯。"

"不过，我也好久没有吃过蛋糕了。"倪歌煞有介事，尽管没有蜡烛，也双手合十，道，"我要许个愿。"

容屿眼底含笑地望着她。

下一秒，她闭上眼，认真地、一字一顿地道："希望容屿的眼睛快点好起来，以后不要再受伤，也不要再停飞了。"

容屿呼吸一滞。

夜色静谧，高楼大厦，窗外星子繁集，浅光如银河流泻。

屋内灯光柔和，窗帘半遮半掩，白色的灯光下，他低头就能瞧见小姑娘乌黑的长发、小小的发旋和圆润白皙的耳垂。

她一本正经，微微闭着眼，两眼弯成桥，整个人都显得雀跃，像森林里意外捡到果实的小动物。

时光仿佛暂停了一瞬。

容屿早已经体会过世界广博，却在这个时候才真切地感受到，世界这样温柔。

他缓了缓，低声问："我是不是，很多年没有陪你过过生日了？"

"没关系。"倪歌睁开眼，小声道，"我也没有陪过你。"

"那我的愿望就是，"长夜寂静，他握住她的手，低声笑道，"此后岁岁年年，倪歌平平安安；年年岁岁，我和她再也不分开。"

小姑娘还没反应过来。

他用叉子叉起一只车厘子，裹着奶油，举到她面前："尝一尝？"

倪歌睁圆眼，开开心心地张开嘴，小心地将车厘子接过来。

她刚刚衔住果实。

他突然伸长手臂，扣住她的下颌，唇瓣含住她微张的下唇，用力地吻上来。

他吻得很重，一手托住她的后脑，咬着她的唇珠，舌尖从唇缝里伸进去，撬开唇齿，以霸道的姿态攻城略地，卷走她口中的车厘子。

燥热从身体的每个角落冒出来。

车厘子的果汁在口腔内炸开。

倪歌脑子里"噼里啪啦"一阵响，迷迷糊糊的，手臂不自觉地攀附上他的肩膀。

容屿眼中光芒陡然转深，黑暗中蹿起小小的火苗。

他手臂用力，将她抱到沙发上，微凉的手指掀开衣服下摆钻了进去，一路向上游移。

长夜俱寂，所有感官被无限放大。

倪歌有点难以呼吸，发出小声嘤咛："唔……"

他像是突然想到什么，身形猛地一顿，手指微屈，立刻撤出去。

容屿低下头，垂下眼，额头碰着她的额头，呼吸里都是压抑的情绪。

客厅里静寂许久。

她离他很近很近，稍稍离开他的嘴唇，缓了半天，才呼吸不稳地非常非常小声地开口："那个……

"你……你刚刚是想……"

容屿将她圈在怀里，看着她。

她还在艰难地结巴："干什……"

她想说"干什么坏事"，然而下一刻，她就被容屿打断了。

"对。"他面无表情地承认，"我想……"

月色清淡，长夜幽寂。

室内静默一瞬。

"就……"倪歌两条手臂还停在他肩上没有离开，红晕却从耳根一路蔓延到脖颈，结结巴巴地道，"你……你们男生，看……看不见，也能吗？"

"我们都是靠感觉的。"

这是一句假话。

"那……那岂不是……对谁都能这样？"

"当然不是。"

这一句是真话。

他两只手落在她的腰上，眼神微微向下。

她穿着家居服，是一件冬季圆领睡衣，毛茸茸的，离得近了，能清晰地看到里面的弧度。

于是，他很真情实意地说："我只对你能。"

倪歌不知道该怎么办。

她从没遇到过这种事。

"不过，你别怕。"容屿自诩正直，循循善诱，叹息道，"结婚之前，只要你不同意，我是不会动你的。"

可他的身体不配合。

连倪歌都感觉到了。

"那……"她有点慌，眼里不自觉地泛起水光。

话没说完，他再一次低头吻住她，将剩下的话吞入腹中。

这个吻浅尝辄止，但轻而易举地再一次夺走了倪歌的智商。

她被亲得迷迷糊糊，趴在他胸口喘息，听见他沉稳有力的心跳。

容屿声音轻轻的："有这工夫瞎想，不如早点考虑一下，什么时候嫁给我。"

……

倪歌一边脸红，一边在心里骂。

圣诞节当晚，江城传媒在市中心一家酒店进行圣诞晚宴。宴会厅风格典雅，设备一流。男男女女，衣香鬓影，光彩照人。

倪歌穿着及膝的小裙子，独自一人，挑了个人少的角落，躲起来吃小甜品。

她对社交兴趣不大，但陶若尔说得没错，宴会上真的有不少精致可爱的小甜点，她吃得很开心。

吃到一半，陶若尔鬼鬼祟祟地踱步过来，本想从背后捂住倪歌的眼睛吓一吓她，结果一探头，就看到她阅读器上密密麻麻的文献。

陶若尔没忍住，惊呼："哇，学霸。参加晚宴都不忘见缝插针看论文，难怪你能考状元！"

倪歌手一抖。

在这种地方看文献，多少会显得装。

她有点不好意思，顺势将阅读器收起来，转过去："学姐。"

"你刚刚在看什么？"陶若尔对语言也很敏感，在她身边坐下，好奇地道，"方便跟我讲讲吗？"

陶若尔的鱼尾礼服很修身，坐下来时，长腿习惯性地交叠，整个人身形修长，气质出尘。

"嗯。"倪歌点头，"是讲飞行员眼睛的，黑视和红视。跟前段时间导师调研的课题，沾一点点边。"

陶若尔似懂非懂，很诚实："其实我听不懂。"

倪歌笑了笑，没说话。

所以她愉快地转移了话题："不过，你怎么一个人坐在这儿，不去跟他们玩？"

倪歌也很诚实："我想躲起来吃东西。"

"巧了，我也是这么想的。"

陶若尔两眼弯弯，一边说一边拿出小盘子，叉起一枚巧克力樱桃塔放进口中，小心翼翼地咬一下。

甜意在口中化开，她又有些苦恼："但这些东西热量太高了，我这种裙子，吃太多会很明显。"

倪歌笑了笑，正要开口，背后传来一道沉稳带笑的声音：

"你不吃也很显腰。"

陶若尔原本垂着脑袋，听见这话，眉头一皱，抬起头就想怼人："谁这么没眼色……"

她抬起眼，猛地一顿，语气霎时变得很惊喜："周老师，您怎么过来了？"一边说，一边起身相迎。

倪歌微怔，也跟着起身。一抬头，就看到一个神情矍铄的老人，在一群人的簇拥下，正不急不缓、面上带笑地走过来。

周进也站在旁边。

他离老人最近，一身高定，西装挺括，侧脸英气，高而挺拔，像一棵健康的植物。

倪歌目光与周进相撞，周进微微笑，颔首表示问好。

"我来看看这么久不见，你又胖了多少。"周有恒走过来，笑着拍陶若尔的肩膀，"这是我之前跟你提过的小桃子，我在京大做客座教授教中文时，就是她天天来蹭我的课，毕业后还年年给我寄东西。"

陶若尔笑得又甜又乖："老师好久不见呀，身体还好吗？"

"挺好的。"周有恒笑眯眯道，"这是我孙子周进，我最近回了北城才知道，你俩都在江城集团？"

周进嘴角微抽："对，但我们不在同部门。"身形微顿，他有些不情愿地伸出手，"你好。"

陶若尔眨眨眼："你好……"

不知道是不是倪歌的错觉，她觉得学姐好像也不太情愿。

一行人扶着老人家坐下，周进给他倒了一杯茶。

"对了，你不是要介绍人给我？"周有恒问，"人在哪儿？"

周进笑了："就在眼前。"

陶若尔非常懂得看人眼色。

她短暂地怔了怔，连忙拉住倪歌："老师，我给你介绍一下，这是我最近带的小实习生，英文超棒文笔也好，是他们那届的高考状元，叫倪歌。"

倪歌不知道这是谁，非常礼貌地挑了个中肯的称呼："周老师好。"

周有恒打量她，也笑着道："你好啊。"

趁着这个空当，陶若尔压低声音，飞快地在倪歌耳边扔下一句："这位是江城出版社的老社长，周有恒。"

倪歌有些吃惊。

哪怕没有那个"社长"前缀，周有恒这个名字在学术圈也如雷贯耳。

这人早年留学法国，修习英文和法文，写得一手好字。回国之后，翻译了大量法文作品，在翻译和创作上都很有造诣。

她之前从来不知道，这位近年来行踪不定、活在传说里的大佬，竟然是周进的爷爷？

"我看过你的作品。"老人家看着倪歌，眼里笑意满满，"《明日之下》，是你翻译的？"

倪歌赶紧道："是。"

"你翻译的故事，比原作更有意思。"老人家夸起人来毫不吝惜，"长江后浪推前浪，京大出来的学生不会差。我看到你，就觉得我确实该退休了。"

周进有些无奈："爷爷。"

倪歌睁圆眼，有点无措："您实在是过誉了。"

她不好意思说，那段时间，她忙着跟容峙斗智斗勇，连文稿都是在高铁上写出来的。

"不过分不过分，我前段时间在小桃子的朋友圈里看到她晒《明日之下》的文稿，就很想来见见你。"周有恒说，"恰巧他们这边办晚宴，周进又说他认识你，我干脆就跟着来了。"

"图书翻译组今年有个重点计划，要去国外译一批畅销书。"微顿，他和蔼地拉住她的手，拍拍手背，"我正需要你这样的人。"

倪歌觉得自己好像在做梦。

天山掉馅饼，她被砸得晕晕乎乎。

"我……我很荣幸。"

周有恒没有待太久。老人家上了年纪很容易犯困，没办法跟年轻人一起蹦迪熬通宵。

直到他跟着周进离开会场，倪歌都没完全回过神。

倒是陶若尔先尖叫起来："啊啊啊！太好了！你可以回图书翻译组了！你这种人，坐在办公室里翻译文件，简直暴殄天物好吗！你就应该去写书！"

"谢谢学姐。"倪歌真情实意，"如果不是你，周老师不会看到稿子的。"

"我也没想到他那么喜欢，还是你写得好。"

两个人商业互吹没几句，倪歌就忍不住了："学姐，我想现在就打个电话给我的家属，跟他分享这件事。"

陶若尔点头："噫，打吧。"

倪歌开开心心地拿出电话，打给容屿。

打了一个，容屿没接。

再打第二个，还是没人接。

打到第三个，倪歌心里不由自主地打起鼓来。

现在还不到十点，容屿不可能睡得这么早。

然而还是没人接。

她有些慌了，打电话问物业："六栋 24 层的屋子还亮着吗？"

保安看了看，告诉她："没亮灯。"

倪歌心里"咯噔"一声。

"对不起，学姐。"她匆匆拿起手袋，"我家里可能出了点事，得现在回去一趟。"

"啊？要紧吗？那你赶紧去。"

看着学妹跑掉的背影，许久，陶若尔两手撑着脸，用翻译腔自言自语："喔，我的小可爱。"

倪歌走出大厅，凉风扑面而来，她将外套紧了又紧。

进入十二月，北城也迅速入了冬。几场冬雨过去，温度跌到零度。

她今天穿的是礼服，裙子只能搭到膝盖，羽绒服稍长一些，光洁的小腿仍然露在外面。

这里打不到出租车，她顶着寒风往外走。

走出去没几步，一个摇摇晃晃的黑影猛地撞上来，她下意识朝旁边躲，却还是被带得一歪。

倪歌的羽绒服被他撞开，趔趄几步，勉强稳住身形。

她抬起眼，撞上对方的目光。

——是她那位部长。

对方两腮泛红，微怔，竟然笑起来："是你？倪歌？"

倪歌敷衍地道："部长好。"一边说，一边将羽绒服重新裹紧。

"裹得那么严实干吗？"谁料，他不满地皱起眉，"你穿裙子多好看。"

他明显醉了，倪歌转身欲走："我还有事，就不陪您聊天了，公司见。"

她没想到刚跨出去两步，又被他拉住："哎，我说你们这些小姑娘，怎么都这么不懂规矩。"

"部长。"倪歌皱眉，"放开我。"

"你还年轻……你不明白。"他醉醺醺的，"女人是生育的机器，你们是……公司养的传话机器。"

这人喝太多了，应该被扔进喷泉池子冷静一下。

"我再说一遍。"倪歌发现他力气大得出奇，声音不自觉地一沉，"放手。"

"哟，还威胁我呢？"他凑上来，笑着道，"你说你长得这么漂亮……"

倪歌余光外，突然出现一个熟悉的人影。

她微怔，眼睛蓦地睁大，猛地转过去。

夜晚风寒入骨，两个人在门口停住脚步。酒店门口光线暖黄，大厅里华贵的吊灯透出光线，在出口处卷成毛茸茸的一团。

是一男一女。

男人身形高大，穿一身黑色风衣，留着利落精神的板寸，面部轮廓硬朗，下颌线条分明，英俊挺拔，气度从容。

女人身材娇小，倪歌的角度看得不太分明，对方也穿着一条裙子，看起来十分纤瘦。

两个人交谈一阵，女人含羞点头，男人突然笑起来。

夜晚雾气飘散，风呜呜地低声呼啸着。

一门之隔，里头是快要漫出的暖光，倪歌一眼望过去，明明已经认出对方，却还是觉得男人的面容难以辨认。

——尽管心理上，非常不想承认。

但那人的的确确，是自称已经瞎掉的容峙。

她耳边静默一瞬，听到部长轻佻地说："……装什么清高？"

倪歌眼眶突然红了。

"你不……不要拽着我。"

她很想反手给部长一耳光，但委屈的情愫不受控制，像滋生的藤蔓，瞬间将她整颗心脏包裹起来。

"你怎么突然还哭了？"部长像是很惊奇，话语越发出格，"哭起来还挺好看，就应该哭。"

寒风凛冽，冬夜沉寂，白雾成霜。

周进送走爷爷从停车场回来，刚打算回宴会厅，就听见部长的这番言论。

他眉头微皱，撸起袖子，正打算揍人。

一个高大的人影先他一步，大跨步地走过去，毫不费力地将那部长扯开，揪住对方的领口，一拳挥出，正中对方颧骨。然后，将人扛起来，重重地砸进喷泉池子。

喷泉流水潺潺，在深夜中激起巨大的水花。

一系列动作行云流水，一气呵成。

周进惊了。

砸这一下完全无法平息容屿的怒火。

他将人拉起来，还想再打。

"容先生！"身后传来女声，是刚刚那位跟他相谈甚欢的婚庆公司小姐姐，听起来非常恨铁不成钢："别打了，您倒是先追人啊！"

容屿如梦初醒，回过头才发现倪歌已经走了，哭着走的。

他瞬间慌了，赶紧追上去。

夜色浓郁，疏星朗月，天空黑黢黢的。

周进站在原地，沉默地盯着被揍得鼻青脸肿、正艰难地在喷泉池子里扑腾的翻译部部长，看了一会儿。

他转身进门，低下头，给爷爷发短信。

是得让老爷子清理一下门户了。

他刚走进门，耳畔就响起一个凉凉的女声。

"哎呀，我早就听人说，职场得意，情场就会失意。"陶若尔抱着手，拿着倪歌落在会场内的阅读器，幸灾乐祸道，"周先生，最近应该有巨款进账吧？"

她这话原本的意思其实是，你都这么有钱了，放过我行不行。

结果，周进嘴角一动："那当然。"皮笑肉不笑地道，"我的宝马刚刚被人撞了，某人还欠我一笔修车的巨款。"

陶若尔翻了一个白眼。

"确实是飞来横财。"周进波澜不惊，"你说是不是——眼神不好、开车不看路的陶小姐？"

陶若尔无语。

04

冬天呵气成霜，天色黯淡。入夜之后，街上人影寂寥。

倪歌离开酒店，一路向前走，眼泪不受控制地往下掉。

她不管不顾地拿袖子去擦，可是越擦越多。

她穿着高跟鞋，速度快不起来。

容屿大跨步跑过来，很快追上她。

"倪倪，倪倪……倪歌！"他攥住她的手腕，声音低沉，刻意放软，"你走慢点。"

"你走开！"倪歌用力推他。

他没有走开，他拽着她，在她额头上亲了一下。

"你……你不要拉着我。"倪歌甩不掉他，眼泪噼里啪啦地砸下来，"我不喜欢你了。"

"你怎么会不喜欢我。"她的手很凉，容屿心疼坏了，伸长手臂，想将她揽进怀，"你不喜欢我，你哭什么？"

"我讨厌说谎的人。"倪歌语气恶狠狠的，可她声音不大，听起来竟然像是在撒娇，"你这个骗子。"

容屿低头认错，哄道："刚刚是你站得太远了，如果你离得近，能听见我和那个女生的谈话内容，就不会误会我们。"说着，他解下自己的外套，想帮她穿上。

但是，倪歌完全不领情。她吸吸鼻子，红着眼抬起头："谁在乎你跟那个女生什么关系。"

容屿愣了一下。

不是为这事儿？那还能为什么？

"你的眼睛。"她的声音断断续续，"是什……什么时候恢复的？"

"就前几天。"

其实，准确地说，是回北城的第一天。

其实她送他去医院做检查的那天，他的身体就已经恢复正常了。至于部队的体检能不能通过，那是另一码事。

倪歌被气笑了："所以，这么多天以来，你就一直把我当成白痴。"

"我没有……"

"我……我查了那么多资料。"倪歌的眼泪刚刚止住，现在又想哭了，"还……还帮你……但你一直就只是在骗我。"

容屿手足无措，求着她："这里真的太冷了，你再待下去会生病的，倪倪。"

他低下头，额头抵住她的额头，企图把自己的热量传给她："我们回车上，你一边吹暖气，一边骂我，嗯？"

"你……"倪歌一听，小羊毛多得更厉害，"你……你把车都开回来了？"

容屿忍不了了。

他环着她的肩膀捏她的手，揉来揉去，温度一点都不见回升。

"我不要跟你走。"倪歌垂着脑袋嗫嚅，百般抗拒，想推开他的手，"我刚刚说过，我不喜欢……"

她话没说完，容屿扣住她的后脑，吻下来。

男人气息很热，他身上缠绕着清淡的柠檬香气，铺天盖地、轻而易举地夺走她的呼吸。

他尝到她的眼泪。

半晌，他稍稍放开她，眼神有些暗："以后不许说这种话。"

倪歌看着他，眼睛一眨，又一滴眼泪滚下来。

他亲亲她的脸颊，用唇接住，然后强行用自己的外套罩住她，将她打横抱起来："走。"

倪歌没有说话。

她在心理上非常抗拒这个骗子，但生物都有求生的本能。

所以，她本能地往他怀里蜷了蜷。

容崎身形微顿，忍不住抱紧她，加速往地下车库走。

地下车库没什么人，看门老大爷盯着分辨率不高的电视屏幕，昏昏欲睡。

容崎躬身打开车门，将倪歌放进副驾驶："当心，别碰头。"

倪歌垂着眼，不作声。

他打开暖气，从车后座捞出一条毯子，将她整个人裹进去，才坐上车关好门，却没有立刻开动。

"车是今天晚上，川子帮我开回来的。"顿了一下，他主动解释，"我的档案刚刚调回北城，很多东西都还没送过来。"

倪歌还是没有说话。

"刚刚你看到的那个女生，她……"话到嘴边，容崎突然感到别扭，"她是我的一个工作伙伴。"

倪歌笑了："圣诞节晚上，一男一女两个工作伙伴，在酒店聊到深夜。"

车上灯光颜色很暖，她的妆都哭花了。

容崎在心里叹口气。

他探过身，一手握住她的下巴，一手抽出纸巾，仔细小心地帮她擦脸。

半晌，他声音很低地道："吃醋？"

倪歌没说话。

"真的不是。"容崎很想直说那是婚庆公司的人，而且也不是只有一男一女，其实谈事情时，是他一男和其他几个女的。

但他连婚都还没求，又觉得现在讲这个是不是太早，只低声哄："我只喜欢你。"

倪歌迅速小声接话："我不喜欢你。"

语气恨恨的。

容崎没有犹豫，顺势低下头，又吻住她。

倪歌推推推，推不开。

他按着她，一直亲到小姑娘气得开始发抖，才恋恋不舍地放开："不准说这种话。"

不知道是因为车上暖气太热，还是因为被他亲了……倪歌眼中光芒潋滟，耳根泛起桃花色。

容峙心里奇怪，他的小姑娘怎么越来越诱人。

他一边想着，一边低下头，吻住她的耳垂，哑声道："如果你再说不喜欢我。

"我在这儿把你……"他说到后面几乎是气音。

倪歌半晌没出声。

容峙很恶趣味，喜欢看她的小羊毛被吓得抖抖抖。

他以为她又要抖抖抖，结果没有。

倪歌沉默半天，问："你是不是觉得，不管怎么跟我开玩笑，怎么逗我，我都不会生气？"

容峙微怔。

"也是，我很少在这种事情上生气。"倪歌语气平静，"所以就好像，我没有脾气一样。"

容峙两手环着她的肩膀，有些无措。

"倪……"

"容峙。"她稍稍从他怀中离开，看着他，眼中潮潮的，"你每天看着我着急，是不是觉得还挺好玩的？"

容峙刚想开口，又被倪歌打断。

"啊，她又在看文献，可是看文献有什么用呢，我的眼睛早就好了。"倪歌停了停，故意笑了四声。

容峙被她最后那四个哈逗乐了，但又有点难受。

他握住她的手，在她手腕处亲一下，声音很低："我怎么可能那样想。"

"我当然知道你担心。"他说一句，又在手腕亲一下，"就是怕你担心，才没有立刻告诉你。"

"我那天去做检查，医生说要持续观察一段时间。"他受过伤，现在还没有完全确定是不是旧伤复发，"我想等情况完全稳定下来，再告诉你。"

倪歌不为所动："那不是理由。"

容屿沉默了下："我怕跟你说了，让你白高兴一场。"

倪歌安静地听着。

"当初，我住在疗养院，我妈千里迢迢跑过去，说服我接受手术。"容屿微顿，"后来等我答应了，她才知道，手术成功率不到40%。我妈担心得要命，但是当着我的面，一句话都不说。她连叹气都要背过去叹，怕被我听到。"

他停了一会儿："所以，我现在特别害怕跟家里人说'可能''也许'，不确定的概率事件总是让他们悬着一颗心。"

倪歌张张嘴，说不出话。

容屿顿了一下，突然转过来，很认真地道："在带你探索异性身体这件事情上，也是。"

她这样确凿地信任着他，他也想给她确凿的安全感。

倪歌垂着眼，很久没有说话。她蜷在毯子里，像一只乖巧的小毛球。

半晌，她声音很小地问："我不喜欢你，你也喜欢我吗？"

"喜欢。"

"多喜欢？"

容屿眼中含笑，凑过来捧住她的脸，声音很低很低地道："是我不管飞得多远，从始至终，从十八岁到现在，都在心里惦记着，要向你降落的那种喜欢。"

"倪歌。"他抵着她的额头，轻声说，"跟其他任何一个人，都没有关系。你才是我的飞行坐标。我九死一生，是为你回来的。"

05

容屿送倪歌回倪清时家，但"小蠢羊"并没有立刻原谅他。

他摇着大尾巴，想进卧室时，倪歌"嘭"的一声关上门，然后"啪嗒"落了锁。

容屿的大尾巴沮丧地垂下来。

他碰了一鼻子灰，站在门前默不作声地站了一会儿，一个人孤独寂寞地回到书房。

后半夜，竟然下起雨。

冬雨来得毫无征兆，狂风大作，白光接二连三地闪过，带起阵阵轰隆隆的雷声。闪电撕破夜空，雨水"噼里啪啦"地砸在玻璃上，屋内闪得亮如白昼。

容屿被惊醒，旋即便想起，倪歌的床上只有一条被子。

他把毯子从柜子中拖出来，抱在怀里，去敲她的门："倪倪。"

半晌没动静。

"倪倪，下雨了。"他沉声，"你开开门，加条毯子。"

还是没有声音。

容屿心里有点奇怪，又敲了一次："倪倪？"

还是没动静。

他果断地抱着毯子转身，去外面拿备用钥匙。

拧开反锁的卧室门，容屿没有立刻开灯，借着闪电的光，看到缩在被窝里，蜷成小小一团的倪歌。

她面对着门的方向，睡得很不安稳，眉头紧紧皱着，小半张脸都陷在枕头里。

他放下钥匙，帮她盖好毯子，摸摸额头。

滚烫滚烫。

容屿突然有点火了，坐到床边，轻声叫她："倪倪，倪倪，醒醒。"

倪歌的眼皮有千斤重，半晌，才困惑而艰难地抬起眼，小声问："啊？"

"你发烧了，你知不知道？为什么不叫我？"容屿声音里难以控制地浮动火气，却还是担忧更多，"下次吵架不准锁门，万一真的出事怎么办。"

倪歌烧得迷迷糊糊的，意识有点不清醒。

"听见没有，嗯？"

"听见了。"

倪歌迟缓地应了一声，小动物似的缩回去。

"我带你去医院。"容屿问，"你自己换衣服，还是我帮你换？"

倪歌刚刚睡醒，体温又很高，整个人都有点不太清醒。

"先不要去了。"外面在下暴雨，又是深更半夜，她将醒未醒，嗓音软糯，"抽屉里有退烧药，你抠两片给我吃就行了。"

容屿叹口气，起身去帮她烧水："行。"

刚走出去两步，又听小姑娘可怜兮兮地道："我饿了……"

容屿在她脑袋上撸一把，完全提不起脾气："想吃什么？"

"面。"微顿，倪歌小声说，"要加番茄、鸡蛋和小油菜，不要葱花。"

"好。"

"煮烂一点。"

"好……"

她躲在被窝里，小声强调："不烂，我不吃。"

"好……"

容屿开小火，给她煮了一碗面。

骨汤清亮，卖相诱人，配着黄澄澄的溏心蛋，装在印了青花的瓷碗里，只是闻着也让人食指大动。

然而倪歌只吃了两口，就放下筷子："我饱了。"

容屿意外道："不好吃吗？"

他这些年没少自己下厨，原本对厨艺还挺有信心。

"不是。"倪歌有点抱歉，高估了病人的食量，"是我吃不下了。"

"那没事。"容屿帮她把小桌收拾干净，"放着吧，等会儿，我来吃。"

倪歌点点头，自己抠两片药吞掉，又跑去重新漱口刷牙，才躺回被窝里。

"乖一点，好好睡一觉。"他端着那碗面出门，重新走到床边，亲亲她的额头，然后坐在餐厅里，吃完剩下的面，将锅碗洗干净。

就这么一直坐到天亮。

清晨时分，容屿掐着时间，觉得差不多了，又走进倪歌的房间，探探她的脑袋。

——温度好像更高了。

容屿深深地皱起眉。

"倪倪。"他低头，在她耳畔轻声道，"我给你降降温，如果烧还是退不下来，你就跟我去医院，好不好？"

小姑娘整个人从里到外，都热乎乎的。

她的思维有些混沌，迷迷糊糊地听见有人说要给她降温，几乎是想也没想，立刻答应下来："好。"

说完，她又沉沉地闭上眼。

没过多久，她被熟悉的气味唤醒。

是酒精。

容峙拿着棉球，蘸着酒精，从她的手指开始，一点一点地顺着往上擦，停在小臂。

一个棉球干了，就重新换一个。

他仔细而认真地帮她擦完两只手、耳朵后方和脖颈，又动作轻缓地循着之前的部位，换用清水再擦一遍。

倪歌没有睁眼，但她记起来了。

她 16 岁的时候，也是这个人，坐在床边，这样温柔地、不厌其烦地用稀释的酒精，帮她物理降温。

清晨时分，倪清时拖着行李箱，回到公寓。

一推开门，他就非常敏感地察觉到，家里有人。

"倪倪？"

客厅里没人，主卧隐隐有动静。

他当即掉转方向，走向主卧，刚刚走到门口，就看到妹妹面色潮红、虚弱无力地躺在床上，缩在被子里，像一团瑟瑟发抖的、被欺负了的小动物。

而容峙则坐在床边。

从他的角度看，容峙像是在对自己的妹妹做什么奇怪的事。

倪清时走路没声音，容峙完全没意识到有人来了，且就站在自己身后。

他趁着倪歌烧得迷迷糊糊的，绝对听不清自己在说什么，便不知死活地甩着招摇的大尾巴，嘴里说着玩笑话："现在还很热吗？"

倪清时震惊。

第
七
章

一

纵，
路有荆棘

JUST DON'T
LEAVE ME

01

　　倪清时把容屿拖到门外，揍了一顿。

　　容屿在部队待了几年，打架的功力以几何速度上涨，然而，面对倪清时……

　　他不敢还手。

　　"不是……"容屿只能一边躲，一边拼命解释，"真的不是你想象的那样，清时哥你听我说……别打脸，等会儿，被倪倪看见了……"

　　倪清时揪住他的领口，压低声音："所以是怎样？"

　　"她生病了，我在帮她擦酒精降温。"

　　"我看出来了。"

　　"那你还打我？"

　　倪清时面无表情道："我忍不住。"

　　容屿无语。

　　"倪倪从不带外人来我的公寓。"倪清时超级不爽，"你们什么时候在一起的？"

　　"就……前段时间。"

　　容屿的眉骨被打破了点皮，一下子也顾不上检查。

交代事情经过时，他背脊挺得笔直，老实又严肃："倪倪去西北找我，她喝醉了，我们就……在一起了。"

倪清时身形微顿："她去找你？"

"嗯。"

"前段时间？"

"嗯。"

"前段时间，西北暴雪，把路都封了。"倪清时皮笑肉不笑，"你让她去那么冷的地方找你。"

容屿停了停，神情还是很严肃，继续交代："我前段时间旧伤复发，被停飞了。这个月刚刚调回北城军区，现在还在休假。"

倪清时走回厨房，给自己倒了杯水。他不紧不慢地喝完，才撩起眼皮："行了，我了解状况了，你刚刚酒精擦完了吗？"

容屿稍稍放松下来："擦完了。"

倪清时靠着大理石的料理台，不再说话。

前夜下过雨，清晨时分，太阳就已经重新冒出头。

空中飘着大片大片的云，清和的光线透过玻璃，肆无忌惮地投射进来。

容屿站着，不敢动。

倪清时和倪歌的眼睛很像，光芒照进去时亮晶晶的，看得他发痒。

·他很想回卧室，去捏捏倪歌。

他正心猿意马，倪清时突然开口，低声道："我妈不喜欢你，我猜，你是知道的。"

容屿微怔，停了一会儿，舌根泛苦："对，我知道。"

倪清时正要说什么，又听他沉声道："但我不想离开倪歌。"

"我们分开太多年了。"容屿说，"以前，我一个人的时候还不觉得……"

不觉得日子难熬。

可是自从倪歌说，她喜欢他。

分开一秒都变得难以忍受。

"既然我回来了——从今往后就再也不会离开她。"

倪歌这一觉睡到了下午。

醒过来时，烧已经退了。

她揉着眼睛爬起来，洗完脸，趿着拖鞋走出门，正看到倪清时在点外卖。

小姑娘眼睛一亮，兴奋地扑过去："哥哥，你什么时候回来的？"

"今天早上。"倪清时放下手机，笑着捏捏她，"还烧吗？"

倪歌蹭到沙发旁："好像都退了。"

他摸摸她的额头："饿不饿？想吃什么？既然退烧了，那就一起出去吧。"

"想吃肉。"

"你的烧刚刚才退，吃什么肉。"容屿端着杯温开水从厨房走出来，轻声低嗤，"过来，把水喝了。"

她乖乖接过来，默不作声地喝掉。

她喉结一动一动的，看得容屿心情大好。他忍不住抬起手，在她脑袋上撸一把："肉有什么好吃的，你病刚好就不能挑点容易消化的？重说一遍，想吃什么？"

她放下杯子，舔舔唇："肉。"

容屿无语。

她语气憧憬："要有番茄，有牛腩，有煮得很面的小土豆。锅底最好是玉米排骨汤，那样的话，煮牛肉之前就可以盛出来喝。"

半小时后，三个人一起出现在牛肉火锅店。

容屿面无表情道："话说在前面，不是因为倪歌想来我才来，我是自己想吃。"

倪清时："哦。"

倪歌连着饿了两顿，又睡了很久，整个人精神好得不得了，恨不得把菜单上所有牛肉顺着点一遍，但又不能真的全点，不然就太浪费了，她吃不完。

"没事。"仿佛看出她的想法，倪清时低笑，"吃不完就打包带走，回去给阿屿吃。"

容屿哼："我不吃别人剩下的东西。"

倪歌睁圆眼。

她失忆了吗？昨天半夜，是谁吃完了她剩下大半碗的面？

下一秒，容峙面无表情地抬起头，对着一旁的服务生道："番茄、牛腩和土豆要双份，土豆要面一点——哦对，还有，锅底换成玉米排骨汤。"

02

吃完午饭，两拨人分头行动。

倪清时下午有工作，要晚上才回来，他一走，公寓里又只剩两个人。

倪歌酒足饭饱，抱着电脑钻进书房写论文。

容峙难得休这么长的假，没事就想把她放在怀里捏一捏。在客厅里坐了没两分钟，又摇着大尾巴，走进书房。

他在她身边坐下："倪倪。"

"嗯？"

他没话找话："看什么呢？"

倪歌电脑边摊开放着两本厚厚的小说，她主动翻过来给他看封面。但上面的法语，他看不懂。

"这本书的中文译名叫《地平线之外》，讲空战的，其实是一部言情小说。"大概是看出他的困惑，她主动宽慰，"不过，这个作家很冷门，国内没有发行译本，所以不知道也很正常。"

容峙沉默了下，他确实没听过。

"出版社的工作？"

"不是，是我的毕业论文里面有提到这本书。"

"喔。"

然后，又没话讲了。

她的领域自己不了解，容峙是可以接受的，但他不能忍受两个人独处时无话可说。

于是，他想了想，又问："你们做翻译都是在做什么呢？"

倪歌反问："你觉得我们在做什么？"

容峙回忆半天，试探着模仿道："哦，我实在是忍受不了了，难以想象，这个地方怎么会这样安静！不可思议！看看他们都在说些什么，是的！离开这个该死的鬼地方！"

倪歌陷入沉默。

"怎么了？"容屿见她半天不说话，好笑地戳戳她，"这不是翻译过来的？"

"是，但是。"倪歌挠挠头，解释，"笔译的话，还是有一点不一样。"

"嗯？"

"翻译不是简单的字面直译，翻译是一种创作。"倪歌翻开小说给他看，"比如，《地平线之外》里，女主写给男主的这首小诗。"

尽管他看不懂，她还是耐心地指给他看："如果译成中文，意思是'无论前路多么困难，我都会去到你的身边'。"

"但如果换一种说法……还可以译成……"她顿了顿，声音很轻地道，"纵路有荆棘，吾不辞万里。"

容屿呼吸一滞。

下午的阳光穿庭入户，落在她身上，镀上一层毛茸茸的金边。

他侧眼看她，有些移不开眼。

他在她身上见到一种平日里见不到的气场。

像是自信，也像从容。

于是，他盯着看了很久，然后，声音很轻地叫她："倪倪。"

"嗯？"

他很真诚："别看了，我真的看不懂。"

见她没说话，他提议："我们来玩游戏，嗯？"

倪歌沉默一阵，突然想起，他们两个并没有和好。

今天吃火锅的时候，他还口是心非地凶她来着！

于是，她抬起头，怀疑地看他一眼，然后非常警惕地，盯住他："我跟你玩游戏的话，你会不会故意输给我？"

容屿奇了："我傻吗？"

她果断道："那我不玩。"

容屿表情垮下去。

倪歌毫不留恋，垂着小羊耳朵，抱着她的两本大部头，跑到书桌另一端去整理资料，心里数着秒数。

一、二、三……

数到七。

"你过来。"容屿气急败坏，"你赢了这局，我就把我宝贝儿输给你。"

03

元旦之前，倪歌还要回一趟江城传媒。

但她真的很不想见自己的部长。

"那天，冷得要命，你还把他扔进喷泉池子。"倪歌指出，"等着瞧，说不定今天他就把我爆捶一顿。"

容屿威胁："你记得警告他，他要是敢捶你，我分分钟摆平了他。"

"哈。"倪歌被逗乐了。

下车之前，她凑过去，开开心心地在他唇边碰一碰："那给你个奖励吧。"

容屿顺势按住她的后脑，加深这个吻。

倪歌本来撩完就想跑，结果没跑掉，被他逮住，亲了又亲，亲到快要迟到才被放开。

"去吧。"他捏捏她的手，"下班了给我发消息，我来接你。"

倪歌只好在等电梯的空当里，重新涂口红。

早上八九点钟，是公司早高峰。

电梯间熙熙攘攘，倪歌老老实实地挑了一个队伍排着，刚刚拿出镜子，就听见旁边传来熟悉的对话——

"呜，对不起啊，婧初。"先是一个抱歉的女声，"我忘了这个时间是他们早高峰，早知道这么多人，应该晚点来的。"

"没关系，人也不是很多，等等就好了。"随后响起的女声很随和，"我跟他们的主编约在九点，去得太晚也不好。"

听见后头这个声音，倪歌虎躯一震。

她转过去，隔着两排人，只捕捉到一张不甚清晰的侧脸。

对方个子高挑，戴着口罩，穿一件柔软的毛衣，长裙一直延伸过膝盖。乌黑的长发盘在头顶，露出天鹅般的后颈，周身萦绕着温柔的文艺范。

旁边那个挺年轻的小姑娘，大概是她的助理。

倪歌收回目光。

高中毕业之后，她就没再见过黎婧初了。

听说黎婧初高考考得不太好，加分后来也没用上，没有留在北城读书。但在大学时出版了几本小说，销量挺好，很多版权在开发，所以也混得不错。

她有些犹豫，要不要过去打个招呼。

人群中突然发生小小的骚动。

"哎，那个男生是我们公司新来的小鲜肉吗？以前好像没见过？"

"说不定是哪个部门的新人，不过长得这么好看为什么不出道啊，来做幕后跟我们抢饭碗？哦，好气。"

"说不定人家就只是路过……江城集团的总裁不是就爱培养这种长得很好看的男主播吗？"

"说什么呢你？"

……

倪歌跟着人群，折身看过去。

黎婧初也回过头。

容峙目不斜视，穿过人群，走向倪歌。

他将外套留在车上，只穿了件深色的毛衣。

男人个子很高，宽肩长腿，习惯性站得笔直，凛洌的气场被柔软的毛绒衣物中和，透出股凛然的正气。

他径直停在倪歌面前，低头看着她。

她缓慢地眨眨眼。

"倪歌。"容峙单手插兜，闲闲地问，"你没觉得哪儿不对劲？"

他出现在这里，就挺不对劲的。

容峙好笑道："你的手机呢？"

倪歌闻言赶紧摸摸口袋，空的。

"手机都不带，你等会儿下班，打算发信号弹跟我联系？"他一边说着，一边抽出那只插兜的手，拎出手机。

她伸手去接，刚要碰到，又被他拿开："我特地来给你送，你不给我点奖励？"

"我……但是……"倪歌愣了愣，"这……这里好多人。"

容峙低笑一声，然后食指挑起她的下巴，拇指指腹从嘴角擦过，带走一点点颜色。

"你怎么照着镜子涂口红都能出来？"他有点无奈。

容峙捧着她的脸，神情认真，目光深情。

倪歌愣愣地看着他，觉得电梯间的温度好像变高了。

所有人都看着他们。

"我……"她呆了几秒，结结巴巴，"我……我自己来……"

容峙心里好笑。

他松开手。

倪歌像只毛茸茸的小动物，飞快地掏出镜子检查口红。

电梯上上下下，人潮涌动，带走前面一批人。

前头的队伍空了，她往前挪挪，容峙也跟着往前挪挪。

"你今天不是要回军区吗？"他站在旁边，连带着她的回头率也成倍增长。倪歌的虚荣心得到了满足，莫名又有点不好意思，"不用早点过去吗？"

"调职手续，"容峙解释，"什么时候过去办理都行。"

她慢吞吞地"喔"了一句，又眨眨眼："但你不用陪着我的，已经到公司了，我又不会迷路。"

容峙含笑望着她，没有说话。

倪歌没太懂他的意思。

她正想再问，背后传来一道略带迟疑的女声："容峙……"

两个人一起回头。

黎婧初这才真的确认了对方的身份，笑意浮上眉梢："好久不见，倪歌，容峙。"

倪歌礼貌性地笑着，向她打招呼："黎学姐好。"

容峙不咸不淡："嗯。"

他有点心不在焉，漫不经心地低下头，握住倪歌的手晃一晃，好像在撒娇。

倪歌明白他的意思。

——好烦啊，不想说话。

"我刚刚放假，前几天才回北城。"但黎婧初没有理解这个小动作，她早就听说他两人在一起了，恋人间的小互动亲密自然，看得她心里有点不是滋味，"很久不见了，你们都还好吗？"

"挺好的。"容屿捏着倪歌的手，闲闲道，"正打算打报告结婚。"

黎婧初微怔，一下子不知道该说什么。

"那确实挺好的。"良久，她讷讷道。

电梯"叮咚"一声，倪歌跟着前面的人一起往前走，打算向容屿告别："再……"

结果他先她一步，拽着她进了电梯。

黎婧初和助理紧随其后。

电梯门缓缓阖上。

轿厢里人很多，倪歌被人挤着挤着，就挤到角落。

容屿伸长手臂，跨到她面前，给她隔离出一小块空间。

狭小的空间里没什么声音，头顶就是摄像头，倪歌觉得自己好像缩在他怀里。

她小声道："那个……"

他垂下眼，饶有兴致地看着她。

"你……你特地跟过来，就是为了跟我一起坐电梯吗？"

这种问题问出来，倪歌自己都觉得有点自作多情。

黎婧初听见了，目光也跟着投过来。

然而，容屿看着倪歌，半晌，低笑出声："对不起，我要先向你道歉。刚刚你把手机落在车上，有人给你打电话，我帮你接了。是你的导师，让你等会儿给她回个话。"微顿，他说，"然后，当时，你的备忘录开着，我没忍住，就看了一眼。"

"哈？"

"里面有一条，写着——"他声音很低，热气在她耳旁打转，"容某人欠你一个'电梯壁咚'。"

倪歌微怔，耳根唰地红了。

"我应该怎么做？"他单手虚虚揽着怀中的"小羊"，另一只手往电梯壁上一撑，恶趣味地问，"是这样吗？"

真的太羞耻了，周围全是人，倪歌耳根的红晕迅速蔓延到脖子根。

"你……"他的胸膛一压过来，她就觉得他又在欺负她，"我的楼层也到了。你赶紧走吧，去做你自己的事情。"

容屿磨磨蹭蹭的。

抵达楼层，电梯内的人群鱼贯而出。黎婧初自虐似的站在门口，没有动弹。

下一刻，她看到容屿将身形娇小的姑娘揽在胸前，声音很低很低地，宠溺又有些无奈地叹息：

"倪倪，我们真的分开太久了。我想把这些年缺席的，全都补给你。"

04

于是，倪歌走出电梯后，又补了一次口红。

黎婧初不远不近，就走在倪歌几步开外的前方。

她的小助理亦步亦趋地拎着包走在前面，倪歌隐隐约约听见断续细碎的字眼：

"有什么了不起的，不就谈个恋爱……谁没谈过似的。

"秀恩爱的都长久不了，我看过不了几天就得分。婧初姐，你等着看那个小女生哭鼻子吧……"

"……

尽管这话听起来十分悦耳，但黎婧初还是微微皱起眉："别这么说。"

小助理还要开口。

倪歌快几步从她身边经过，拍拍对方肩膀，笑道："小朋友，我男朋友就是很了不起。不服的话，让你男朋友去跟他 battle 呀。"

尽管觉得自己非常幼稚，幼稚到了极点，但她还是非常严肃地吓唬对方道："我男朋友说了，以后谁惹我，他就摆平谁。"

黎婧初嘴角微抽，按照她对容屿的了解，这种承诺……他还真的能做出来。

小助理完全不信，抬头去看黎婧初的脸色。

发现黎婧初正在认真地沉思。

小助理有些疑惑。

就在她思忖着黎婧初的家庭情况、揣测这句话的真实程度时，倪

歌停下脚步，转过来："还有，再让我听见你在我面前'哔哔哔'，
我才不管你是谁的助理——"

她微顿，云淡风轻地道："我会把你打到没有鼻子可以哭。"

在办公室打完签到卡，倪歌出门，先给导师回了个电话。

结果对方没接。

她猜导师是想催毕业论文，于是，回短信道：老师！我很听话！
论文已经写好了！但还有几个细节要改！最迟明晚之前，就能发到您
的邮箱！

倪歌想，导师一定能体会到她澎湃的心情。

然而，导师还是没有回。

倪歌有些奇怪。

她在走廊上站了一会儿，打道回屋。

这是倪歌实习期的最后一天，只要等到下班，人事部门在她的实
习证明上盖个章，她就可以走了。

刚回到办公室，周有恒乐呵呵地叫她："倪歌，你来。"

她回应一声，走过去。

其实在江城实习的这段时间，她几乎没见过周有恒，但圣诞晚宴
之后，他的存在感竟然逐渐变强。

"今天有个作者，来社里谈新书的版权。"大办公室里人太多，
周有恒引她去小会客室，"我想给你看看她的书。"

倪歌有些奇怪："给我看？"

"对。"周有恒解释，"明年开始翻译部要成立一个全新的项目组，
对外翻译国内的畅销小说，正缺一个带头的人。我知道你的实习期到
今天就结束了，你不妨先看一看，如果有兴趣，可以留下来带这个项
目组，留在江城工作。"

倪歌还真的有点兴趣，跃跃欲试。

但这种兴趣只持续了30秒。

因为她走进会客室，满面笑容地想要与那位背对着她坐在沙发上
的小姐姐打个招呼，就发现对方是黎婧初。

两人面面相觑。

周有恒见两人的笑容不约而同地在脸上凝固了三秒，笑道："怎么，认识？"

"她是我学姐，也是我的邻居。"倪歌抢先一步，解释道，"我们高中时同校，住处也挨得很近。"

"哟，那是挺有缘分。"周有恒笑着坐下来，"书就是桌子上那几本，倪歌，要不你先看看？"

"周老师。"倪歌其实不太想碰与黎婧初沾边的项目，"虽然我很想留下来，但是马上就要答辩了，论文还一个字都没写……"

她没再说下去，周有恒懂了："行吧，那不为难你。不如这样，你带几本书回去看看，要是改变主意了，随时来找我。"

"好啊。"倪歌眼睛一亮，"谢谢周老师。"

周有恒随手一抬，就把黎婧初写给出版社的特签书送了出去。

黎婧初的小助理眼皮一跳，想阻止，被黎婧初拉住。

倪歌向周有恒道了谢，抱着一沓书，从小会客室退出来。

她把书堆在办公桌上。

陶若尔起来倒水，看到那堆书，惊叹："哇，黎婧初的签名书呀，周老师给你的？"

"借我看的。怎么了？"

"这个很少见。"她忍不住地摸摸，"黎婧初不爱签名，特签就更少，送给出版社的也没几本。"

"这样吗……"倪歌实话实说，"我不是很了解，以前没看过她的书。"

陶若尔更惊奇："她的书那么火，你没看过？"

倪歌"唔"了一声："都是讲什么的？"

"大多数是军旅题材吧……比如这本。"陶若尔随手翻开一本蓝色封面的书，"讲一个空军上尉和他青梅竹马的恋人。"

倪歌想了想。

这剧情怎么有点熟悉？

"对了。"没等她想清，陶若尔拉开抽屉，又打断她的思绪，"圣诞节那天，你的阅读器落在会场里，被我捡到了。本来那天就想还给你，结果我走到楼下，看你已经跑了。"

倪歌有点不好意思，摸摸鼻子，接过来："我找了好久，以为丢了……谢谢学姐。"

"客气啦。"陶若尔捏捏她的脸，停了一会儿，没忍住，很小声地问，"你跟周进是什么关系呀？"

她其实不想问的。

她根本不在乎周进。

对，不在乎。

只不过她的嘴巴有自己的想法。

"我跟周进，就是普通朋友。"倪歌没有多问，笑道，"我和他是大学时拍宣传片认识的，后来我参加过他执导的综艺节目。除此之外，没有别的关系。"

陶若尔若有所思："喔……"

"说起来，学姐，我好像从没告诉过你。"倪歌一边整理那摞书，一边笑道，"我有未婚夫。"

陶若尔睁大眼："哇，真的？"

"嗯。"倪歌眉眼弯弯，笑道，"他有点蠢，我还挺喜欢他的。"她轻声道，"以后有机会，我带他来见你。"

有点蠢的未婚夫，此时刚刚办完调职手续，正在开车去接倪歌的路上。

途中经过甜品店，他还特地下车，去给她买了一块蛋糕。

——草莓味的。

他浑然不知，小娇妻在背后说他蠢。

接到倪歌，容屿问："今晚想吃什么？"

"今晚大概要回家。"小蛋糕上的草莓颤颤巍巍，倪歌觉得很好玩，拿叉子拨来拨去，"哥哥回来了，我们肯定要一起回去吃饭。"

容屿沉默了下，迟迟叹息："啊。"

他掉转方向，回大院。

倪歌好奇："你回来之后，回过家吗？"

"当然回过。"眼睛的事能瞒住，但调职的事瞒不住。

容妈妈早知道他要回北城，恨不得天天在车站堵人，怎么可能不回去。

"喔……"倪歌舀起一小块蛋糕,放进口中,"容容,你要吃吗?"

"不吃。"

"还挺甜的。"

恰逢红灯,容岖停下车,飞快地凑过来,在她唇上猛亲一下,舌尖卷走一股热气。

"是挺甜。"

倪歌吓得半晌不敢开口。

容岖有些好笑:"元旦你抽个空,我们一起去看房子吧。"

"就……"倪歌愣了一下,不明白,婚都还没求呢,"你这么着急?"

容岖停下来。

他看着前方漫长的车流,没有表情地绷着脸,许久,满脸懊恼地、一巴掌拍上方向盘。"要是让你娶一个公主。"他气急败坏道,"你能不急?"

05

越野车平稳地驶过岗哨。

容岖开车,送倪歌到家门口。

"那,容容,"倪歌解开安全带,跳下车,"我们明天见。"

他在她侧脸亲一亲:"我改天再来拜访叔叔阿姨。"

倪歌跳下车,转身进门。

倪妈妈正在做饭,听见她趿着拖鞋跑进来,头也不抬,笑着问:"回来了?"

"嗯。"倪歌洗完手,蹭过去,"番茄是不是还没有洗?我来帮你吧。"

倪妈妈拍拍她的脑袋。

水声哗哗,厨房里静默一瞬。

倪妈妈思索一阵,切菜的速度逐渐慢下来:"对了,我有一点事,想问问你。"

"嗯?"

"今天早上,你的导师说联系不上你,就把电话打到了我这儿。"

妈妈是她的紧急联系人，倪歌不奇怪："然后呢？"

"你的导师跟我说，系里最后一个交换生的名额，她给你留着。"倪妈妈停了停，"报名马上截止了，她让我再向你确认一下，是不是真的不打算去？"

倪歌身形微顿，动作也慢下来："老师之前确实跟我提过。"她斟酌道，"她一直想推荐我出国。"

"去哪里？"

"巴黎。"

倪妈妈切菜的动作明显停滞了一下，她深呼吸，努力将语气放得柔和："为什么不想去呢？"

"也没有不想去……"

"倪倪，你想听听妈妈的意见吗？"

其实，不管她想不想听，妈妈都一定会说。

所以，倪歌说："我不想。"

"倪倪。"倪妈妈说，"在我20岁的时候，也是你这样的想法。"

倪倪没说话。

"那时候我刚刚毕业，年轻又小有名气，很多人把资源送到我面前。遗憾的是，我没有珍惜。"倪妈妈转过来，劝道，"年轻的时候多读一些书，多见一些人，对你不会有坏处。"

倪歌张了张嘴，可是，她没办法对妈妈发火。

"好吧……"半晌，仍是她先败下阵，"我会再考虑的。"

倪清时回来的第一顿团圆饭，吃得不太愉快。

倪歌闷闷不乐，饭桌上倪爸爸问起，不可避免地又绕回这件事情上来。

"如果有公派名额，那很好啊。"倪爸爸问，"为什么不想去？"

"没有不想去。"倪歌声音闷闷的，"我只是还没想清楚。"

——我究竟为什么要去？

"但是听你导师的意思，你好像已经考虑了很久。"倪妈妈帮大家盛汤，"你从小到大，类似的决定都是我替你做的。如果你相信我，这次也可以听我的。"

倪歌还没说话，她又道："不过，这次的事你没有告诉我，我有点意外。"

倪爸爸笑："倪倪也长大了嘛，这些决定，可以让她自己做。"

"我怕她在大事上犯糊涂。"

"不妨让她自己走两步。"

"她摔倒，我也会难受。"

"我就没怎么管过他们。"

"也许对你来说，他们兄妹都是风吹大的。"

……

倪歌有点头疼。

她看出来了，爸爸也有点头疼。

而她和爸爸共同担心的问题是：如果妈妈也头疼，大概会被气病。

饭桌上诡异地沉默三秒。

"你们总是在该管的事情上不管，在不该管的事情上瞎管。"全程一言不发的倪清时默不作声地坐在旁边，喝完一盅汤，吃完了一只鸡腿和三只天妇罗，才眼带笑意地，慢悠悠地吐出四个字：

"天生绝配。"

这顿晚饭不欢而散。

倪歌无精打采地回到卧室，打开灯。

她像团果冻，趴在黎婧初那摞高高的书上，给容屿发消息，讲述晚饭时发生的家庭车祸。

【早知道，就把紧急联系人写成我哥……】

【妈妈就不知道出国的事情了。】

【其实我完全可以理解妈妈，她结婚之后，连画笔都很少动了。】

【而且她确实很辛苦。】

【所以，一想到这个，我就一点也发不起火来。】

【她心脏本来就不怎么好……】

【对不起，我不敢气她，呜呜呜。】

……

【你怎么不说话？】

【你是不是不喜欢我了？】

【啊！你去哪儿了？】

……

倪歌给容屿连发了三个疯狂摇头叫名字的表情包。

刚刚发完第三个，卧室玻璃发出"咚咚咚"三声轻响。

倪歌微怔，跳起来开窗户。

疏星朗月，空气中飘着清冷的白雾，夜色深沉不见边际。

高大挺拔的男人两手撑在窗户的外沿，整个人挂在屋外，半张脸浸在黑暗中，鼻梁挺直，下颌微绷，棱角锋利而硬气，天然气宇轩昂。

她呆了一瞬。

"快拉我进去。"容屿见她呆呆的，哭笑不得，"这里没有落脚的东西。"

倪歌回过神，赶紧将他拉进来。

容屿踩在窗台上，凭借一个小小的蓄力跳到屋内，瞬间被暖气包围。

"你怎么不走正门？"

"你屋里真热。"容屿一边往里走，一边脱衣服，"你妈不待见我。"

倪歌脱口而出："你怎么知道的？"

容屿动作一停："你又是怎么知道的？"

两个人面面相觑，沉默三秒。

"我刚刚回北城时，我妈不让我跟你玩……"她老老实实道，"让我离你远一点。"

容屿好笑："然后？"

"我没忍住。"倪歌舔舔唇，"我确实想听她的话，但我的身体有自己的想法。"

容屿终于笑出了声。

他扯开话题："你知不知道，有个很出名的爱情故事，男主也是这么登上女主的窗台，进了她的卧室。"

"你说的是于连还是罗密欧？"

西方文学里，男主半夜爬窗的传统，已经被各路作家交替传承了很多年。

　　容峙："当然是罗密欧。"

　　倪歌："哦。"

　　小姑娘一点都不上道，容峙循循善诱："然后，你知不知道，他们在卧室里做了什么？"

　　这个倪歌还真不记得了。

　　于是，她问："做了什么？"

　　"翻云覆雨，共赴巫山。那一夜，他们都成长了很多。"

　　倪歌重新打开窗户："出去。"

　　容峙低声笑起来："你胆子大了，敢让我滚了？"

　　他将外套挂在衣架上，穿着质地柔软的毛衣，坐到她的凳子上，顺手将她揽入怀中："还不开心？"

　　蠢羊顺势坐到他腿上，垂下长长的眼睫："嗯。"

　　他低声："我都逗你这么久了。"

　　暖黄的灯光垂下来，照在他清俊的眉眼间。

　　男人声音很沉，尾音却又微微上翘，听起来莫名性感。

　　倪歌在这一刻，体会到少女的心动。

　　她仰起脸，小声道："那你再亲我一下。"

　　他低声笑着，亲下来。

　　却没有只亲一下。

　　滚烫的气息从脸颊辗转向下，他吻得缓慢而认真，温柔地停在她的嘴角。

　　微顿，他扣住她的后脑，压着她柔软的唇，舌尖钻进去，加深这个吻。

　　倪歌浑身一僵，小声呜咽着，两只手扣上他的肩膀。

　　小姑娘白白净净，抱在怀里，像一个乖乎乎带热气的小团子。

　　容峙轻而易举地感到意乱情迷。

　　他做过很多耐力训练，但到了她这里，好像全都没有用了。

　　于是，几乎是不受控制地，他的手贴着她的后背向下滑，指腹滚烫，撩开衣摆，不急不缓地钻进去。

　　倪歌的后背被压在书桌上，她的手肘一动，背后的书"噼里啪啦"

地掉到地上，发出响声。

两个人的理智瞬间回笼。

"你疯了吗？"她赶紧推开他，压低声音，"这是我家。"

容屿恋恋不舍地收回手，声音发哑，眼神有些暗。

他躬身去捡落在地上的书。

书页被摔开，映入眼帘的第一句话就是：无论前路多么困难，我都会去到你的身边。

容屿微怔，默不作声地抬起手，将书放回桌上。

倪歌的脑子还混沌着。

等她反应过来，咽了咽口水，就想离他稍远一些，刚刚挪动一点，手肘突然碰到他的小腹。

倪歌一愣，眼睛噌地睁圆。

"放心，是腹肌。"容屿挺直腰杆，演示给她看，"你吸一口气，你那里也是硬的。"

倪歌用力憋口气，戳戳自己的肚子。

还是软的。

"骗子。"她觉得自己上当了。

"要不要看看。"容屿云淡风轻，"八块腹肌哦。"

倪歌翻了个白眼。

谢谢，但我并不想看。

倪歌撑住脸："谢谢你，我现在稍微开心一点了。"

容屿想起她刚刚给他发的那些长长的消息。

"叔叔阿姨吵架了吗？"

"没，他俩关系一直挺好的。偶尔打打辩论，增进夫妻感情。"

"哦。"

容屿沉默一阵，抬眼："那你自己是怎么想的？"

"以前很想出国，你知道的，我很崇拜我哥哥。"倪歌微顿，"但我妈妈总是在我耳边，时间久了，总觉得很别扭。"

好像自己是为了她，才去做那些事。

"喔。"容屿明白了，"小孩子青春期，叛逆少女。"

"喂……"

"那你不继续读书，留在江城工作的话，会更开心吗？"

倪歌认真地思考一阵。

"我不知道。"她坦诚道，"大多数时候，是挺开心的。学姐和周老师都对我很好，他们常常夸我，非常助长我的虚荣心。"

容峥低笑。

"你别笑呀。"倪歌坐在他怀里，很认真地道，"我以前……很久以前，不知道你还记不记得。吕芸老是说我，这样不行、那样不行，什么都不如别人。"

"嗯。"他看着她，碰碰她的额头，"她瞎说。"

"但我……小学之后，反而遇到很多很好的老师。像是老孙、我的大学导师……还有周老师。"

"那当然，这世界上还是正常人比较多。"

"我觉得我很幸运。"她望着他，"你说得对，我的好运气没有到头。"

他低低笑着，正想再亲亲她。她突然抬起头，认真道："容峥，谢谢你给我的勇气。"

谢谢你给我的温柔和被人偏爱的底气。

灯光温暖，她的眼睛亮晶晶。

容峥怔了几秒，突然笑起来。

"我们家没有不穿军装的男人。

"所以我儿时的愿望是守护世界。"

容峥停了一下，道："长大之后发现，世界不是我一个人就能守护得了的。"

倪歌心里好笑，握住他的手，揉啊揉。

下一刻，他转过来，额头抵着她的额头，低低笑道："今天晚上，我才发现，虽然我没能守护世界。但有一件事，我好像做到了。"

倪歌眨眨眼，又听他道：

"从小学时吕芸的事情开始，我就想告诉你，倪歌，你做什么决定都可以。"

微顿，他声音很轻很轻地说："这世界不太好。但永远有人愿意爱你。"

06

翌日清晨，下了点儿小雨，水色空蒙，空气湿漉漉的。

容峙开车带倪歌去看房子，两个人兜兜转转，还是觉得市中心的小公寓最合适。

容峙笑："这儿离清时哥住的地方，不到两公里。"

"早知道，我们干脆把房子买在他隔壁。"容峙耿耿于怀，还记得上次倪清时殴打他的事情，"隔三岔五还能邀请他来我们家，观摩一下，当一个男人有了妻子，生活会变得多么幸福。"

"别瞎贫了，好吗！"

两个人办好手续，几乎算是把房子定了下来。

倪歌走出售楼中心，深吸一口气，有些恍惚："有种……"

"嗯？"

"有种已经结婚的错觉。"

容峙好笑地揉揉她的耳朵："不是错觉，我们本来就要结婚了。"

算了吧……

明明是八字没一撇的事。

倪歌垂着脑袋踢踢地上的石子，小声嘟囔："连婚都没有求……"

容峙听见了，但他没说话。

他眼底含笑，握住她的手，默不作声地将她的爪子捉进自己的口袋。

"你后天晚上有安排吗？"

"没有。"

"去我家吃饭吧。"

倪歌愣了一下，没明白："为什么？"

后天，好像也不是什么特别的日子。

不是谁的生日，也不是节日庆典。

"想让你见见妈妈。"

"我平时经常见她。"倪歌认真地指出，想了想，又很嫌弃，"这些年，我见她的次数比你多多了。"

容峙身形微顿，笑意浮上眉梢："那怎么能一样。"

他小幅度地张口，白汽在寒冷的空气中一卷，凝成一道霜。

然后，他声音很低很低地，轻声说："我这次想让她见的，是儿媳妇啊。"

看完房子，容屿先送倪歌去了趟学校。

越野车驶到学院楼下，小姑娘抱着背包和申请材料跳下车："我很快就回来。"

容屿拽住她，在她脸上亲一下。

倪歌就着这个姿势转过去，唇贴住他的唇，回吻他。

容屿眼神一暗，按住她的肩膀。

"唔……"倪歌觉得这走向不对劲，他永远都不懂什么叫浅尝辄止。

"你放开……"她推不开他。

他还想再深入，窗玻璃传来"咚咚咚"三声闷响。

"干什么呢，你们？"导师推推眼镜，眯着眼凑近玻璃，神情十分不可描述，"现在的小年轻啊，光天化日朗朗乾坤，一点都不注意影响……啧啧啧。"

容屿不情愿地放开她。

她红着脸，迅速蹿下车，夹着尾巴跟导师一起上楼。

今天公休假，学校里没有人。

导师打开办公室的门，语气有些无奈："你看看你，放着假，还要我特地跑过来一趟。"

"对不起。"倪歌确实很不好意思，"谢谢您。"

导师"哼"了一声，接过倪歌的申请材料。

倪歌的成绩全年全优，就算自己申请也能申请到非常好的学校，更何况是公派名额。

导师将资料收好，跟其他人放进同一个文件夹，意有所指："你不愿意出国，就是因为他？"

"不是。"

"那现在怎么又愿意了？"

倪歌又乖又诚实："被人教育了。"

"早知道，我就早点给你妈妈打电话。"

倪歌微顿："也……不是因为妈妈。"

"哈？"

倪歌"唔"了一声，有些头疼，不知道该从哪里开始解释。

没等她想清楚，手机突然响起来。

看清来电人，她眼皮一跳。

"对不起，老师，我先接个电话。"

得到首肯，倪歌折身走出门。

走廊上静悄悄的，孟媛的声音魔音穿脑："倪倪！"

"嗯，我听着呢，你说。"

小闺密平时不爱打电话，如果不是急事，一般会给她留言，或者发语音。

然而，眼下，她的语气火急火燎：

"你有没有看到黎婧初的视频啊！"

"什么？"

"气死我了，呜呜呜，你快去看看！"

07

微博上，黎婧初的搜索量节节攀升。

倪歌坐在咖啡馆里，抱着手机，默不作声地搜她的名字。

新年伊始，江城出版社做了个小活动，让签约作家们每人做一小段直播，给大家拜年。

黎婧初的视频是在家里的书房拍的。

尽管只有书房一角被拍进去，但这是她家第一次出现在公众视野内。

她火了这么多年，不少人都隐约了解一些黎婧初家里的背景，这在外界眼中，多多少少显得神秘。

然而，这次，这种神秘被打破了。

她坐在镜头前，穿着柔软的家居服，大大方方地笑着向大家打招呼、祝贺新年。背后是书房里巨大的木质书架，房间内光线明亮，暖意流动。

所以，一开始，弹幕还很正常：

【真没想到婧婧会在家里拍视频啊，哈哈哈，第一次看到你家的书房呢，下次想看你的卧室。】

【婧婧，新年快乐！今天看起来气色不错，记得早睡呀！顺路催一催新书！】

【婧婧，新年大吉！之前说要拍的那部小说，今年寒假能上映吗？】

……

直到有人眼尖地指出。

【婧婧背后书架上放着的那个，是一架航模吗？】

黎婧初微怔，回头看了一眼，笑道："是啊，小时候，一个很好的朋友送的。"

小时候，很好的，朋友。

这几个关键词凑到一起，加上黎婧初的创作题材和她的微博人设，很难不掀起话题。

果不其然，话音一落，大家对于粉红泡泡的遐想"轰"地炸开：

【啊啊啊！是你小说里那个小哥哥送的吗？我记得你讲过，那些角色都是有原型的！青梅竹马！一个大院儿！久别重逢！】

【我也记得！而且是空军对吗？】

【无形狗粮最为致命，姐妹们，我先酸为敬。】

【我坐在高高的柠檬树上……】

……

倪歌没有再看下去。

她从视频里退出来，冷静地喝了口咖啡，然后没事人似的，捡起一块杏仁饼干。

"你怎么还有心情吃东西啊？"孟媛像一串炮仗，"这个女人都快爬到你头上了！你不把她除掉吗？"

容屿身形微顿，面无表情地抬起头，盯住孟媛。

孟媛怕了："对不起，你吃，你吃。"

"我除黎婧初干什么？她发这种视频，跟我有什么关系。"倪歌小口小口地吃饼干，"我又不是她的空军小哥哥。"

容峙低咳一声，心虚地移开眼。

"你是不是不好意思怼她？"

孟媛知道倪歌也有个微博账号，而且粉丝不少，全是她大学刚入学时，参加综艺积攒的。她在微博上是学霸人设，因此，天天有人在她的评论区留言，求她保佑四六级、雅思、托福、专八。

只不过倪歌大三大四后，学校不需要她再做宣传，她也就很少再用那个 ID 发微博。

"如果你不方便，可以让池池去怼。"孟媛气得像只河豚，"你不关注黎婧初，不知道她这人有多讨厌。总共才出版了几本书啊，天天在微博似是而非地摆人设，搞得大家都以为她有个青梅竹马的小哥哥……那明明是你的人设！"

"媛媛说得对。"蒋池坐在孟媛身边，见她毛都炸起来了，好笑地撸撸，沉声道，"我的粉丝黏性应该比你高很多，如果真的有需要……"

"不用啦。"见他们俩这么认真，倪歌倒笑起来，"反正现在，容峙是在我身边。"

而且，如果决定出国，他们剩下的相处时间也不多了。

虽然交换生在法国也待不了几年，可是，一想到两人好不容易重聚和好就又要分开，她就很郁闷。

仿佛看出她的想法，容峙安抚般地，握住她的手。

"而且，黎婧初从没说过，那些原型在三次元里是谁。"倪歌想了想，觉得黎婧初已经影响不到她了。

她早已不是十六岁。

"所以，随她去吧。"她说，"总没道理要剥夺别人幻想的权利。"

孟媛愤愤指出："她模棱两可，是怕掉马之后人设崩塌，被粉丝骂。"

倪歌笑了笑，吃掉盘子里最后一块小饼干。最后一枚是蓝莓味的，她心满意足，抽出纸巾擦擦手。

容峙低声问："吃饱了吗？"

"没有。"她非常诚实，眼巴巴地看着他，"我还想再吃一个木糠杯。"

容屿好笑，拍拍她的小羊毛，一言不发地站起来，去前台点单。

他一离开，孟媛迅速凑过来："学长的眼睛是什么时候恢复的？你俩现在进行到哪一步了？你们婚期定下来了吗？"

倪歌哭笑不得："放心吧，我们所有事的进度，肯定都比你们要慢。"

孟媛有些失望，"大佬该不会是有什么毛病吧？"

蒋池乐了："别胡说。"

"他……"

倪歌没有说话，抬起头，目光遥遥落到容屿身上。

他背对着她，微微低着头，和她记忆里一样，背影高大而挺拔。

更重要的是，他非常健康。

尽管想要回到天上，还得再费一番周折，可他现在无病无灾。

她想不到比现在更好的时刻。

"不然，还能是因为什么？"孟媛执着地碎碎念，"难道他眼睛还没恢复，心里自卑，所以不敢娶你吗？"

她话音刚落，就见容屿端起小托盘，转身朝这边走来。

倪歌突然起了玩心，笑道："他看得见我，隔再远都看得见。"

说着，她一本正经地两手合十，十指交叠对准他的方向，煞有介事地眯着眼，像狙击手一样，瞄准自己的目标；然后，很轻很轻地，发出小小的气声："砰——"

如同一团幼稚的毛绒小动物。

随着这声响，看不见的子弹迅速出膛，势如破竹地划破空气，直直冲进容屿的胸口。

容屿浑身一震，"唔"了一声，表情顿时变得痛苦。他猛地半躬下身，一手端着小托盘，一手用力捂住心脏的部位。

孟媛还蒙着，没懂这是在玩什么。

下一秒，她就看到——

容屿捂着心脏，神情慢慢从痛苦变得愉悦。表情层次竟然还很丰富，像挣扎在初恋中的懵懂少年，一面体会到恋爱的新鲜感，一边又为恋爱带来的苦恼而头痛。

然后，他迟缓地走到倪歌面前，痛苦又愉悦地低声道："怎么办？"

男人声音低沉，隐隐含笑却又真情实意，"我们只是打了一个照面，我的心就被击得稀巴烂。"

倪歌趴在小桌上，两眼弯成月牙，笑得不能自已。

容屿眼带笑意，直起腰，施施然地在她身边坐下，放下木糠杯。

等她笑够了，他才将脸凑过去："奖励。"

倪歌非常乖巧地在他脸颊上轻轻碰一碰。

容屿心满意足，把小钢勺递给她。

孟媛这才看懂，她沉浸在这种她从没见过的操作里，深深震惊，不能自拔，半晌才回过神。

"你们也太肉麻了。"孟媛"啧啧"感慨，"两个戏精。"

倪歌权当没听见，开开心心地拿起小勺，吃木糠杯。

孟媛表情嫌弃地看看倪歌，再看看容屿。

看了三分钟，然后，她转回来，舔舔唇，拉着蒋池，很认真地道："池池，我也要玩。"

蒋池无语地看着她。

"你往后退退，我现在就要发功了。等会儿配合我时，你记得演得浮夸一点喔。"

第八章

换我
等你降落

JUST DON'T LEAVE ME

01

傍晚时分，倪歌告别小伙伴回到家，收到导师的邮件。

导师看完论文，立刻给出反馈意见，并补充了新的书单。

她要改论文，又要读那堆生涩的书，很快将黎婧初的事抛之脑后。

然而，网友们并没有放过这个话题。当晚，他们就顺藤摸瓜摸到北城附小的官网，找到了那架航模的来历。

很多年前，容屿曾经拿这个航模参赛。尽管最后它坠机了，没能拿到最好的奖项，但也算是为校争光。

他的照片，现在还挂在官网上。

于是黎婧初的微博又炸了一次：

【那个空军军官是叫容屿吗？我的妈，他小时候就好帅啊！有这种人做我竹马，我愿意一辈子不离开大院！姐妹们，他现在的照片能搜到吗？】

【我搞到了！但除了照片，就没有其他资料了，不知道为什么，呜呜呜。】

【这个应该还挺正常吧，军官的资料好像大多都是保密的。随便你们谁都能搜到，那还得了。】

【呜呜呜，我不管，这是什么神仙爱情，我要再嗑一斤柠檬！】

......

黎婧初连忙出来澄清："不是他。"

可评论区更热闹了：

【不要欲盖弥彰啦！前面有小姐姐已经把高中的校园论坛都扒出来啦。不过，我理解婧婧不想掉马，那我们就假装不知道好了。】

【婧婧能在微博多讲点你们的事吗？想嗑糖。】

【是啊是啊，我已经把婧婧之前的微博都看过一遍了，代入这个人之后越想越甜……国家欠我一个竹马！】

......

事件发酵，带了一大批流量去附中的校园论坛屠版。

于是，黎婧初微博评论区的风向又变了：

【不是，等一下，你们有事吗？跑到我们学校校园论坛？现在的书粉怎么都这样，你们是眼睛长着滤镜，还是选择性失明？说了多少遍，ry（容峙的拼音首字母缩写）高中时的女朋友根本不是你们的婧初小姐姐，好吗？】

【我也是附中论坛摸过来的，莫名其妙。别把你们圈子乌烟瘴气的风气带到我们这儿来，服务器受不了。】

【你们怕是不知道吧，黎小姐高中时就爱拿ry做原型写小说，她幻想自己是别人未婚妻也不是一天两天了。但ry的未婚妻根本不是她。免鉴定，我就是当年的同班同学，真的劝黎小姐一句，脑子有问题就早点去看医生，幻想症不好治的。】

【说到这个……ry那时候是不是天天在楼下等人？不是同级的，是我们一个学妹。】

【对，我说的就是那个妹子。学生时代ry跟你们黎小姐根本不熟好不好？他们晚自习吵架ry把书都摔了，当时我们班上的人全在，随便拉一个出来都能做证。被人捆绑着炒这么久也是惨，ry真的能忍，是我我要告她了。】

【ry可能根本不知道这些事，他怎么可能看黎婧初的书。】

【哦，那你提醒我了，我这就去告诉ry。】

......

这件事在微博上发酵两天,仍然甚嚣尘上。

黎婧初迫不得已,关闭了评论区。

然而,倪歌一点风声也没听到。

她两耳不闻窗外事,关在家里写了两天论文。

下午时分,接到容屿的电话:"倪倪,你家里有黎婧初的书吗?"

"有啊,之前周老师送我的,不过我还没看。"倪歌没多想,"怎么,你想看?"

"没。"容屿迅速结束了这个话题,"我就随口问问。"

"喔。"

"我没什么事,打电话提醒一下你,晚上别忘了来吃饭。"

倪歌笑起来:"这事儿,我肯定忘不了。"

傍晚时分,接连阴霾几日的北城,终于开始放晴。

倪歌踩碎一地霞光,准时敲响容屿家的家门。

容妈妈来开门,看见是她,扑上来就是一个拥抱:"倪倪!"

这些年,倪歌一直生活在北城,逢年过节都会来看容妈妈,街坊邻居住得近,也会经常给她送吃的。

她每一次都这么热情,搞得倪歌很不好意思。

"阿姨好。"她两只手拎着一个篮子,双手递给她,"我一个朋友送了我两筐草莓,我给您带过来一筐。"

草莓是前一晚空运来的,个头很大,放在小篮子里,码得整整齐齐,像一颗颗红色的宝石。

"呀,下次过来,不要带东西了。"容妈妈接过来,随手递给家里的阿姨,然后躬身帮她找拖鞋,亲切地道,"别客气,叫妈吧。"

倪歌一头黑线。

"容屿刚刚才跟我说,你们俩在一起了。"容妈妈握着她的手,欣喜地道,"他小学时就说要娶你,我没想到真的能迎来这一天,你不知道我有多惊喜。你们怎么不早点告诉我?也算了却了我心头一桩大事。"

倪歌有点蒙:"为什么这么说?"

他在学校里,不是很受欢迎吗?

"你想啊,他脾气那么坏,成绩又不好,我真的想不通,哪个女生会看上他?"容妈妈顿了顿,真情实意地道,"你不知道,我等他谈恋爱,已经等了十多年。"

倪歌嘴角抽了抽。

"现在,他不会孤独终老了,我真的很感动。谢谢你啊,倪倪。"

倪歌不知道该说什么。

容妈妈的意思,好像她眼神非常不好,瞎了才看上自己儿子。

好在容屿刚好走出卧室,见倪歌又被妈妈逮住了,赶紧下楼:"妈,您别……别吓着倪倪。"

"我怎么会吓着她?只有你才会吓着她。"

容屿拒绝跟妈妈讨论这种问题,转而去看倪歌:"外面冷吗?"

"还好。"倪歌两眼弯弯,笑道,"我是从家里过来的,两边都很暖和。"

容屿不再说话,自然而然地接过她的围巾和外衣,帮她挂到衣架上。

尽管倪歌从小到大也没少在容屿家吃饭,但在建立恋爱关系之后,这确实是第一次。

她有一点点紧张。

"倪倪。"容妈妈帮她盛汤,勺子沉到底,捞出一堆豆腐圆子,"我记得,你最喜欢吃这个。"

倪歌忙不迭地接过来:"谢谢阿姨。"

"我听你叫阿姨,已经听了十几年了。"容妈妈问,"你可以换个称呼给我听听,满足一下我渺小的愿望吗?"

汤刚一入口,倪歌就听见这句话,有些措手不及,手一抖,勺子"啪"的一声摔进汤碗,汤汁溅到衣服上。

倪歌连忙抽纸去擦:"对不起……"

容屿顿时不乐意了,放下筷子,一本正经道:"妈,您……"

您能不能别这样,我都没逼着她叫我亲爱的。

"欸,好了好了,我不逗她,我不逗她。"儿子严肃起来跟自家先生一模一样,容妈妈秒怂,"吃饭吃饭。"

沉默一会儿,又听她小声哼:"反正是迟早的事……"

倪歌心里有点好笑，坐在旁边的容屿抽了两张纸，低头帮她擦溅在身上的汤汁："蹭到哪儿了？"

"没事，我自己来吧。"她今天穿的是件米色针织衫，但水渍只有一点点，所以，溅上去也不显眼，"就只有一点点，看不出来的。"

容屿这才放下纸。

容妈妈撑着下巴在旁边看了一会儿，突发感慨："容屿。"

"嗯？"

"你长大了，妈妈真是欣慰。"

"呃……"

顿了一下，她转过来，对着倪歌道："倪倪，你不知道吧？容屿这个家伙，从小就很坏的。"

"啊？"倪歌看着她。

"你还记不记得？小时候你天天追着他跑，他一天到晚就拉着张脸不知道给谁看，对你爱理不理的。"

"记、记得。"

"我本来觉得，小孩子有小孩子的相处方式，大人不该干涉。"容妈妈一边剥虾，一边正义无限地道，"但后来我实在看不下去了，屁大点儿小孩，装酷也要有个限度吧？"

倪歌莫名觉得，后头这句话，说得很有道理。

"于是，我就去问他，你对隔壁家那个小妹妹，到底是怎么想的？就算不跟人家玩，你也不要欺负人家呀。"容妈妈停了停，"然后你知道，他怎么对我说的吗？"

倪歌眨眨眼，好奇心竟然真的被她勾起来："怎么说？"

"他沉默好久，用一种憧憬又期待的语气，特别认真地跟我说，"容妈妈绘声绘色地学，"'她那么小，如果被我打上一拳，应该会坐在那里哭上一整天吧。我得想个什么别的办法，把她欺负哭呢？'"

饭桌上，沉默三秒。

一直没怎么说话的容爸爸，突然低声笑起来："容屿。"

容屿面无表情道："别说，我不想听。"

容爸爸拍拍儿子，语重心长："你这种人呢，能有女朋友，真的是一个奇迹。"

容峙无语。

下一句话，他说："爸爸希望你能明白，这是我和你妈，给你积攒下的福分。"

容峙仍是沉默。

"你不好好珍惜，爸爸就收拾你。"

晚饭过后，容妈妈让家里的阿姨洗了小半筐草莓，放到客厅小几上。

这是例行的家庭小会议时间，容爸爸和容峙的聊天话题涉及军事，倪歌不太能插上嘴。

她坐在旁边，一颗一颗地撬夏威夷果吃，像一团小仓鼠。

容妈妈坐过去，拾起一颗草莓："倪倪。"

"嗯？"

"你们打算什么时候结婚呢？"

倪歌想了想，不知道该从何说起："还……暂时没打算。"

她到现在还没想好，要怎么把这件事告诉妈妈。

她一声不吭，把结婚的事都定下来了……不知道妈妈会不会生气？

"这样啊……那等你们开始做策划，一定要叫上我啊。这种事情，我比你有经验。"容妈妈说。

倪歌笑了："一定。"

"经验？"容峙听见了，好笑，"您能有什么经验，说得好像结过很多次婚一样。"

说着，他顺势在倪歌身边坐下，往她面前放一杯水。

倪歌眨眨眼，忍不住想她的确吃了太多坚果，需要喝一点水。

"我确实只结过一次婚，但我参加过很多别人的婚礼，好不好？"容妈妈不服气，说着就要给他看照片，"你的同学们马上也都要到结婚的年纪了，你很快就会收到这种红色炸弹的……你看，像是我们报社那两个去年刚转正的小姑娘，婚礼上那种气球我就觉得很特别，而且……咦。"

她突然停住。

倪歌喝了口水，忍不住顺手从筐里，也拾起一颗草莓。

容峙声音很轻地，在她耳边笑："你为什么怎么吃都不胖？"

倪歌有些不好意思，抬手摸摸耳朵："我以为你要说，我为什么怎么都吃不饱。"

"吃不饱是好事。"他耸眉，视线向下，落在她的胸口，"说明在长身体。"

"蠢羊"耳根微红，懊恼地捅捅他。

容妈妈不知看见什么，盯着手机屏幕，愣了一会儿。

"你们毕业之后，还跟你们黎叔叔家的姑娘有过联系吗？"容妈妈问完，又纠正，"就是黎婧初。"

"有联系，不过不多。"容峙波澜不惊，抬起眼，"怎么了？"

"刚刚弹出来一条新闻，是关于她的。"容妈妈奇怪，"我看评论区都在骂，发生什么了？"

倪歌微怔，继而想到什么，转头去看容峙。

"这我怎么会知道。"他云淡风轻，"不过，如果真的出了什么问题，她家里人也会帮忙处理吧。"

容妈妈思索一瞬："也是。"

倪歌很好奇："为什么骂她？"

"我也不太清楚，都说她抄袭。"容妈妈疑惑道，"不过，我记得，黎家这小姑娘还挺红的。虽然我没看过她的书，但我们报社好多小姑娘都喜欢。这才几天，怎么突然搞成这样？"

倪歌也很想知道，才几天，怎么搞成这样？她忍了忍没忍住，又转过去，看看容峙。

"干吗一直看我？"两个人视线对上，他叼着颗草莓，嘴角噙笑，"我很好看？"

倪歌立刻转开。

但这提醒了容妈妈，她突然意识到："我跟你爸坐在这儿，是不是会影响你们谈恋爱？"

倪歌赶紧道："不会的，阿姨……"

容妈妈："好，那我们这就走。"

倪歌没来得及开口阻止。

容妈妈还真的拽住容爸爸，头也不回地上了楼。

倪歌："呃……"

客厅里，一时陷入沉默。

明亮的灯光下，两人正襟危坐，面面相觑，对视五秒钟。

不知是谁先憋不住，"噗"的一声，笑起来。

"水还有温度吗？"容屿眼底含笑，摸摸杯壁，"还是热的，把它喝完吧。"

倪歌听话地照做。

他默不作声地看着，等她喝完。

"走吧。"

他站起身，朝她伸手，语气慵懒地道："出去散散步，然后，我送你回家。"

02

夜已渐深，天角弯月渐颓。

北城一月，空气中透着干燥的寒冷，呼出的气体都成了白雾。

前几天刚刚下过雪，还没有完全化开，积在近处的屋顶上。

有人在附近放过鞭炮，旧雪上零零散散落着没扫干净的红色碎末。

两个人走出去一段路，倪歌突然想起什么，叫他："容容。"

"嗯？"

"你今年在家里过年吗？"

"应该在。"

应该。

倪歌若有所思，斟酌着问："你会一直被停飞下去吗？"

容屿身形微顿，倒笑起来："我不会。"

他已经是第二次因为身体缘故被停飞。

但是……

"我是最优秀的飞行员。"他很肯定，"天空需要我。"

所以，我一定能回去。

倪歌微怔，回过头。

长夜幽寂，寒气四散。

容屿笔直地站在她身后，眉眼俊逸，鼻梁笔挺，脸庞一半浸没在路灯温暖的光芒里，一半在明灭的阴影中，轮廓棱角分明，眼神温柔而认真。

夜色茫茫，他的声音低缓宁静，却又笃定深沉，毫不迟疑。

她张了张嘴，不知怎么，话已经到了嘴边，最后还是变成一句声音很轻的附和："对，你是最优秀的飞行员。"

容峙突然低低地笑了一声。

他伸出手，轻轻握住她的下巴，将她的脑袋扳过来："我知道，你刚刚想说什么。"

她突然被他拽过去，像一只受惊的毛团，"噌"地睁圆眼。

在黑夜中，却格外明亮。

他微微垂眼，额头抵住她的额头："你也需要我，对不对？"

倪歌没有说话，大眼睛在黑暗中眨啊眨，睫毛像两把小刷子，挠得他心尖痒痒的。

"倪倪。"他离她很近，两个人气息交融，"我们以后也要朝着一个方向走。"

我们各自去做喜欢的事，去成为想成为的人，去负担爱与被爱，就永远不会分开。

倪歌眨眨眼，突然体会到一种类似"了解"的感情。

他们的话都没说完，但彼此好像都明白对方想说什么。

她眼中也浮起笑意。

夜色空寂，容峙牵住她，自然而然地低下头，想要吻她。

重物陡然撞上玻璃，在深夜中发出"咣"的巨响，倪歌被吓了一跳，连忙转身去看。

二楼房间的玻璃上一片水渍，刚刚砸上去的大概是茶杯。随着这声响，房间内吵架的声音陡然变大，然后又逐渐小下去。

她这才猛然反应过来，两个人不知不觉，竟然走到了黎婧初家门口。

"换个地方吧。"倪歌莫名有些不好意思，"他们家里人好像在吵架。"

这种事，听见的和被听见的，都挺尴尬。

容峙揉揉她的头发："不用担心，黎婧初的事与你无关。"

"我这两天一直在改论文，都没怎么上网。"倪歌不明白，"发生什么了？不是前两天还好好的？"

两个人并肩往前走。

"嗯……就像我妈刚才说的那样，她应该被骂得挺厉害。"容屿解释，"因为抄袭。"

倪歌惊讶："还有这事儿？"

容屿点头："你记不记得，那天，你跟我说不开心，我就爬窗去了你的卧室。"

"记得。"

他还矫情地自比罗密欧。

"当时，你碰掉了一本书，书摊开的页面有一句话，写的是——无论前路多么困难，我都会去到你的身边。"

倪歌愣了一下："那是……"

"对，在那天之前，你跟我讲过，那是《地平线之外》里面的句子，一部法国的小说，很冷门，国内没有译本。"微顿，他说，"那天在你房间里，我满脑子都是你，压根儿没仔细看那本书的封面。回去之后，我越想越不对，这玩意儿根本没有译本，那我碰掉的肯定不是原著，可你的翻译'纵路有荆棘，吾不辞万里'比这句文艺多了，所以……"

"你去网上查了？"

"对，然后查出来，竟然是黎婧初的书。"

他留了个心眼，只不过没那么无聊，当时也就没想着举报。

直到发生这次的事，黎婧初的战火从微博一路烧到高中的校园论坛。眼看倪歌要被人扒出来——

他乐意看黎婧初崩人设，但倪歌跟这件事完全没关系，他不想看到她被牵扯进来。于是，才在撤热搜的同时，转移视线，找人抛出了另一个话题。

"网民的记忆都只有七秒钟。"他说，"给他们一个新的瓜，很快就会忘记上一个。"

这道理，倪歌倒是明白，但她还是没太搞懂："可黎婧初为什么会抄袭国外的小说？"

"她有个工作室，专门帮她融冷门小说的剧情。很多剧情都是她从别的小说里照搬出来的，改改再自己用。"容屿有点厌倦了，不想再聊黎婧初，扯开话题，"明天，我就去找她，把航模拿回来。"

倪歌思索一阵，有些纠结："要不，你过几天再去？"

容屿好笑："怎么？"

"她刚才都往窗户上砸水杯了。"她有点紧张，"我怕她打你。"

容屿忍不住笑起来。

"她走到这一步，全都是自找的。"他说，"你想想看，高中时，她连三封信都要拿，气量小到什么程度。"

倪歌愣住："三封信？"

容屿脚步一停，他转过来，语气莫名狼狈："这才过去多久，你就不记得了？"

当然不是……

倪歌茫然。

怎么会只有三封？

她离开北城那么多年，怎么可能只给容屿寄了三封信？

他当初跟她说，把信都找回来了，她也没再多问。

为什么会……

倪歌的思维开始混沌。

她的话没过脑子，下意识地小声道："就算真忘记，那又怎么了……至少我一直在惦记你，不像你，小时候满肚子坏主意，净想着怎么欺负我。"

空气静默一瞬。

"欺负你？"他大跨步走回来，靠近她，语气恨恨的，"我那时候每天都在想，你这么脆弱，一定要保护好你，不要让你有机会坐在那里，哭一整天。"

倪歌眨眨眼，谨慎地望着他。

"就算要哭，也等以后——"

他的语调高高扬起，突然停住。

顿了很久，他才在她耳边低哑地说了一句。

夜色沉寂，清浅的白色雾气在空气中飘散。

倪歌短暂地怔了一下，满脸懊恼地用手肘撞他胸口："你什么时候才能正经一点！"

"我正经得很。"容屿笑得有点邪气，他离她很近，热气在她耳畔画圈，"我们刚分开，你就又要走，我过下嘴瘾怎么了？"

倪歌耳根泛红。

不知不觉，两人已经逛回倪家门口。

家里亮着灯，父母都在等她回去。

"那就送到这儿吧。"倪歌总有一种自己在早恋的感觉，余光不自觉地偷瞄家门，生怕妈妈突然推门走出来，"明天，我要回趟学校，如果你中午有空，我们可以约在……"

"我明天中午不在。"容屿轻声打断她，"有个小任务要做。"

倪歌微怔，突然急了："你为什么又有任务？你的身体明明都还没有……"

"不是什么大事。"容屿赶紧安抚她，"我出省一趟，晚上就能回来。你乖乖的，嗯？"

倪歌警惕："所以到底是什么事？"

别又是那种要签遗书的任务吧。

"机密。"

倪歌深吸一口气："那好，再见，我们漂流瓶联系。"说完，转身就走。

容屿心里好笑，赶紧拽住她："我们又有二十四小时见不到面了，你不提前想想我？"

倪歌转过来，一动不动地看着他，腮帮子鼓鼓的，黑色的眼睛漂亮剔透，像两颗玻璃珠子。

容屿轻轻掐掐她的脸，好像捏起了一团云："真的不亲？"

她还是不动。

"亲一下。"他把脸凑过去，低声哄，"就只亲一下，好不好？"

倪歌犹豫一阵，下定决心似的踮起脚，飞快地在他侧脸碰一碰。

结果，毫不意外地，又被他逮住了。

路灯昏黄，容屿的影子映在地上，仿佛有一条大尾巴"噌"地蹿出来。

他长驱直入攻城略地。

"我……"倪歌拼命用力地推开他，"我就知道你的鬼话……不能信……"

她的声音断断续续："我以后再也不相信你了……骗子！"

容屿眼眸微眯，下意识地松开她。

倪歌喘息不匀，立刻退后两步。

"呀，胆子大了。敢咬我？"

"再……再见。"倪歌像个害怕早恋被逮到的小朋友，抖抖小羊毛，转过身，飞快地跑了。

天边挂着一轮冷月，夜风吹拂，寒意飘散。

容屿在原地枯站半天，嘴角微勾，半晌，慢慢眯起眼。

看来，丈母娘的事……不解决不行了啊。

03

倪歌进门时，客厅里灯火通明。

爸爸今晚不在，只有妈妈和倪清时，两人对坐，不知道在聊什么。

"妈妈，哥哥。"她换了拖鞋，有些疑惑地走过去，"你们还没休息吗？"

"倪倪回来了？"倪妈妈抬手拢一拢头发，拍拍身边的沙发，没什么情绪地道，"来坐吧。"

倪歌没有多想，走过去坐下。

"我刚刚在跟你哥哥聊成家的事。"倪妈妈帮她倒了一杯水，"清时已经不小了，却连女朋友都还没有。你说这搁在哪个妈妈身上不发愁？"

倪歌眨眨眼，选择暂时观战。

果不其然，坐在对面的倪清时闻言，放下手中的茶盏，低声笑起来："这事儿实在急不来，现在我一个人，不也过得很潇洒。"

在家里时，他穿着套头的高领毛衣，与大多数时候清冷自持的对外形象不同，现在看起来毛茸茸的。

让人很想去他身上蹭一蹭。

　　于是，她快乐地附和："是呀，哥哥怎么可能找不到女朋友，他只是不想找而已。"

　　倪妈妈抬起头，对着倪清时道："等你身边的人都结了婚，其他人出双入对，留你形单影只，你就说不出这种话了。"

　　"我的同行们，个个巴不得不婚不育。"倪清时低笑，声音莫名磁性，"喝他们的喜酒，也太不现实了。"

　　倪妈妈笑起来，停了一会儿，才不轻不重地道："怎么没机会，我看你妹妹就快了——你说是不是，倪倪？"

　　倪歌吓得差点儿把手里的杯子摔了。

　　她能感觉到，倪清时身形也明显一僵。

　　"既然恋爱了，为什么不跟妈妈说呢？"倪妈妈见她心虚，心中的猜测瞬间坐实，渐渐敛了笑意，"要不是我看到容峙送你回来，你还打算瞒我多久？"

　　客厅里静悄悄的，一时间落针可闻。

　　"我没有……"倪歌脑子有些混乱，下意识地辩解，"我没想瞒着您，本来打算，过段时间就告诉您的。"

　　"过多久？等到你们结婚时，通过请柬告诉我吗？还是等政审时，让他们直接来通知家里人？"

　　"倪倪。"倪妈妈有点急了，"妈妈很早之前就跟你说过，少跟容峙来往。"

　　"这种要求完全没道理。"倪歌企图跟她讲逻辑，"您为什么不让我远离宋又川，还有院里其他男孩，却要单单针对容峙？他做错了什么？"

　　"其他男孩并没有像容峙那样，脾气坏又爱打人。"倪妈妈放软声音，"我听说他在学校时，还经常欺负同学。"

　　"那是您道听途说，他从没有欺负过同学。"

　　"他成绩不好。"

　　"那是高三之前。高三之后，他成绩就很好了。"倪歌想了想，又赶紧纠正，"不对，他之前成绩也不差，只是语文和英语不好，所以，排名才被拉低了。"

　　倪妈妈说不过女儿，她嘴角有些泛白，停顿一阵，问："你是不是因为他才不想出国？"

倪歌愣住。

"大二时，外交部遴选，你说不想进翻译司，所以没有去。那时候，你爸爸劝我，我就也想，没关系，你可以试着自己选一选。

"但是其实，你们很早就在一起了，对吗？"倪妈妈语气很平静，"之后，你做出的每一个选择，都受限于他。"

就是这种平和的语气，听得倪歌太阳穴都突突跳起来。

"所以……"

"说这么多，您不就是耿耿于怀，还在想着让我替您完成您没做完的事吗？不就是您想留学，却因为我爸没能去成？"倪歌忍无可忍，打断她，"这跟容峙有什么关系？您用您的思维模式来揣测全世界的人吗？"

"你……"倪妈妈愣了愣，"你怎么这样跟我说话？"

"我……"倪歌也觉得自己有点失控，她深呼吸，"对不起，但是，当初我寄给容峙的信，是不是还在您这里？"

倪妈妈没有说话。

于是倪歌就明白了："信呢？"

倪清时叫她："倪倪……"

她一字一顿道："把信给我。"

尽管容峙现在在她身边。尽管时隔这么多年，她把那些幼稚的信再拿回来，也没什么意义。

可她还是觉得委屈。

听父母的话并没有用，她的生活一团糟。

倪妈妈顿了一会儿，劝她："倪倪，你冷静一点，妈妈也是为你……"

"也是为我好——你能不能不要再说这种话了？"倪歌突然呜咽起来，声音不由自主地低下去，"我讨厌这句话。"

倪妈妈愣住。

"小学的时候，我跟你们说，我的班主任很不讨人喜欢。"倪歌深吸一口气，眼中开始起雾，"你们告诉我，要听老师的话，老师是为你好。

　　"后来，我转学去南方。我说，我不想走，您也告诉我，要听妈妈的话，妈妈是为你好。"

　　倪歌深吸一口气："对，您不会害我，我当然相信。可是，您也从来没问过我的想法，不是吗？"

　　"我不想进外交部跟任何人都没有关系。十个同传九个秃，我只是想做一个有头发的人而已，这种愿望很过分吗？"

　　她连声音都开始发哑。

　　倪清时坐过来，想拍拍她，被她躲开。

　　倪歌用手背擦眼泪，她难得放狠话，到了这种时候，反而越发冷静。

　　"您的经验在我眼里一点意义都没有。我从很久之前，就不想再参考您失败的人生了。以后，我活成什么样子，什么就是标准答案。我不需要任何人再替我做决定。"

　　倪歌说完，站起身，头也不回地向楼上走去。

　　"倪……"

　　倪妈妈想叫她，然而刚刚出口一个字，就突然按住心脏，倒下去。

04

　　深夜，医院走廊里灯火通明。

　　银白色月光从窗前树枝中穿过，在地板上投射下斑驳的光影。

　　后半夜，医生终于走出诊室，脱下手套："没事，心脏病犯了，让她在这里休息一下吧。"

　　倪清时连忙起身，微微颔首："我妈妈，她睡下了吗？"

　　"嗯。没事的话，先别去打扰她了。"

　　"谢谢您。"倪清时点点头，折身坐回倪歌身边。

　　天边星盏闪烁，小姑娘披着他的外套，神情有些茫然，失神地看着前方，半个脑袋被挡在宽大的帽子里，整个人在椅子上蜷成团。

　　倪清时没有说话，无声地拍拍她的脑袋。

　　"对不起。"像是被他掌心的热度惊醒，倪歌终于回过神，半晌，很小声地道，"我不该说那种话。"

　　听她开口，倪清时反而微微松口气。

　　"医生说，妈妈最近的身体状况本来就不太好。"他凑近妹妹，低声安慰，"不是你的错，不要太自责。"

倪歌眨眨眼，长睫毛垂下来，眼角还是红的。

他轻声叹息："妈妈休息了，我来守夜，你要不要先回去？"

"我想在这里。"

"好。"于是，倪清时没再推阻，主动将自己的肩膀送上去，"那你也休息一会儿吧。"

倪歌停了一会儿，像只小毛团一样，默不作声地，凑到他肩膀上。

长夜幽寂，星光悄然隐入云层，走廊上安安静静。

"倪倪。"他声音很轻，"睡着了吗？"

"嗯？还没。"倪歌半梦半醒，她脑子混沌，不太能睡着，可身体又实在是很疲惫。

今天，发生太多事了。

倪清时低声道："我刚刚想起一个小故事，你想不想听？"

"你说。"

"我听说，'倪清时'这个名字，是很久之前，爷爷亲自取的。"他语速很慢，声音低沉，微微发哑，"取意为'河清海晏，盛世之时'。"

倪歌缓慢地眨眨眼。

"我还听说，他那时取的名字不是一个，而是一对。"倪清时顿了顿，许久，才又道，"如果我有个妹妹，她应该叫倪清歌。"

倪歌微怔。

"你知道为什么，你叫倪歌，不叫倪清歌吗？"他自问自答，"是为了纪念一个人。"

"你曾经有过一个姐姐。"倪清时说，"她三个月的时候，爸爸在外出任务，妈妈自然流产了。"

这晚，倪歌昏昏沉沉，做了很多光怪陆离的梦。

她一会儿梦见自己在南方治病，姑姑教她跳舞；一会儿梦见自己回到北方，容屿操纵着无人机，往她身上撞。

她被吓了一跳，转过去问："你是谁？"

他说："我是容屿。"

于是，她又问："那我是谁？"

容屿一脸莫名："我怎么知道你是谁？"

倪歌猛地睁开眼，外套滑落，天光竟然已经大亮。

她忍不住抬起手，挡挡阳光。

旭日初升，阳光从小窗投射进来，白色的墙面上布满斑驳的光影。护士推着小车，医生拿着病历本，一间一间地查房。

她靠在墙上，将倪清时的外套捡起来，垂着眼想了半天，才回忆起前夜发生了什么。

"倪倪。"倪清时去而又返，见她已经醒了，递来一杯热牛奶，"醒了？喝点东西。"

"谢谢哥哥。"她乖乖接过来。

"你饿不饿？爸爸过来了，我们可以先撤。"他说，"我得回一趟单位，你是不是也要去学校？正好，我可以送你，我们先去吃早饭。"

倪歌有点蒙，下意识地问："妈妈会有事吗？"

倪清时很有耐心："妈妈不会有事，爸爸会留在这里陪着她。"

倪歌发了会儿呆，然后轻声道："好。"

倪歌回到学校，在学院一待就是一整天。

导师的办公室很暖和，倪歌坐在里头修稿子，完全感觉不到时间的流逝。

天色完全黑下来的时候，她才收拾东西离开。

北城的冬天冷得太难熬，这会儿学院里没其他人，楼梯间连灯都没有开，老师索性把钥匙扔给她，自己先溜了。她打着手电筒，有些心不在焉，慢吞吞地下楼。

快走到底时，楼道拐角处模模糊糊的，突然出现一个身形高大的黑影。

倪歌心里一突，陡然清醒过来。

肩膀宽阔，身形挺拔，靠在楼梯口，望着她的方向，一动不动。

——是个男人。

她停住脚步，一只手谨慎而缓慢地滑进背包，想要掏电棍。

不等她摸出武器。

"我才多久没出现，你这就认不出我了？"

男人仿佛在一瞬间看透她的想法，抬起头，低低笑道："你站着不动，是在蓄力，打算等会儿攻其不备，一次性电死我？"

听到这个声音，倪歌微怔，没有来由地，眼里突然蓄起雾气。

离楼下还有四五级楼梯，可她想也不想，弹起来直直往下蹦，几乎是跳进他怀里。

容屿眼疾手快地伸出双臂捞紧她，被她的惯性带着，往后退一步，将她抱个满怀。

他好笑道："怎么了？"

小姑娘缩在他怀里，声音闷闷的："你还好吗？妈妈进医院了。"

"我好得很。"他拍拍她的脑袋，权作安抚，"我知道，清时哥跟我说了。没事的，你不要担心。"

周遭安静极了，声控灯终于被两个人的动静惊醒，幽幽亮起一团毛茸茸的橘色光。

容屿抱着她，空气逐渐变热，连心跳都快起来。

倪歌毫无所觉。

她埋在他颈窝里，声音小小的，热气打在他耳后："高考之前，我妈妈……是不是也去找过你？"

不等他回复。

她又问："她是不是也跟你说过，倪清歌的事。"

这回，容屿倒是愣住了。

小女孩的想象力总是在恋爱之后发生质的飞跃，结合倪清歌的事，倪歌在脑海中脑补出了一场"妈妈把容屿约出来，然后甩脸给他看，让他离自己唯一的小女儿远一点"的大戏，并为自己狗血凄迷的人生难过了一整天。

容屿大概猜到她在想什么，一边觉得好笑，一边又觉得，真是该死的可爱。

他乐坏了："你自己一个人瞎猜了多久？怎么不直接来问我？"

"我怕你难过。"

容屿笑了。

笑着笑着，他又觉得心疼。

"是来找了。"他骗她，"她让我离开你。"

倪歌真信了，不自觉地抱紧他："然后呢？"

"然后，我跟她说——"容峙两手捞着她，声音很轻，"阿姨，如果倪歌嫁给了别人，我一定会去破坏她的婚姻。"

"嗯？"

"她结一次婚，我抢一次婚。"停了停，他一字一顿，声音发哑，低笑着说，"我说到做到。"

走廊里寂静无声。半晌，连声控灯的光芒也暗下去。

四周黑黢黢的，倪歌在黑暗中沉寂一阵，愣愣地问："你……你真的这样跟她说？"

容峙抱着她，没有说话。

半晌，她感觉他胸膛在动。

他在轻轻地笑，尽管没有发出任何声音。

倪歌突然反应过来，一巴掌糊到他胸口："你烦死了！我已经很不开心了，你还要逗我！放开我！不给你抱了！"

容峙一直都想不明白，这家伙为什么连发火都可以这么可爱。

可她一旦在他怀里动来动去，他就有点受不了。

"别动。"容峙赶紧按住她，忍耐着求饶，"事情差不多是那样，但又的的确确不完全是那样。"

倪歌安静下来，腮帮子仍然鼓鼓的。

他抱着她往外走，将她带上车，帮她扣好安全带。

小姑娘眼睛有些红，头发刚刚被揉乱了，一动不动地盯着他，像只警惕的小动物。

"她的确跟我说过倪清歌的事，但她没有让我离开你……我和她之间有过一个约定。"他心里一片柔软，倾身吻到她的嘴角，轻声叹息，"你还记得吗？高三那年的新年，你喝醉了，我也像现在这样，把你抱进卧室。"

倪歌记得。

她一觉醒来，想不起前夜发生了什么事。

而他却在假期之后，莫名其妙地开始疏远她。

于是，她说："我当然记得。你从假期之后就不怎么理我了，搞得我一直怀疑，我那晚是不是对你做了什么不好的事。"

"是的。"容屿故作严肃。

倪歌大惊失色："你别瞎说。"

也太好骗了吧！

容屿眼中蹿起星星点点的笑意，伸手捏她的脸："你怎么这么好玩。"

她像一头小怪兽，张嘴就要咬他，他赶紧正色道："不是，是我想强吻你，结果，被阿姨看到了。"

那晚，他放下倪歌，紧张地跟着倪妈妈走到书房，以为她要打死自己这头拱白菜的猪。

结果，对方转过来，非常客气地对他说："坐吧，阿屿。"

他没敢坐。

倪妈妈却笑了："你不坐下来，我该怎么给你讲故事？"

"然后——"容屿深吸一口气，捏捏倪歌的耳垂，"她给我讲了清歌的事。"

清歌是在一个春天离开的。

人间三月，草长莺飞。医生站在病床前，安慰她："您还非常年轻，以后还会有孩子。"

但倪妈妈一直没能从这件事中走出来。

她学油画，学生时代，老师总是夸她有天赋。纤弱敏感是艺术家的共有人格。他们天生拥有高于常人的敏锐和观察力，比常人更能共情，却也比常人更加脆弱。

失去清歌的那段时间，她的情绪状态跌到谷底，郁郁寡欢，频繁地做噩梦。

丈夫对她饱含歉意，一周之后赶回家，却也只能无用地安慰："如果你想，我们还可以有孩子。"

她把头抵在他的胸口，沉默很久，低声说："可是我很想念她。"

甚至看到倪清时，她也会想起夭折的小女儿。

想起自己本该儿女双全。

然而，生活还在继续。

走出情绪周期，她的噩梦逐渐减少，精神状态也慢慢回升，一切看似回到正轨。

直到两年之后，她再一次怀孕。

几乎是一模一样的场景，一模一样的状况。

她的身体只比前两年稍好一点点，仍然存在流产的风险。

丈夫问她："你想留下这个孩子吗？"

她茫然极了："我不知道。"

不知道自己会不会重蹈覆辙。

不知道自己有没有能力，把孩子留下来。

僵持之际。

年幼的倪清时突然站起来，将手放在妈妈的肚子上，一字一顿地、懵懵懂懂地吐出两个字："妹妹。"

妹妹。

她几乎一瞬间落下泪。

这两个字对她诱惑多大啊，她已经失去过一个女孩。

"我想把她留下来。"于是，她很肯定地说，"我一定会照顾好她。

"我会看着她长大。

"我会给她很好很好的一生。

"我会……我会计划得周全妥善。

"我不会再让她像清歌一样……

"我不会让她的人生，再出一点差错。"

……

18岁的容屿，坐在倪家的书房里，听完这一段过往。

他似懂非懂，问："所以，我喜欢上倪歌，不在阿姨的计划中吗？"

"确切地说，是'她早恋'不在我的计划中。"

容屿思考一阵，客气地指出："我们没有早恋，我们从来没有确立恋爱关系。另外——"

他想来想去，已经想不出更客气的说法："倪歌的人生是'可计划'的吗？"

她的人生为什么要由您来计划？

倪妈妈沉默一阵，舌根发苦："你能理解吗？我真的很不放心她。"

"她……身体从小就不好，当初，送她去南方治病，她就……一个人坐在车上，一直回头看我，可我都不敢看她。"她停了停，将目光落回容屿身上，"她那么小，你也这么小。我没办法天天盯着她，但至少在大事上，我可以帮她掌舵。"

容屿不知道该说什么。

面前的茶已经凉了，礼花在窗外升空，远处传来大院里其他男孩的喧闹声，新的一年刚刚开始，整个世界生机勃勃。

"我可以等。"许久，他垂下眼，轻声道，"我可以等她长大。"

"阿姨会有这样的顾虑，无非是觉得，我并不是一个可托付的人。"容屿没想到自己要18岁时做这种承诺，可是有什么关系？她所有的顾虑，他早就全都想过。

他轻笑："但是，我又不会永远只是个男孩。"

他站起来，面对着倪妈妈。

灯光下，少年面容清俊，从眉到眼，容貌姣好。眼睛弯起来时笑意飞扬，近乎跋扈，蕴藏着某种只属于少年的，未知的力量。

"如果您是担心清歌的事情重蹈覆辙，那这个问题太好解决了，只要她不想生，我可以一辈子不要孩子。但如果是因为担心她年纪太小，被我影响，做出不合时宜的选择——"

容屿顿了一下，嘴角上扬。

"您不妨等到成年之后，让她自己来选。"

"你这样自信。"倪妈妈忍不住，眼睛微弯，轻轻笑起来，"她未必真的选择你。"

"这样吗？"

他耸耸眉，尾音微微上翘，听起来像是发问，言语内外，却毫无疑惑的意思。

他非常笃定。

"那我就去破坏她的婚姻，她结一次婚，我抢一次婚。"

所以，其实他也不完全是在骗倪歌。

那种话，他真的对她的母亲说过。

他曾经在18岁的新年夜，站在她的母亲面前，背脊笔直地、认真地看着对方的眼睛，用一个少年最大限度的狂妄，近乎嚣张地说——

"我说到做到。"

容峤说完，车里安静了很久。

天色黑沉，路灯明灭，夜空无尽延伸，车被包裹在浓稠的夜色之中。

倪歌有点呆呆的。

容峤凑过去，亲亲她的额头："你吃晚饭了吗？"

她诚实地摇头。

容峤失笑："刚刚怎么不说？"

他启动车子，带她去找 24 小时营业的店。

已经过了凌晨，腊月寒冬呵气成霜，路上行人稀少。

他的车像一道影子，悄然无声地滑进市中心，停在一家亮着灯的肯德基前。

江边寒气阵阵，水面上起了雾，渡轮停靠在岸边，白色的水鸟在四周盘旋。

容峤拔下车钥匙，将她的围巾系紧："你的手冷不冷？要不要戴手套？"

"不用了吧。"她打开车门跳下车，半张脸埋在围巾里，小声嘟囔，"你牵着我就行了。"

容峤笑意飞扬，握住她的手。

店内除了值班的店员，没有别的客人。

两个人找了位置坐下，容峤扫码点单，倪歌想来想去，忍不住小声问："那、那些信呢？"

他微微一顿，放下手机："阿姨很早就还给我了。"

当初，倪歌写给容峤的信，一部分寄往他的学校，一部分寄往了大院。

寄往大院的那些，几乎全被倪妈妈拦了下来，又在那个新年夜，全部还给了他："很抱歉，它在我这里多放了几年。"

"再放十年也没关系。"容峤嘴上这么中二又狂妄地说着，手上却立刻接过来，生怕她后悔似的，"我和她的感情，不需要这种脆弱的联系方式来进行维系。"

倪妈妈："哦，那你还给我。"

"不不，还是我拿着吧，谢谢您。"

倪歌听得无语。

"我本来打算，等你高考一结束，就回去找你。"容屿停了停，像是有点好笑，垂下眼，"结果没去成。"

他最困难的日子，她没在他身边。

但他一点也不遗憾。

后来想起，他甚至感到庆幸。

"我住在疗养院的时候，有阵子，特别庆幸。"容屿忍了忍，没忍住，"我当时想，万一我好不起来，等你结婚时，我应该就没办法去抢婚了，阿姨说不定挺高兴的。"

"你不要这样想。"倪歌有点急了，握住他的手，低头轻轻亲一亲，声音发涩，"如果知道你受伤，我妈妈肯定也会很难过的。"

"也就是一秒钟的念头。"容屿顺势捏住她的爪子，也拽过来亲一亲，"我现在当然不那么想，地上有线，风筝是飞不丢的。"

他和她遇到过那么多，那么多的峰回路转和柳暗花明。

好像两人只要跟对方在一起，就会得到神明的庇护。

两个人都会一生顺遂有惊无险。

但是……

倪歌有点难过："为什么我妈妈的事，我都是从别人那儿听来的……"她声音闷闷的，"她这些年会不会很孤独？"

容屿捏捏她的手，声音很轻地道：

"我们可以一起照顾她，倪倪。你又忘了，你从来不是孤身一人。"

倪歌眨眨眼，睫毛上的水汽瞬间消散。

店里人少，服务员直接把点餐送了过来。

装在托盘里的炸鸡和薯条热气腾腾，散发出油炸食品独有的诱人气息，她看着看着，突然想起："你记不记得。"

"嗯？"

"高中时有一次，我跟父母闹别扭，你也是这样带我出来。"

"然后呢？"

"然后，你买了两盒关东煮，非要让我吃下去。"

容屿沉默了下，皱起眉："怎么可能，有这种事？"

"真的有。"倪歌认真极了，"我当时就在想，世界上怎么会有这种男人。"

容峙的嘴巴抽了抽，没说话。

"真的讨厌死了，一点也不体贴。"

容峙仍旧沉默。

"以后，我跟谁在一起，都不会跟他在一起。"

容峙："差不多行了。"

下一秒，坐在他对面的小姑娘，一本正经地伸出两只手撑住脸，语气苦恼地道："可是怎么办？"

暖黄的灯光倾泻下来，落到她的毛呢裙子上，镀上温柔的光。

她认真小声地说："我现在好喜欢、好喜欢他，想一直一直跟他在一起。"

长夜寂静，凉风从窗外吹入，室内灯光明澈，如同流水。

容峙怔怔的，心里的小人在春暖花开的日子里捂着脸尖叫，叫得他心跳都快停了。

倪歌还在说："我觉得自己被打脸了。"

她指指脸颊："这里很疼。"

她顿了一下，抬起头，乌黑的眼珠澄净无比，映着灯光，更是明亮。

还像小时候一样。

"要亲亲。"她道。

容峙毫不犹豫，直起身，吻上去。

这一顿饭吃完，天光已经开始转亮。

北城入冬之后，难见阳光。江面上的雾气依然没有消散，上班族却已经开始出动，高架上的车辆渐渐多起来。

车辆行驶缓慢，容峙用毯子把倪歌裹起来，放低她的座椅："你睡一会儿吧，醒了就到医院了。"

她的脑袋在椅背上蹭蹭，蹭掉毯子盖住眼睛的部分，露出一双乌黑明亮的眼瞳，一眨不眨地看着他："这算不算疲劳驾驶？你也一宿没睡。"

容峙笑了："我三宿不睡都没事。"

他说着，去拍她的脑袋："赶紧闭眼。"

绵羊姑娘动动耳朵，乖乖缩下去。

半晌，狭小的空间里，响起她小小的声音："容屿。"

"嗯？"

"活久一点。"

容屿微怔，笑起来："好。"

他声音很低地，温柔地说："我们一起，白头到老。"

05

倪妈妈做了一个梦。

她在浓雾中行走，一只手提着盏精致可爱的小灯，另一只手牵着一个小朋友。

小朋友安安静静的，一直走到浓雾尽头，才转过来，对她说："谢谢你送我到这里，把灯给我吧。"

她依言将灯交出去，蹲下身，苦恼地问小朋友："为什么倪倪不喜欢我呢？"

小朋友奶声奶气道："我也不喜欢你。"然后，拿起灯，转身就跑了。

浓雾的尽头仍然是浓雾。

她在原地站了一会儿，醒过来。

天空阴霾，空气中水汽凝集。

天光一点点转亮，空中聚集着大团大团的乌云。

病房内很安静，风从窗户的罅隙溜进来，小幅度地带起蓝色窗帘的边角。

她收回目光，动了动手，才发现床边趴着一个人。

"倪倪？"她愣了一下，下意识地抽出手，摸摸倪歌的脑袋，"你怎么在这儿？你还好吗？"

倪歌揉揉眼睛，醒过来："没……我没事。"

倪妈妈坐起来，看着她。

"我刚刚过来，护士嘱咐我，等您醒了，提醒您吃药。"倪歌坐在床边，停了一下，解释，"爸爸单位有事，刚刚才走，哥哥说他下午过来。"

倪妈妈问："你什么时候过来的？吃早饭了吗？"

"吃了。"倪歌讷讷，"我还……多打包了一份粥，您现在要吃吗？"

倪妈妈轻轻摇摇头："我现在不饿。"

微顿，她又问："你今天不用回学校吗？"

"今天不用，导师不在。"

倪妈妈点点头，不再问。

天空中云层流动，病房里沉默一瞬。

"对不起。"倪歌握着妈妈的手，垂下眼，整个人蔫了吧唧的，"我……容屿跟我说了之前的事，我不该什么都没问，就发火。"

倪妈妈好笑地看着她，一手撑住脑袋，一手摸摸她的头发。

像无声的安抚。

"我大学都已经快要毕业了。"倪歌很不好意思，"却还在跟妈妈吵架，惹妈妈生气。我……"

"那又有什么关系。"倪妈妈突然打断她，声音不大，听起来温柔极了，"你也从来没跟我说过，你是这样想的。"

倪歌微怔，眨眨眼，鼻子突然有些酸。她垂下头，小声说："昨天晚上那是气话……我没有觉得您的人生很失败。"

倪妈妈轻轻笑起来："我研究生一毕业，就跟你爸爸在一起啦。之后，有了清时，我为他们两个放弃了进修的机会。"

微顿，她声音很轻地说："虽然我跟你爸爸总是意见不合，但是在这件事情上，我没有后悔过。"

她抬起头，掐掐倪歌的脸："可是，倪倪。将来如果你后悔了，我该怎么办？"

我不想看到，你过得不好。

我怕看见，你不开心。

倪歌愣了愣，低下头捏妈妈的手指。

良久之后，她小声问："你和爸爸总是意见不合，他害得你没办法出国进修，还经常不在你身边……那你还喜欢他吗？"

倪妈妈眉眼微弯："喜欢。"

"多喜欢？"

"想一直跟他在一起。"

倪歌顿时笑起来："可是，我也是呀。"

"容峙那个家伙，以前脾气很坏，成绩不怎么好，还老是欺负我——但他早就改邪归正了。"她停了停，抬起头，眼睛明亮得像是住着小星星，"而且，无论成年之前，还是成年之后……只有他对我的信任是完全没有理由的。"

他真诚坦荡，又热情而自由。

那才是一直以来，他吸引她的地方。

"他从来没有干扰过我的判断，反而是，他一直走在我前面，把障碍扫除干净，然后，让我自己做选择。

"包括公派留学的事。"

倪妈妈有些意外，问："你改变主意了？"

"妈妈，您没看到的东西，我替您去看。"倪歌直视着她的眼睛，难得地坚定，"但这并不是因为我向您妥协了，或者我低头……而是我想清楚了，我的确想去。

"我不是为您去的，我是为了我自己。"

倪妈妈的手停在她的脸颊旁边，盯着她看了很久。

尽管这话听起来幼稚又别扭。

良久，她捏捏女儿的脸，笑着轻声附和："好，是为你自己。"

"容峙人呢？"微顿，她好奇，"他送你过来的吗？"

"对。"倪歌说着，打电话给他，"他在楼下，我让他上来。"

3分钟后，容峙迈动长腿，以胜利者的姿态，嚣张地上楼，走进病房。然后，藏起招摇的大尾巴，假装恭顺地打招呼："阿姨好。"

倪妈妈正想开口，他先一步上前，一脸认真地敬了一个礼："阿姨！我想邀请倪歌，跟我一起接受组织的政审！

"从今往后，我所有勋章都有她的一半！"

病房瞬间陷入死寂，气氛紧绷得好像水珠滚落的前一秒。

倪妈妈愣住，想起很多年前，也是这个少年，站在这里，拉着她的手，一脸认真地说：

"我想娶她。"

让她嫁给我，好不好？

她怔了半天，徐徐回过神："为什么这么多年不见了。"

"嗯？"

"你还是傻里傻气的。"

"呃……"

空气重新恢复流动。

倪妈妈不再看他，低头捏捏小女儿的手："这种事情，我可没办法代替她答应。"

倪歌眼里笑意浮动，正想开口，倪妈妈突然声音很轻地，问："倪歌以后，想成为什么样的人呢？"

晨光在厚重的云层后垂落，慢吞吞地留下一道光。

倪歌抬起头，拖了一个很长很长的音，然后，缓慢地，贴上妈妈的手掌："她想成为倪歌啊——"

06

倪妈妈在一周后出院。

倪歌留在家里过完年，才收拾东西，准备出国。

对于容屿来说，他最悲伤的事情可能是……一起向组织打报告的邀请，被当事人驳回了。

"你连婚都没有求，"绵羊姑娘离他三尺远，"想都别想。"

容屿："我可以现在跪下，你比较喜欢人多的地方，还是人少的地方？"

倪歌很认真地想了一会儿，诚恳地提议："要不，等我回来再说？"

于是，这件事就被无限期地拖延了下来。

过完新年，容屿公寓里的最后一个大件也购置齐了，他摇着大尾巴翻着老皇历择吉日乔迁，邀请小未婚妻来新家吃饭。

公寓是精装，不需要再进行大面积装修。

剩下的家具布置，全都和倪歌预想中一模一样，这是她第一次亲自参与房屋规划，看什么都新鲜得不行。

容屿在厨房里做饭，她像只兴奋的小动物，在屋内绕一圈，最后跑回来："我看到好多我们之前一起选的东西。"

他好笑道："嗯。"

"卧室里的小夜灯是我选的。"

"嗯。"

"书柜也是我选的。"

"嗯。"

"还有……"

青菜出锅,容屿转身,声音低沉,笑意浮动:"男主人也是你选的。"

今天的晚餐很丰盛。

倪歌从不知道容屿厨艺这么好,他帮她盛汤时,她惊奇极了:"你竟然会做这么多菜。"

"你先把汤喝了。"容屿放下小碗,又帮她倒了一杯酒,"喝完之后,一起恭贺一下,乔迁新家。"

"没有其他人要来了吗?"倪歌喝掉那盅汤,将小白瓷杯接过来嗅嗅,发现是她上次喝过的青稞酒,"我还以为,你邀请了很多朋友……我看他们贺乔迁之喜,都会叫上很多人。"

"哦。"容屿波澜不惊,"我不想见他们,我只想见你。"

倪歌在桌子下踢他。

毛茸茸的拖鞋碰到他的小腿,硬邦邦的。

容屿恍如未觉,若无其事地给她夹丸子。

倪歌咬下一口,唇齿留香,含混不清地问:"对了,我刚刚在卧室里面,还看到一架秋千……可我不记得我买过啊。我们不是有个很大的阳台吗,为什么不把秋千装在阳台上?"

容屿沉默了下,舔舔唇。

"你把酒喝了,我就告诉你。"他信口胡诌,"你马上就要离开祖国了,西出阳关无故人,这是家乡的酒,不妨多喝一些。"

倪歌狐疑地看着他。

"你怕什么,这是在家。"

就是在家,她才怕。

这家伙的眼神总是不怀好意……所以,倪歌没怎么动。但容屿做的丸子确实很好吃,她不知不觉竟然吃掉小半盘。

吃到最后,她看东西都开始有重影:"容屿……"

容屿无形的狼耳朵噌地蹿出来："到！"

小姑娘脸颊泛起桃花："你是不是在饭里下药了？"

容屿舔舔唇，坏心眼地道："可能因为那个丸子……是酒酿的吧。"

倪歌惊了："我完全没吃出来，它怎么一点酒味都没有！"

容屿没有立刻搭腔。

他坐过来，抱住她。

他穿着柔软的家居服，身上有熟悉的、令人安心的味道。

倪歌脑子有一点混沌，忍不住仰起头，碰了碰他。

"小羊。"他微微放开她，低笑，"明明酒味这么明显，真的一点都没吃出来？"

倪歌睁大眼，瞳仁黑漆漆的，有些茫然，像是不太明白他在说什么。

"倪倪，我是你的。"容屿垂眼看她，一只手落在她的腰上。

在这种地方，天高皇帝远，不会有人来打断。抱着这样的她，他的道德负担都轻了很多："你可以提前收一点点利息。"他一边说着，手指一边向上攀行，落在领口上，暗示的意味非常明显。

微顿，他声音低哑地诱惑道："这里很有趣，你想不想剥开看一看。"

高层公寓，无人打扰。餐厅里灯光温柔，四周寂静无声。

倪歌的小细胳膊钩在他的脖子上，很认真地看着他，眼睛漆黑，明亮得好像星辰。

半晌，她眨眨眼："你是容屿。"

他点头，跟着重复："我是容屿。"

倪歌捧着他的脸仔细辨认半天，像是终于认出他。

她嘴角一咧，突然绽开一个明媚的笑："那好啊。"

容屿的脑子轰地炸开。

倪歌语言成绩一直很好，出国的事定下来之后，其他手续办理的速度也非常快。

唯一在她预料之外的事是，她一直穿着高领的衣服这件事，被孟媛嘲笑了好几天。除了嘲笑她，还可怜容屿，简直不知道她到底是谁的朋友。

"学长太可怜了。"

倪歌耳根泛红，腮帮子鼓了起来。

容峙好笑地捏捏她的脸，低声哄："等你回来，我们就结婚。"

倪歌哼："谁要跟你结婚？"

"你啊。"

她还在嘴硬："我什么时候说要嫁给你？"

容峙的手微微顿了顿，她差点儿以为，他要吻她了。

然而，他只是一只手掐着她的脸，垂眼看她，目光专注而深情。

"倪倪，"他说，"你回国时，我送你个礼物。"

倪歌眨眨眼，睫毛扑闪扑闪。

一行人走到安检通道前，倪歌停下脚步，先跟父母道别。

然后是来送行的小闺密和蒋池。

最后，她才停在容峙面前。

他刚刚是从单位赶回来的，身上还穿着军装。宽肩窄腰，身姿笔挺，一路走来，要多惹眼，有多惹眼。

"倪倪，"他帮她整理衣领，然后将一直握在手中的手提纸袋递过去，"你拿着这个，到飞机上再拆。"

倪歌潦草地扫了一眼，手提纸袋里装着一个透明罐子，里面满满当当地塞着塑料胶囊，五颜六色的，她一时半会儿，也辨认不出是什么。

"为了保佑我平安，"她抬起头，诚恳发问，"你给我叠了1000只千纸鹤吗？"

容峙一口气上不来："我是小学生吗？我再给你往千纸鹤上抄点儿QQ空间伤感语录？"

还说你不是小学生，你就是小学生！

"倪倪，"然而，下一秒，他望着她，神情又柔软下来，"我们开飞机，最怕的就是一路顺风。"

"所以……祝你此行逆风。"

祝你此去顺利，前路坦途，从今往后，人生明亮，乘风而起。

然后，他退后一步，五指并拢，郑重地向她敬了一个礼。

机场里人潮汹涌，播音不断地切换语言播报航班信息，阳光从高大的穹顶上落下来。

同一时刻，来自五湖四海的旅人们，进行着大同小异的告别，拎着行李箱，走进不同的关口，奔赴不同的未来。

不知怎么，倪歌鼻子突然有点酸。

她想起自己上一次离开北城，情境跟现在相差无几：她一个人，背着巨大的背包，提着一个小行李箱，跨越祖国大半个版图，要跑到很远很远的、未知的地方去。

可是现在，她有朋友，有家人，有爱人。

倪歌眼眶发热，踮起脚，在他嘴角落下一个吻。然后，提起行李和纸袋，转身过安检，融入机场汹涌的人潮。

没有再回头。

倪歌上飞机的第一件事，就是拆罐子。

将透明罐子拿出来抱在怀里，她想放下纸袋，突然发现，袋子底下还有个东西。

她愣了一下，揉揉眼睛。看看袋子，她难以置信，再揉揉眼睛。

飞机广播传来通知："即将起飞，请各位乘客调直椅背，收起小桌板……"

倪歌屏住呼吸，小心地捡起放在纸袋底端的盒子，慢慢打开——

机舱内的灯光落在丝绒盒子上，金属圆环简洁大方，钻石被切割得光彩夺目。

是一枚戒指。

盒子里还塞着一张纸。

飞机起飞，倪歌收起戒指，展开信纸。

果不其然，是容屿这些年来，毫无长进的笔迹。

倪歌：

展信安。

首先，我要向你道歉，我本来想求婚，婚礼策划——啊，就是你在圣诞夜那晚，见到的那个女生就是婚礼策划师。她为我们策划了一场非常酷炫的求婚，可惜材料没有制作完，有点麻烦，来不及实施了。

不过，没关系，等你回来时，一定能见到。

……

这些话，我原本想当面讲，但考虑到你可能会嘲笑我，所以，还是写了这封信。

我从没有告诉过你，周进曾经来找我，他给了我66个心愿瓶。他说，那是你写给我的。

虽然容屿的字丑，但他一笔一画，写得倒是很认真：

如果掐指算时间，你参加综艺那段时间，我应该正好在疗养院里。说实话，我挺痛苦的，那段时间我看不见。做完手术之后，又担心没办法再回去开飞机，还要忍受小护士天天在我面前外放综艺，以至于我一直怀疑，你是不是跟那个年轻的导演在一起了。

幸好没有。

飞机持续爬升，倪歌眨眨眼。

我从没想过，在我惦记你的时候，你竟然也这么惦记着我……你让我觉得，自己很幸福。

再回头去看所有的事，原来都很值得。

多的话不说了，你一定觉得我的字很丑。

不过，咳……

我还给你写了1000张纸条……呃，好像不止1000张，藏在那罐胶囊里。你每天拆一个胶囊，拆到最后一个，就可以回家了。如果你嫌字丑，可以当作没看见。

万尺高空，云霞满天，飞机穿透云层。

航线途经西北，平流层之上，白雾茫茫。

他在信上，一笔一画地写：

这一次，不如换我，来等你降落。

第
九
章

那是
意中人啊

01

午后，阳光丰沛，光线炽烈，蝉鸣如同涨潮时的海水。

上午刚刚下过雨，空气里还泛着潮，阳光懒洋洋的，透过咖啡馆大片的落地玻璃窗，映在人身上。

店内放着一首音调柔软的歌，倪歌转头望窗外，道路上车水马龙，异国他乡，景物倒是大同小异。

"倪？倪？"

她走了一会儿神，被坐在自己对面的人轻轻拍醒。

"倪。"亚瑟语气担忧，用蹩脚的中文问，"你病了吗？"

倪歌有些抱歉，赶紧摇摇头："没有。"微顿，又软声道，"不好意思，我刚刚走了一下神……请说法语吧，没关系，我听得懂。"

"倪，我的新书什么时候都可以谈，如果你今天累了，我们可以改天。"然而，亚瑟非常坚持，用中文继续道，"或者我送你去酒店，你先睡一觉？"

"别别，就今天吧。"

"倪。"亚瑟很执着，"你可以回去休息，我们明天见。"

倪歌头痛欲裂，只好直说："明天我不想见您。"

外面阳光正好，日光流泻在亚瑟肩头，明亮的光芒一束束照进来，灰尘浮动，将他整个人都笼罩进去，温暖而模糊。

他沉默半秒，妥协："那就来谈谈实习的事吧，你愿不愿意留在巴黎？"

倪歌想起来了。

刚刚他就是问了这个问题，她才情不自禁开始发呆。

她略微斟酌，放下手中的咖啡杯，柔和而坚定地道："我从一开始，就没打算留在巴黎。"

这是她来巴黎的第三年。

平心而论，回顾这几年的交换生活，倪歌非常庆幸自己出了国。

她在巴黎不仅学到很多东西，也极大地扩充了朋友圈。无论是在翻译技巧还是在语言熟悉程度上，她的收获都很大，明显感觉自己迈上了新台阶。

但是，在巴黎遇见《地平线之外》的作者亚瑟，并且这人竟然是她实习报社的老板，是她做梦也没想到的事。

在倪歌的印象里，《地平线之外》的作者非常冷门，别说在中国，就是在他们自己的国家，也没什么人看他写的书。

以至于她偶尔在脑海中勾画他的形象，想到的都是范进一类的人，一生郁郁不得志，凄苦无依、漂泊不定，又愤世嫉俗。

结果，完全不是这样。

亚瑟家有一个家族企业，他是唯一的合法继承人。只不过他的心思全在写书上，不怎么打理生意，才开家报社来玩一玩。

——好巧不巧，倪歌在巴黎的实习单位，就是他开的报社。那是巴黎最大的传媒公司之一，是留学生们趋之若鹜的地方。

只是因为倪歌最开始在心里给亚瑟树立的人设过于穷酸，所以，她完全没把两个人联系到一起，只以为是同名。

直到她在实习一个月后的某天傍晚，在公司门口，遇到小心翼翼的、怕吓到她的、不敢大声跟她讲话的……公司老板，倪歌才知道——

当初，黎婧初的事情被爆料出来，连带着亚瑟的书也小小地畅销了一阵子，这场跨国侵权案在网上闹腾了一年多，才渐渐平息下去。

于是，亚瑟非常好奇，最初是谁发现了这些事。

他顺藤摸瓜，找到了倪歌。

倪歌得知这一切后，有些惊讶。她非常委婉地问："您已经家财万贯，为什么还笔耕不辍？"

"因为一直没能靠写书出名，我很遗憾。"亚瑟当时一本正经，"再不写出点名堂来，就要回去继承家业了。"

倪歌在心里翻白眼。

他转过来，摊手反问："这样很没意思，不是吗？"

世上无难事，只怕有钱人。

于是，倪歌在公司里除了实习，也兼职帮亚瑟译书。

他开出的价格是市价的 5 倍，倪歌往往只拿正常价格那部分。虽然以前就很喜欢他的书，但这家伙总让她想起自己之前在江城集团实习时，那位一言难尽的翻译部上司。

因此，私下里，她一直很小心地跟亚瑟保持距离。

如果不是为了公事，她连饭都很少跟他一起吃。

亚瑟大概也察觉到了，但在他眼里，女朋友没合适的还能再找，可翻译没了，很难找到第二个顺眼的。因此，为了不回去继承家业，他也非常礼貌地，与倪歌保持着距离。

只在眼下这种谈公事的时候，他才把她叫出来——

亚瑟不懂："为什么？"

"我马上要回国了。"倪歌解释，"我已经订了下周的机票，只要拿到实习证明，就可以顺利结业回国。"

"你这样说，会让我不想给你开实习证明。"亚瑟坦诚，"我不希望你离开巴黎。"

"即使我离开巴黎，我们也可以继续合作。"

"但你离开巴黎，我就见不到你了。"

两人间沉寂一秒。

倪歌笑了："我们可以视频通话。如果以后有机会，也欢迎您到我的祖国来做客。到时，我会和我的先生，一起招待您。"

亚瑟意外："你结婚了？"

"回去就结。"

"那就是还没有。"亚瑟没想到她这么快就要走,一下子有点急,"倪,巴黎有什么不好?你留下来,世界都会比现在更加和平。"

倪歌被最后一句话逗笑。

亚瑟见她发笑,心里更加一头雾水:"也许,老板和职员的身份给你造成压力,但有钱不是我的错,你不应该歧视我。"

倪歌笑着捂住脸。

过了一会儿。

"抱歉,亚瑟先生,我刚刚有一点点失态。"她眼里还浮着残存的笑意,瞳仁明亮极了,"可是您知道吗?在我们国家——"

"嗯?"

"破坏我和我未婚夫的婚姻。"她一本正经道,"是要判刑的。"

她放下咖啡杯,抬起眼,云淡风轻地笑道:"说吧,您想坐几年牢?"

02

倪歌如愿拿到实习证明。

走出咖啡馆时,夕阳西下,她的步履都轻快起来。

学分早就修满了,拿到实习证明就可以回国。她想现在立刻跑回去,亲亲容屿。

或者……让他亲亲她。

倪歌越想越开心,一路小跑回寝室。进门之前,收到容屿的视频电话。

她与国内有七个小时时差,这边是黄昏,那头已经是深夜。

容屿大概刚刚洗完澡,穿着柔软的家居服,头发还没有完全吹干,有几缕碎发塌下来。他低头看屏幕时,眉眼深邃,棱角分明,英俊而不失硬朗。

有种明亮的清俊。

他叫她:"倪倪。"

"嗯。"

"吃饭了吗?"

"吃啦。"她故意把两个字的读音都拖得很重。

容峙眉梢一挑："你不是不能吃辣？你吃什么辣？"

倪歌愣了一下，才反应过来。她眉眼弯弯，两眼笑成月牙："好端端的，你卖什么萌。"

容峙眼底也浮起笑意。

傍晚时分，盛夏蝉声千鸣，天边的云朵被染成霞色。

倪歌一边说，一边推门进屋。室友们都不在，她干脆就在桌前坐下，将手机放到小支架上。

"你今天还好吗？"

"嗯。"容峙点头，老实播报，"非常健康，有起有落。"

——容峙是在倪歌离开半年之后，被批准复飞的。

她知道，那是他的梦想；所以，尽管她很不放心，但同时也为他高兴。

他们都在做自己想做的事。

因而，这两年来，尽管聚少离多，他们也不约而同地，从来不提异地恋的困扰。

反正……容峙想。

她很快就要回来了。

他脑海中一浮现这种念头，就觉得屋子里很空。

他舔舔唇，目光不自觉地落在她身后的寝室里："我给你那个罐子，你放哪儿了？"

"在书架上。"倪歌将镜头转过去，给他看，"我没有扔。"

"嗯，我看见了，把镜头转回去。"容峙潦草地看一眼，发现还有接近五分之一瓶的千纸鹤，眉头立刻皱起来，"我不是让你一天拆一个？怎么还剩这么多。"

"我就是每天都拆啊。"倪歌不知道他写了多少张，但她偶尔会拆到"如果今天天气好，我就允许你多拆一张……如果不好，那你再多拆两张""今天吃花椰菜了吗？没吃的话，多拆两张"——这种内容。

所以……

"有时候还不止拆一张。"

"是啊。"容峙突然觉得烦透了，"你怎么不再多拆点。"

拆完那一罐，就能回来了。

倪歌有些无措："我挺听话的……"

容峙微怔，狼狈地道："我没有怪你。"

——心里的小玻璃人正跪在地上，懊恼地捶着地，恶狠狠地爆哭。

说这种话有什么用，如果在身边就好了。

好想把她放到怀里亲一亲。

倪歌见他不太开心，想了想，开心地换话题："容容。"

"嗯？"

"我……"我马上就能回去啦！

——话到嘴边，倪歌突然想起，她出国那天，他是不是说过，回去的时候……要向她求婚？

倪歌的心跳突然变得很快。

"我……我今晚不能跟你聊太久，我要去收拾东西了。"

"怎么？"

她故作平静道："我要出去郊游。"

容峙眉梢一挑："哦，跟谁？"

"跟公司的朋友。"

"你还在实习吗？这次的实习期好长。"容峙没有多想，"工作会不会很累？要等回来的时候，才能完全结束吗？"

"嗯，其实还好，工作很轻松，同事们也都很好。"倪歌很少撒谎，有些紧张，"我的导师特别欣赏我，公司高层也对我很满意，如果最终考核能通过，我就不回去了。"

容峙脸上的笑明显凝固住。

然后，她清晰地看到，那张笑脸上出现裂纹，接着一寸寸剥落，掉下来。

倪歌几乎一瞬间就后悔了。

尤其是一抬眼，她又看到那个玻璃罐子。

那里面还有很多她没有拆的胶囊，安静地躺在里面，像少年尘封的心意。

她赶紧："不是，我刚刚是想说……"

"嘟嘟嘟……"

容峙已经挂了电话。

倪歌赶紧将视频电话打回去，可容峙没接。

她愣了两秒，蔫了吧唧地垂下头，想了想，戳开宋又川的头像："又川哥。"

"稀罕啊，怎么突然想起来给我发消息了？"宋又川秒回，笑着道，"你那儿几点了，还没睡？"

倪歌也笑了："我这儿，还没入夜呢。"

微顿，她又道："又川哥，我是想向你请教一件事，刚刚我好像不小心把容峙惹生气了……怎么哄他啊？"

宋又川："你哄他？你为什么要哄他？他是个男人吗？他哪儿来的脸让女孩子哄？"

她咽了咽口水，解释："我跟他开玩笑，说自己不回国了，要留在这边。结果，他挂断电话就跑了，我再给他打，他也不接。"

宋又川沉默两秒，云淡风轻："哦，那没事，他可能找个地方躲着哭去了。等他哭够了，自己就会回来找你的。"

倪歌嘴角抽了抽。

宋又川笑吟吟道："倪倪，你是不是明年就能回来了？"

"不不，下周我就能回去。"提到这个，她又开心起来，"我已经修满学分，实习证明也拿到了，可以提前走。"

"哇，那你能赶上这次阅兵了。"宋又川眼睛一亮，"我跟你说啊，这次阅兵……"

两个人聊了很久。

直到室友回来，倪歌才挂断电话。

摘下耳机，她望着玻璃罐子，有些发怔。

按照宋又川的说法，容峙这段时间既要带兵，又要训练，应该忙得脚不沾地才对。但这家伙只字未提，大概是以为她回不去，连阅兵要参加飞行表演的事也没跟她说。

她拿起玻璃罐，旋开盖子。

胶囊有四个颜色，他曾经提醒过她：绿、黄、橙、蓝，分别对应着春、夏、秋、冬。

她捻出一个橙色。

她轻轻掰开塑料暗扣，里面掉出一个小小的纸团。她用手指抻平，上面写着：

"不可以再偷偷吃冰激凌了。你知道的，红糖水和热水都没什么用。难受的时候，就得来找我揉一揉。"

——可我不在你身边，没办法揉一揉。

——只能告诉你，不要吃冰了。

她默不作声地垂着眼看完，将字条夹进辞典，又拆了一个黄色的。

"这个季节的确适合穿裙子。我知道，你不会忘记涂防晒霜——你一年四季都白得发光。但你经常忘记带伞，需要我去送。"

——可我不在你身边，没办法去送伞。

——所以，你出门时，不要忘记带伞。

……

倪歌一口气拆完了剩下的胶囊。

台灯清淡的光线打下来，彩色的塑料空壳像小孩子握在手心的糖果，零零散散地铺满整桌，竟然折射出晶莹剔透的光。

如同宝藏。

倪歌忍不住，抱着抱枕，将下巴压到桌上。

她脑海里又浮现出今天下午，亚瑟刚刚问过她的问题。

——巴黎有什么不好的？

巴黎没有容屿啊。

她在心里叹息。

隔得再远，她都想回他身边。

夜色沉沉，寝室里安安静静，绵羊姑娘突然感到惆怅。

下一秒，手机屏幕骤然亮起来。

她眼皮一跳，滑开锁屏，容屿的语音信息一条接一条地跳出来：

"我刚刚接了个电话。"

"就……"

"是部队上的事。"

"因为很急，所以，就先去回那个电话了……你还在吗？"

倪歌正想回复，又听他一本正经地道：

"倪倪，我不干预你做选择。"

.223

"但我……坦白地说，还是希望你能回来。因为你知道的，我没办法出国。"

讲到这里，他顿了一下，突然有些丧气："也许以后，有机会去那边做任务……但最近大概不行，我刚刚问过了。"

倪歌无语。

你刚刚不是联系部下讲正事去了吗？

她张张嘴，几次三番想打断他，却一直找不到机会。

他的消息宛如流水，连气都不带喘的：

"所以，如果你真的想留在那边……我……"

他卡在这里。

他怎么办呢？他并不能怎么办。

他只能抱着无形的尾巴，孤苦伶仃地躲在某个阴暗的角落里，捶地爆哭一场。

今晚哭完后，明天站起来，继续工作。

后天晚上回来……再接着哭！

容屿想到这里，一口气突然就上不来了。

于是，倪歌本来还在斟酌怎么告诉他，自己刚刚只是说着玩。就见刚消停了没几秒的手机屏幕，突然又开始疯狂地弹语音：

"不行，你还是回来吧，真的……"

"倪倪你回来吧，我求你了，你不要留在巴黎……"

"我真的……难受。"

"我一个兄弟前两年结婚了，逢年过节，老婆就去看他。他天天嘲笑我，说别的小朋友都有人接，就我没有。"

"我说不想你，才是在撒谎。"

"事实是——"

容屿深吸一口气。

"我寂寞得快要死掉了！"

倪歌听得心一抽。

倪歌听完语音，花了几秒钟来消化这些信息。

半晌，她小心地将电话拨回去，告诉他："那个……其实我……"

我下周就回去了。"

容屿："嗯？"

他突然愣住，但在愣住里，心里涌出难以置信的惊喜与开心。

"我刚刚跟你开玩笑的。"她摸摸鼻子，"没想到你……咳，会当真。"

容屿愣怔半晌，这才反应过来。

他咬牙切齿："我刚刚还在跟部下策划，要从留学生里抽条锦鲤，回来体验部队生活。"

"对不起。"她小声道，"我没想到你这么较真。"

容屿刚开始确实有点生气。

他的确不是较真的人，但他和倪歌现在异地，她在屏幕外有什么情绪变化，他一点都捕捉不到。

偶尔视频聊天，她在那边皱皱眉头，他都要担心好久。

所以，乍一听说这种事，他怎么可能不较真。

……只不过短暂的怒气过后，她立刻便被巨大的惊喜击倒了。

容屿的声音硬邦邦："你不是还要一年才回来？"

"是呀，但是我想见你呀。"倪歌垂眼看着满桌的彩色胶囊，软声道，"因为今天下午，我忍不住把之后一整年的胶囊都拆掉了。"微顿，她笑道，"所以，只好提前回国喽。"

灯光洒在倪歌身上，她眼底亮晶晶的，好像宿着漂亮的小星星。

容屿屏住呼吸看着她，心里的一百只土拨鼠，在这个瞬间死而复生。

它们又开始围在小玻璃人身边，拽着他的肩膀，"啊啊啊"地尖叫。

他感动极了，深情又真诚地道："等你回来——"

倪歌眼睛一亮。

他是不是要说……我们就把婚结了。

"我们就把秋千给荡了。"

03

一周之后，飞机准点降落北城机场。

倪妈妈来接倪歌，先把她的行李带回了家。

.225

阅兵之前，容峙要在部队进行封闭训练，她暂时联系不上他；但倪歌提前提交过申请，可以现场观礼。

"所以，就算你提前回来了，也还是见不到学长。"孟媛听完，放下刀叉，得出结论，"喔，两个小可怜。"

"他很快就会被放出来的。"倪歌故意两手交叠压在下巴处，用一种迷妹的口吻，憧憬地道，"我的意中人是一个——"

"一个国家一级飞行员，有朝一日，他会开着J—20来娶我。不管我身边有多少追求者，都无一例外，会被他毫不留情地炸平。"孟媛迅速接话，哈哈大笑，"但你回国的话，亚瑟的翻译单子是不是就没法接了？"

孟媛之前跟倪歌闲聊，曾经听她提起过亚瑟的事。

"说实话，我之前一直以为，你只是一条普通的锦鲤。"孟媛严肃地指出，"亚瑟的事之后，我才明白，其实你拿的是豪门宠媳的剧本。"

倪歌哭笑不得，作势要拿桌子上的小番茄砸她："胡说什么。"

"我回国之后，翻译工作还在继续啊。"她低头切牛排，长发垂落，侧脸安静漂亮，"江城集团之前就跟亚瑟合作过，如果他还有其他书想要在国内出版，无论我在不在，他都会优先找江城。"

"你回江城啦？"

"嗯。"

周有恒盛情邀请，图书翻译组组长的位置一直给她留着。

"江城也好。"孟媛想了想，"反正国内也找不到比它更大的传媒公司了……我方便问问你的收入吗？"

倪歌思索一阵，报了一个数字。

孟媛有点惊讶："有钱人。"

倪歌一乐："等你结婚，我一定给你包个大红包。"

"哈哈哈，那提前谢谢了！"

……

两个人小聚后告别，约定阅兵当天，观礼台外见。

阅兵当日天气很好，晴空万里，天色湛蓝，阳光一束束地下坠。

倪歌坐在外场，孟媛抱着印有报社 LOGO（标识）的巨大摄像机，小心地往这边挪。

倪歌连忙帮她搭把手，让她在自己身边坐下。

孟媛没消停两秒，喘着气去掏手机："小倪倪。"

"嗯？"

"你有没有看到，今天早上，我们报社发的那个采访视频？"

倪歌微怔，然后摇头："没有欸，怎么了？"

"快过来，我找给你看。"孟媛脸都涨红了，语无伦次，"今天早上，他们去部队做采访……我完全没想到他们会采访到学长啊！早知道我也跟着一起去了！"

倪歌好奇地探头，望过去。

——是孟媛所在的那家日报社，赶在阅兵之前，传回的采访小视频。

一段完整的视频被切割成了几个小部分，属于容屿的那段也非常短，只有两三分钟，内容也很简单。

记者问："您对这次的飞行表演有信心吗？"

容屿："那当然。"

"您在前段时间的飞行训练里，从来没遇到过障碍吗？"

"那当然。"

记者又问："您为什么这么胸有成竹？"

倪歌忍不住吐槽："这都问的什么破问题，不能问点有意义的吗？"

场站的妖风撞在话筒上，发出"呜呜"的风噪声。

镜头前的男人线条硬朗，眉眼深邃，身姿笔挺。

听到这句，他却突然笑起来。半晌，他说：

"因为我夫人回来了，她会看到这段视频的，我不想让她担心。

"我想让她觉得——"

风声愈疾，容屿微顿，轻笑道："不管在哪儿，我都是第一。"

视频放完，空气中静默两秒。

孟媛眨眨眼，问："你没什么想说的吗？"

倪歌没说话。

孟媛循循善诱："很多人在评论区夸他帅，如果你也这样觉得，我不介意帮你转达给学长，我想他一定会很开……"

倪歌突然："嗤。"

"嗯？"

"嗤。"她转过来，停了一下，怕孟媛听不懂，又一本正经地解释道，"我在嘲笑他——对，嘲笑他。所以，我嗤笑了一声，你明白吗？"

孟媛有些无语。

今天万里无云，适宜飞行。

观礼台上人头攒动，倪歌将所有注意力都集中在天上，等编队出现。

但当飞行表演真正开始时……

她发现……

她无法辨认，哪一架飞机是容屿在驾驶。

阅兵的编队飞行很密集，稍有差池就要出事。

孟媛架着相机往上拍，体内每一个躁动的细胞都得到安抚："今天的推送小标题我都想好了——不得不看的强迫症福音！"

倪歌没说话。

孟媛："你在担心你的男人吗？"

"是的。"倪歌两眼一眨不眨，"你觉得哪一架飞机，是他在开？"

孟媛将脸从镜头后挪开。

以蓝天为背景，几架战机正平行悬在空中，进行组合表演。

表演环环相扣，短短几十分钟内，已经完成了一系列高难度动作。彩色的烟带在空中拉出长长的尾巴，雾气一样地渐渐散去。

每做完一套动作，观礼台上就响起雷鸣般的掌声与喝彩。

孟媛有点看呆了："有什么差别？每一架都很帅。"

横滚旋转，动作流畅，一气呵成。

气势磅礴，自由而大气。

倪歌却越看越不爽。

她突然有点后悔，今天不该来的。

根本没办法把它当作阅兵，她满脑子都是跳动的飞行负荷压力数值。

"飞行员的身体是非常昂贵的……"不知怎么，脑海中里突然浮现出大学时代，导师说过的话。

倪歌"喃喃"地仰着脑袋，还想开口。

下一秒。

一架战机上升到半空，突然像失控似的，旋转着，急速从空中坠落！

倪歌瞳孔猛地收紧，几乎瞬间从座位上弹起来。

"容……"

"屿"字还未出口，飞机接触地面的前一瞬，机翼陡然拉直，机头猝然向上，转个方向，便飞速跃升。

短短几秒钟的时间，又回到原来的位置。

姿态嚣张极了，像是跟所有人开了一个玩笑，也像是无声地在说——

我超牛。

观礼台上沉默半秒，随后响起潮水般澎湃的叫好声。

孟媛也看蒙了。

反应过来之后，她简直激动得热泪盈眶，也跟着叫好。

半晌，等她后知后觉地回过神，去找倪歌。

她才发现，旁边空空荡荡。

小闺密早已经消失了。

04

倪歌去捉人了。

她发觉自己并没有想象中那么能忍：她迫切地想要见到容屿，想确认一下她的男人是不是还活蹦乱跳。

阅兵过后，飞行员全部归队，一部分留在北城，另一部分会一起撤出。

于是，她想去北城营区等容屿。

走到半路，容屿的电话打过来："倪倪。"

他刚刚被解禁通信工具，声音听起来得意极了，春风拂面。

倪歌："嗯。"

.229

"你现在在哪儿？"

她闷声："在去找你的路上。"

观礼台周围的道路全都戒严了，她只是徒步走出戒严线，就走了很长一段路。

"可我这里离市区很远。"容屿眉头微皱，"别过来了，我去找你，发个定位给我。"

倪歌发定位给他看，他发现，她还在观礼台附近，就只离开了一点点。

容屿心里好笑，一边摇着无形的尾巴换衣服，一边轻声逗她："你知道？上午阅兵，我看见你了。"

"怎么可能。"倪歌完全不信，"观礼台上那么多人。"

"倪倪。"他低笑，"不要怀疑飞行员的视力。"

巧了，倪歌怀疑的就是他的视力。

她怕他身体受不了，旧伤再复发。

所以，她没说话。

容屿看不到她的表情，她一旦沉默下去，他就抓心挠肝地难受。

于是，赶在挂电话之前，他又低声叫了句："倪倪。"

"嗯？"

小姑娘声音软软的，他几乎能在脑海中，想象出她头顶那搓软绵绵的小羊毛。

他心里的土拨鼠大军蠢蠢欲动。

"我真的能看见。"

一直强调这件事干什么？

"看台上那么多人。"他顿了一下，回头看看自己那条无形的毛发蓬松的大尾巴——只有倪歌在身边的时候，那条平时根本不存在的尾巴，才会疯狂地摇起来，转成螺旋桨。

然后，他一本正经地，声音低沉地，巴巴地道："只有你，长得就让我心动。"

这句话并没有让倪歌开心起来。

她还是有点不爽。

夜色降临，华灯初上时，容屿开车回到市中心，在先前约定的地点，捕捉到他的小姑娘。

她今天穿着条米色的系带棉麻长裙，长发松松地梳成鱼骨辫，裙摆落在长椅上，整个人看起来安静又乖巧。

她正抱着小背包坐在树下，拿着手机，却没有看屏幕，像是在等电话，也像是在发呆。

容屿心里一片柔软，无形的尾巴摇得快要飞起来。

"嘭"的一声合上车门，他迈动长腿走过去，低声叫："倪倪。"

倪歌抬起头，还没完全反应过来，就突然被人握住手腕，拽了过去。

夜色弥漫，余光之外霓虹光芒模糊成一片，熟悉的味道铺天盖地。

倪歌身体突然一轻。

她双脚离地，被他以一种举高高的姿态，抱了起来。

他像捧着宝物似的，将她整个人地搂到胸前。

他低声沉吟着"唔"了半天，才心满意足地放下，低声道："你变轻了。"

倪歌眨眨眼，耳根突然热起来。

他轻缓地放开她，在她耳边，意有所指地低声道："等回到家，我要好好检查一下。"

倪歌微微抬眼，近距离地观察他。

两年不见，容屿没什么变化，面部线条硬朗，肩宽腿长，是最招女孩子和制服控喜欢的那种长相。

独独周身气场，一年比一年冷硬。

可是，他低头小心地抱她时，眼底全是细细碎碎的温柔。

她突然体会到一种类似"怜惜"的感情，于是，任由他牵着自己上车。

"你怎么提前这么久回来？"容屿发动车子，"想在外面吃，还是回去吃？"

倪歌直接跳过了第一个问题。

她思索一阵，一脸憧憬："今晚想吃红油火锅或者小吊梨汤，实在不行牛肉饼也可以……明天早上的话，我想吃鲜肉生煎、灌汤包和油饼……还有虾饺和豆浆。"

　　他心情复杂："你在巴黎,是不是一顿也吃不饱?"

　　"没……我在巴黎也吃得很饱。"

　　她心虚地摸摸鼻子。

　　每次提到吃的就忍不住跑题,她完全无法控制。

　　结果下一秒,容屿画风陡变,突然有些忧郁地,认真地告白:"倪倪,我好想你。"

　　倪歌微怔,刚想回他一句,我也很想你。

　　就听他惆怅地说:"惦记着你在巴黎的时候,能不能穿得暖吃得饱。"

　　"嗯?"

　　"最好是穿不暖还吃不饱。"他看着她的眼睛,充满暗示地道,"这样我不仅可以敞开我温暖的怀抱,还能给你做一顿饱饭了。"

　　"闭嘴,我求你。"

　　两个人在外面吃完晚饭,一起回住处。

　　今天的飞行任务圆满完成,容屿得到了一小段休息时间。从离开营区起,他就在心里疯狂盘算,陪倪歌玩点什么。

　　他搬着板凳坐在浴室门口,一动不动,只有无形的大尾巴摇来摇去,炫耀似的,每一根毛毛都趾高气扬,像是想要告诉全世界,他不是孤独的小朋友。

　　浴室里水声渐停。

　　倪歌换好衣服,一边擦头发一边走出来,被坐在门口的容屿猛地吓了一跳:"你在这儿坐着干什么?"

　　容屿像只大金毛,问:"你后天忙吗?"

　　"应该不忙……"倪歌想了想,"上午回趟公司,之后,好像就没事了。"

　　"那你把下午和晚上的时间空出来。"刚洗完澡的"蠢羊"白白嫩嫩,身上还带着热气。

　　心里的100只土拨鼠突然长出触角,挠得容屿心痒痒,他捏捏她的手:"我带你出去玩,好不好?"

"嗯。"他身上太热，倪歌简单地握了一下就迅速放开，"你快去洗澡吧，快去。"

"倪倪。"容屿没有立刻离开，他站起身，摸摸她毛茸茸的发顶，"不开心吗？"

她眨眨眼："没有。"

"我真的一点事都没有，这两年没有受伤，旧伤也没有复发。"他轻声叹息，"不信，等会儿我让你检查一下。"

倪歌无语。

"就这你还不放心，你让我做什么都行。"

他的神情郑重又诚恳，背后的尾巴摇得快要飞起来了。

她努力地想将自己的手从他掌中抽出来："我就不看了吧……我觉得，我们应该先谈一谈。"

容屿不仅没有放开她，他攥着她的手腕一扯，毫不费力，她整个人就被扯了过来。

倪歌一个趔趄，跌进他怀里。

他的夏装很薄，耳朵贴在上面，能听到清晰的心跳声。

容屿微微顿了一下，声音发哑："你想谈什么？"

"就是……"倪歌挠挠脸，"为什么我们明明经常视频通话，但你连阅兵这么大的事都不告诉我？"

容屿攥住她的手腕，动动身体，靠她更近一些。

"你纠结这个？"他好笑，"我们有很多机密。"

"那你们真了不起。"

这句话酸唧唧的，容屿被她逗笑了。

"早知道。"倪歌的小羊耳朵蔫了吧唧的，不安分地在他怀里动来动去，小声嘟囔，"我当年就应该进外交部。"

"怎么？"

"那样的话，我也会有很多机密了。"

容屿大笑，没有再开口。

他低头吻她，用嘴唇碰触她的额角、眼皮、脸颊、嘴角。

温暖的橙光迎头洒下，她在他眼底看见熟悉的情绪，像小小的风暴，浮动着热烈的感情。

这把火从少年时代烧到现在，倪歌深陷其中。

"倪倪。"他离得很近，声音低沉，微微带一点嘶哑。

两个人唇齿相触，他的鼻尖碰到她的脸颊。

倪歌有些缺氧，偶尔觉得自己不能靠他太近，一旦拉近距离，她的智商就呈断崖式下跌。

全身上下的细胞都咆哮着，不许她转移注意力，强迫她看着他。

只能看着他。

她感受到他的呼吸，深而沉地，就落在她耳边：

"留在我身边——

"我们把婚结了，好不好？"

第十章

／

这一生的
挚爱

01

容峪的作息过于规律，过了五六点根本睡不着，天色熹微时，就醒过来。

但他很享受这种把她捞在怀里的感觉，小姑娘暖洋洋的，像一只软乎乎的小熊，握进手中就不想撒开。

倪歌小声哼："嗯。"

"我订了鲜肉生煎、灌汤包和油饼……还有豆浆。"他声音很轻，"早上就送到了，但你没醒，所以，一直放在外面。问了好几家早餐店，虾饺都卖光了，不过家里有材料，如果你想，我们可以自己包。"

微顿，他问："饿不饿？或者你想吃别的？"

倪歌眨眨眼，还有点没太回过神。

今天天气好像很好，阳光映照在浅薄荷色的窗帘上，窗台下光影浮动，一地碎金。

她舔舔唇，刚想开口，又被他抢先："昨晚我问过你的事，考虑得怎么样了？"

倪歌负气，松鼠似的鼓起腮帮子，声音小小的，有些哑："我不记得你问过什么了。"

"哦？"容屿好笑地戳了戳，"那你需不需要，我再帮你回忆一下？"

昨晚，他问：我们把婚结了，好不好？

倪歌愣了愣，像个矫情的小女孩一样，疯狂摇头："你怎么想得这么美，我千里迢迢，主动跑回来，你连婚都不求，就想让我嫁给你。而且，而且……"她小声嗫嚅，"结婚之后，我连离婚的资格都没有。"

容屿几乎笑起来。

他将手落到她的后颈，轻而易举地揪出她脖子上的项链。

简单低调的深色细绳，上面串着一枚小小的圆环戒指，不大不小，是她无名指的尺寸。

"那你还一直留着它？"

现在，又提起这件事，她还是不想给准确回复。推开他，她掀开被子就想起床，结果瞬间就倒回柔软的枕头。半晌，她说："你总是欺负我。"

容屿被可爱到了。

好一会儿，小姑娘歪着脑袋，从枕头下透出一双眼睛，偷瞄他。

"容容。"

"嗯？"他撸不到小羊毛，只好顺势摸摸她纤瘦的肩。

"你……你还记不记得，高中时，我住在你家。"

"记得。"

"那天早上，我捡到一件你的黑色衬衣。"

有预感似的，容屿的眼皮陡然跳起来。

"我可算是知道了。"下一秒，她认真地道，"容屿，你这个禽兽。"

容屿心虚地移开目光。

"但有一个东西，我一直没看懂。"倪歌略一停顿，疯狂地暗示，"你那个用户名 rystudying 到底是什么意思？"

容屿愣住。

小姑娘一动不动地、近乎执拗地看着他。

半晌，他迟缓地回过神，轻轻笑起来。

"唉，怎么办呢，"容屿虚情假意地叹气，"被你发现了。"

倪歌没搭腔。

"容峙爱倪歌，你是不是早就破译了？"

倪歌小声："哼。"

"但是，怎么办？"

他缓慢地挪过去，扒开枕头，捧住她的脸，虔诚地吻上她的额头。

"我确实爱你，倪歌。不管走多远，不管在哪里，我一直一直，在爱着你啊。"

容峙其实很少直白地袒露心意。

所以，倪歌偶尔会陷入思考，他们分分合合的这些年里，她从一个胆小的小女孩，成长成了现在不惹事但也不怕事的性子；而他从一个口是心非的小男孩，成长成了一个口是心非的男人。

她的腮帮忍不住重新鼓起来。

容峙好笑，在上头戳戳："起来吃点东西吧。"说着，他伸长手臂，将她捞起来。

小姑娘在床上总是软绵绵的，像一团果冻。

于是，容峙没忍住，又在她脸上亲了亲。

因为容峙过于不老实，这顿午饭吃了很久。

两年不见，他厨艺越发精湛，餐桌上摆出来的，全都是她爱吃的菜。

正餐之前，倪歌已经吃掉了两个小生煎和三个灌汤包，觉得自己有六分饱。

然而，看到他端上来的菜，她立刻又变得饥肠辘辘，看到什么都想吃。

容峙见绵羊姑娘兴奋得耳朵都快竖起来了，盯着她看了一会儿，突然面带怜惜地感慨："倪倪。"

"嗯？"

"多吃一点。"他一边说着，一边殷切地帮她盛汤。鸡肉已经炖得很烂，汤汁清亮，上面漂浮着颜色漂亮的葱花和三七须，"保重身体。"

倪歌气得用拳头将他锤了一顿。

两个人吃完饭，一起钻进书房。

倪歌现在的工作弹性很大，可以在家里办公，不需要每天坐班。

　　她中午醒过来才收到消息，组里一个新人小姐姐在校对环节出了差错，现在公司里一团糟，正需要她去处理人事。

　　于是，她坐下来，打了个简短的视频电话："我明天早上过去。"

　　书房背阴，夏天阳光不直射，坐在里面也不会太热。

　　书桌分成两半，容屿抱着电脑坐在她正对面，她打电话时微微垂着眼看屏幕，阳光落在睫毛上，像撒上一层浅浅的金粉，衬得整个人都毛茸茸。

　　容屿听着她打电话，越看越觉得她可爱。

　　眼底微动，他的手臂偷偷从书桌底下伸过去，陡然捉住她的脚踝。

　　"呀。"倪歌吓了一跳，耳机差点掉下来。

　　她低下头，屏幕那头的下属立刻问："怎么了？"

　　"没事。"倪歌低头瞥一眼，微怔，用力地将脚收回来，"家里养了一只新宠物，天天偷袭我。"

　　容屿没有收回手，指腹在她小腿上摩挲着，眼底渐渐浮起笑意。

　　"那我明天早上过去。"倪歌赶紧速战速决，"晚一些见。"

　　下属毫无所觉："好的，麻烦您了。"

　　挂掉电话，倪歌站起来，探着身子，作势要去关容屿的电脑。

　　果不其然，他立刻收回手："别，祖宗，那个不能碰。"

　　倪歌小小地"哼"一声，动动小羊耳朵，将两条腿都放上椅子，盘坐在藤椅上。

　　"倪倪。"容屿的大尾巴也钻出来，跟她一起摇，"刚刚发生什么了？"

　　"部门里，一个新人校对时搞错东西，导致后面全错了，到最后一个人手上才发现。"倪歌想了想，"不过也还好，没造成太大损失，来得及止损。"

　　"喔——"容屿故意拖了个长长的尾音，循循善诱，"刚刚你打电话的时间里，我学了个新词。"

　　她并不感兴趣，但这丝毫不影响他的热情："叫作'少食多餐'。"

　　倪歌心里警铃大作。

　　她正想拦着他让他闭嘴，就听容屿一本正经地道："意思是，每顿少吃一点，每天多吃几顿，人们的幸福感就可以持续得久一点。"

倪歌满头黑线。

"我觉得我们应该学以致用，比如现在，我们就可以……"

倪歌游走在崩溃边缘："我求你了，闭嘴吧……"

02

两个人在家里待了一整天。

晚饭时分，两人一前一后，收到高中教务处的群发邮件。

"亲爱的201×级容屿同学，你好……我们将举行附中的周年庆典，邀请往届优秀校友……"

倪歌打断他："别读了，我也有。"

"校长刚刚也给我发短信了，想让我顺路再去做个讲座。"容屿嘴角一勾，"去吗？"

"我们去拜访一下老孙吧。"她抱着抱枕蜷在沙发角落，歪着脑袋想了想，"好久没见他了，有点想他了。"

"坐起来。"容屿将她扶正，"别那样看，对眼睛不好。"

倪歌顺势靠到他身上，戳戳他小臂上的肌肉。

他干脆将她抱进怀里："你连老孙都想，怎么就不多想想我？"

"因为老孙对我好啊。"倪歌坐在他腿上，一本正经，眼睛眨得扑闪扑闪，"不像你，老是欺负我。"

容屿咬牙，手又不安分起来："我欺负你？我对你什么样，你自己心里没数？"

"小羊"没说话，瞥他一眼，眼神恶狠狠的。

可爱。

容屿心里一乐，"吧唧"亲她一口。

"不过，你刚刚说，躺着看手机对眼睛不好。"倪歌推开他，好奇道，"那你们都怎么保护眼睛？"

容屿的心思都不在这上面，直接信口胡诌："跟程序员差不多。"

"那你明天要带我去哪玩？"

"涉密。"

倪歌气得咬他："你放开我！我要让我爸爸收拾你！"

容屿笑意飞扬。

他伸出手臂，再次将她扣在怀里，低声道："乖，"他声音里带点儿笑，深沉低哑，一字一顿，"等着哥哥给你惊喜。"

翌日中午，容屿接她下班。

隔了两年，公司里的人事没什么太大的变动，他宽肩长腿，站在门口，要多惹眼有多惹眼，竟还有人记得他。

倪歌下楼时，一路听到妹子们在红着脸讨论他。

她忍不住加快脚步，见到容屿时，几乎扑进他怀里。

容屿乐坏了，揉揉她的脑袋："这么想我？"

倪歌环着他的腰，抱足了三分钟："对，我要让公司所有人都知道，她们讨论的比主播还好看的男人，只属于我一个人。"

两个人一起去吃午饭，然后，他掉转车头，开向城外。

一路上松涛碧翠，山间风景从身边飞快掠过。

倪歌以为，他要带她去郊游。

然而，越野车一路疾驰，开了一个半小时都不见速度减慢的趋势，她渐渐有些困，于是，放平椅背，蜷成团。

她再睁眼时，日光渐弱，车子已经驶下高速，转过最后一个弯道，在一个私人飞行基地前停了下来。

倪歌揉揉眼，身上不知什么时候多了条毯子。

她还没完全反应过来，容屿倾身过来，"啪"地打开她的安全带，朝她脑袋轻轻亲一亲："到了，下来吧。"

倪歌掀开毯子，跟着他下车。

基地建在山间，场地空旷，碧草如新，和风拂面，视野开阔。

她被容屿牵着，好奇极了。

但他显然是这里的常客，刚一下车就立刻有人迎出来，热情地握着他的手，上下晃啊晃："好久不见啊，首长好。"

倪歌嘴角抽了抽。

容屿眼中浮起笑意，转过来向她介绍："这是小江总，你们公司的。"

倪歌愣了一下："我们公司哪有小江……"

她猛然停住。

江城集团的总裁姓江。

倪歌睁圆眼，忍不住转眼仔细打量他。

眼前的男人高高大大，也就二十七八岁的样子，身形挺拔，气质卓然，硬朗清隽，穿着件简单的骷髅T恤，周身透着点儿被滋养出的矜贵。

他转过来时，目光正与她撞上，倪歌才发现这家伙眼睛也生得很好看，瞥人时眼角微微上翘着，怎么都好像在笑。明亮清澈，生机勃勃，不知怎么，让她想到那些健康的、抽芽的植物。

江连阙见她也在看自己，立刻笑了："你就是倪歌吧？你好啊，以前经常听阿屿提起你，今天总算见到真人了。"

微顿，他好奇地问："听阿屿说，你是他的童养媳？"

倪歌在心里翻了个白眼。

三个人简单地寒暄过，江连阙引两人进大厅。

"我知道，你一定很好奇，我怎么会认识他。"容屿跟江连阙拉开一段距离，捏捏倪歌的手，自豪地道，"优秀的同类，往往天生互相吸引。"

倪歌沉默一阵，看看前面的小江总，再看看容屿。过了两秒，她看看小江总，再看看容屿。

半晌，她舔舔唇，肯定地道："你说得对。

"从特定角度看，你俩长得都像哈士奇。"

黄昏时分，基地大厅没什么人，四周装着大片大片的落地玻璃。

三个人穿过大厅往后走，山风穿堂，晚霞铺满天际，云霞落到林间草木上，仿佛森林也跟着燃烧。

倪歌透过玻璃走廊，看到外面的草地上，停着两架直升机。

"我给你准备了一件小礼物，但现在天光太亮了，暂时还看不见。"容屿见她盯着直升机，神神秘秘地道，"礼物等天黑了再给你，嗯？"

倪歌迟疑地咽了咽口水。

见她这副表情，容屿"啧"了一声："怎么这样看着我，以为我要给你什么？"

倪歌没有说话。

走出去一段路，她舔舔唇，犹疑地道："你要送我的，该不会是——"

"嗯？"

她抬起头，小心翼翼地问："夜……夜光的……？"

空气里沉寂三秒。

容峙无话可说。

等落日的时间里，三个人坐在屋里闲聊。

今天这一带为容峙清了场，没有旁人，显得有点冷清。

倪歌最好奇的是："我在北城这么多年，从来不知道这边有个飞行基地。"

"嗯，因为它最开始是私人的，没想着营业，这两年才开始少量地接待游客。"江连阙解释，"阿峙大概没跟你说过，他在航校时有个学姐，是我发小。那姑娘是民航飞行员。结婚时，她先生送了这个基地给她，做新婚礼物。所以，这地盘儿不是我的，只是她这段时间不在北城，才叫我来了。"

倪歌睁圆眼："她先生送了她两架直升机？"

"不止两架。"

倪歌转过脑袋，直直地盯住容峙，眼神充满暗示。

容峙哭笑不得，亲亲她的脑袋，遗憾地道："对不起啊，歼击机我不敢偷。"

江连阙笑意飞扬。

"但我也不是没有给你准备新婚礼物。"容峙低咳，"你刚刚启发了我，你看刚那什么夜……"

倪歌气得打人。

容峙笑着把她抱进怀里。

两个人闹够了，他捏着她的手，低声道："我跟你说说，我和那学姐的事儿。"

"我不想听。"

"万一我们以后吵架，你就会想听了。那时，你会突然想起今天发生的一切，然后追着我问，江连阙口中的'学姐'是谁。"容峙跟她讲道理，"但真到了那个时候，如果我再解释，你肯定又听不进去。"

倪歌沉默了下，顺着他的思路，把关注点顺理成章地换成："我们还没结婚，你就一天到晚想着跟我吵架。"

容屿噎住。

江连阙捂着脸，哈哈大笑。

容屿却没有立刻反驳。

他很认真地思考一阵，微微低头，看着她的眼睛，低声说："可是，倪倪，未来还很长，我不可能不犯任何错，我们之间也不可能永远没有矛盾、永远风平浪静。

"我不是希望跟你吵架，我只是在想象我们未来的生活。如果生活里那些负面琐碎的东西始终无法避免，我希望我们彼此都能温柔一点，不要让外部的矛盾，伤害到我们本身。"容屿求生欲极强，但又很真诚，"我只是爱你，迫不及待地想要参与你的余生。"

倪歌愣了一下。

她没想到，她随口一句负气的玩笑话，换回他这么长一段回应。

黄昏的夕阳温柔极了，她忍不住抬头看他，男人脖颈修长，喉结微微突起。再往上是棱角分明的下颌，嘴唇很薄，微微抿着。

而他微微垂下眼睫，瞳仁漆黑，目光也正落在她身上。

——是胶着的，深情的，也是诚恳的。

倪歌的心跳漏了一拍。

这个瞬间，她心里浮现出无名的归属感。

像是一种无论未来发生什么事，他都能跟她一起解决的信心。

她不是一个用来亲亲抱抱的洋娃娃，或是需要被保护的小妹妹。她是他的选择，他想要和她携手并肩，风雨同舟。

倪歌眼睛突然有些热。

江连阙拖着长长的尾音打断他们："噫——"

倪歌："行了，那你解释吧，我听着。"

说起来，也就几句话的事。

容屿大学时，学校跟 P 大的飞行员班联合培养人才，他那位民航的学姐，曾经去交换过两年。

但倪歌听得很认真。

等容屿絮絮叨叨地讲完他的大学过往，太阳终于完全落下了山。

天空半明半暗，初秋的夜晚仍然带着点儿盛夏的气息。空气中透着热气，微风拂面，树木的香气在鼻尖消散。

江连阙笑道："太阳落山了，我们走吧。"

三个人一起走向场外。

停飞机的地方风很大，江连阙只是来递交口令，并不打算跟两人一起上去。

临走之前，他拍拍容峙的肩膀："我等你的好消息。"

容峙笑了笑，牵着倪歌进机舱，帮她戴上无线耳机。

倪歌奇怪："只有我们两个吗？"

容峙失笑："你还想有谁？"

"我以为会有别的教练。"

容峙嘴角一咧，声音稳稳地从耳机里传来："坐稳。"

倪歌睁圆眼，背脊忍不住绷直。

直升机有点吵，她戴着耳机，仍然听到巨大的轰鸣声。

疾风劲草，四周的植物都在螺旋桨带起的风流里东倒西歪，他操纵飞机，缓缓地离地，飞向色泽瑰丽的天空。

一旦离开地面，视野就立刻开阔起来。

赤火镏金，夕阳早已落到了山的另一头。残云在天边燃成一片，这一侧山林宛如失火，起伏的山脉被映得泛红。

他将飞机开得很平稳，低空飞行，向着城市的方向。

太阳落山之后，夕光迅速暗去，半边天空已经出现月亮的轮廓。路过的白鸟扑棱棱地扇着翅膀飞回山林，整个北城尽收眼底，城市群绵延铺展，黄昏笼罩万家灯火，星星点点，明明灭灭。

身后是刚刚越过的群山，眼前是不远处流动的烟火气。

倪歌觉得直升机很吵，但此情此景映入眼中，心中又安静极了。

她有些惊奇："从空中看，基地离市区，好像也不是很远。"

"那当然，你有没有听过'最佳距离'和'最短距离'？"他笑，"你看，开车在地上做不到的事情，飞机却很容易。"

悬在空中的感觉熟悉又刺激，容峙骨子里掩藏的血性，轻而易举被激发出来，他想过很多次，无论再来多少遍，他还是会爱上这种感觉。

自然是广阔的，难以征服，却又深切地诱人。吸引少年们一代一代，前赴后继，九死不悔。

倪歌没有说话。

她从未这样仔细地，以这种角度，观察自己居住多年的城市。

民航飞机总是匆匆起飞，然后就冲入云层。她偶尔乘坐夜航，落地时能看到繁盛的灯光，车流如蚁，高架交错，整座城市像整齐的电路板，有条不紊地在地面上运转。

于是，她趴在窗前，也轻声道："是的，高处看到的世界，和地面不一样。"

从少年时代起，她就知道。

跟这个人在一起，总会看到平日里见不到的东西。

容峙嘴角一动，突然坏心眼地操纵着飞机，往旁边猛地偏了一下。

倪歌被舱壁撞到，心里一突，他又立刻扶正机身。

"容峙！"她被吓一跳，气得尖叫。

"哈哈哈哈！"悬在几千米的高空中，容峙知道她不敢打他。

他在耳机里大笑："我好像没跟你说过，我住在疗养院那段时间，就一直想做这件事——别误会，我不是说刚刚撞你那一下，我没那么变态，生着病还想着欺负你。"

倪歌气鼓鼓地盯着他。

"我那时候，总是在想，"他看着前面，并未与她对视，声音却突然变得温柔，"如果能恢复健康，一定要带你来看一看，我平时看到的风景。"

他们似乎都经历过人间绝境。

然而，最后，都变成了奇景。

直升机逐渐接近城市上方，最后一抹夕阳的余晖在天边湮灭，薄暮黄昏，霞云收尽。

暮色沉沉下压，城市的灯光愈显明亮。倪歌看着他的侧脸，内心渐渐重又平静下来。

可他的话还没说完。

飞机的高度不动声色地下降，他一边小心地避开航空障碍灯，一边言辞恳切，向她坦白：

"这些年，我写过很多封遗书。"

——提到最多的人，除了父母，就是你。

"其实，你给我的硬币，我没有一直放在胸口。"

——那里贴身保存的，是我 18 岁那年，用无人机，从一个女孩子身上削下来的一小撮头发。

"我啊……"

我的确脾气坏、别扭、口是心非，一点都不可爱。

"可我爱你。"

话音落下的瞬间，窗下万家灯火的光芒退潮一般齐齐黯去，高亮度的航空灯一盏一盏亮起来，几乎照亮这片天空。

倪歌朝下一望，猛地睁大眼，呼吸几乎停住。

装在市内的航空灯，闪烁着，组成只有高空才能看出的字。

——倪歌，嫁给我。

视野之内，万家灯火如流水般失去光泽。

山海湖泽，星川江河，仿佛都在这一刻黯然失色。

倪歌愣愣的，突然明白了一件事。

少年时代，她被他吸引，并非完全因为得到庇佑。

"受保护"只是一种包裹成外壳的错觉，她也想要自由的人生。

那时，他眼睛里的星星，是她这一生，不曾见过的盛景。

有他在身边，她觉得自己永远是生动的。

——他的确脾气坏、别扭、口是心非，一点都不可爱。

——可他这一生的无法割舍，的确都与她有关。

"倪歌。"容屿没办法单膝下跪，只能一字一顿，声音坚定认真。

他说："嫁给我。"

漫天星光如醉，地上灯火如潮。

倪歌闭上眼。

她说："好啊。"

03

两个人当晚留在基地，翌日清晨，又在山里一起看了日出，快中午时，才一起返程。

容屿一回去就立刻向部队打报告提了结婚申请，尽管这个流程走起来很快，但他迫不及待，简直想下午就把证给领了。

返程的路上，倪歌买了一小筐柿子。

容峤一回家就钻进了衣帽间，她将柿子洗干净装好端到客厅，发现那家伙竟然还没出来。

他站在镜子前，一身一身地试衣服。

"容容。"她好奇地探头，"你在挑正装吗？"

"嗯。"

"是校庆要穿的衣服？"

他要做讲座，倪歌理所当然地以为他在挑正装。

"不是。"容峤想也不想，"我在挑见丈母娘的衣服，和领证拍照片时要穿的衣服——你觉得怎么穿，拍照会比较好看？"

"我都没想过这个问题……"

"你当然不需要，你穿什么都好看。"

倪歌："出来吃柿子吧。"

容峤摇着大尾巴，跟她一起回客厅。

初秋的柿子很新鲜，她咬破一点皮，小口小口地向下吸果肉。她嘴唇被果汁浸染，显出诱人而健康的红。

容峤看着看着，又有点想搞事，于是暗示性地拍了拍自己的腿。

倪歌沉默了下，没有理他。

想到明天的校庆，她扯开话题："你当年那些无人机，现在都还留着吗？"

"那当然。"

"现在还用？"

"不怎么有机会用了。"停了一下，容峤又一本正经地强调，"而且我现在也不会再拿着它，去削小姑娘的头发。"

倪歌："哦。"

但是顿了一会儿，她突然想到什么，又很好奇："我以前听过一个新闻，是关于黑飞的——无人机真的能飞到航道上去吗？"

"正常情况下，当然不能。"这新闻容峤也听过，他吃掉柿子，一边慢条斯理地将手擦干净，一边不动声色地凑过去，蹭到倪歌身边，"国内贩售的无人机有统一限行高度，无论是电池电力，还是它的自身限高，都不允许它飞到航道高度。但如果手动解禁……"

他一只手捧着她的脸，然后，眉头微蹙，非常真情实意地道："不要动，你吃到脸上了。"

倪歌完全不信，飞快地吃掉手中的柿子："那我去洗洗。"

容屿亲了个空，突然想到："你提醒了我一件事。"

"嗯？"

"无人机除了飞行限高可以破解，还有一个自带系统，叫APAS，是一个避障系统。"容屿一心两用，嘴上手上都没停，"有它在，无人机一旦遇到无法识别的障碍，就会自动避开，而不会撞上去。"

倪歌终于反应过来了。

她眼睛瞬间睁圆，小绵羊气鼓鼓的："那当初我刚回北城时，那架无人机为什么会……"

撞到我身上！

容屿轻笑，亲亲她的眼角，低声："因为我从那时起，就想撞你啊。"

04

校庆日那天，容屿的结婚报告被审批通过。

大佬很开心，带着小娇妻先去领了小红本，才慢悠悠地回学校参加校庆。

附中是百年老校，但凡整数年大办校庆，总有各行各业的大牛回校庆贺，题字题画挂满走廊。

因此，这天格外热闹。

讲座被安排在下午三点，开始之前，倪歌和容屿一起逛学校。

走到教学楼下，他突然指着斑驳的墙面，道："你看，等到下个学期，学校就会重新修缮校友墙，把我们那届的知名校友也挂上去。"

倪歌有些意外："我们已经毕业这么久了吗？老得可以被挂在墙上观瞻了？"

"你怎么就不想点儿好的。"容屿笑了，"你我有幸上榜，我正跟校长打商量，把我俩结婚照放上去。"

他的讲座被安排在礼堂。

来听的都是理科班的学生，一眼望去，乌泱泱的一片理科男。

容屿正装出席，灯光打下来，男人身形挺拔，线条硬挺，站着不说话就很有气势。

然而，他一开口，第一句话就是："坦白地说，我没想过我能站在这儿。中学时代我成绩并不拔尖，只有校长从始至终爱我如初恋。"

台下哄然大笑，坐在前排的校长扶住额头，哭笑不得。

倪歌转眼去看，校长的鬓角已经泛白。

"我高一、高二玩了两年，觉得就算不怎么学习，好像也没什么关系。反正我理科好得要命，总评能不能进年级前100，我不在乎——一直到高三，我才幡然醒悟，开始认真学习。"微顿，容屿的语调温和下去，"但如果我能重来一遍，一定不会浪费前两年。我会抓紧时间，从高一、高二就开始好好学习。"

会场里静悄悄的。

大家都听得很认真，但倪歌有点难受。

她不知道，这是什么见鬼的鸡汤时间，她怀疑演讲稿不是容屿写的，这完全不是他的风格。

可是在场很多人都知道这位学长，并对他充满谜之崇拜。

所以，就算是强灌鸡汤，大家也都听得很认真。

下一秒，容屿话锋一转："那么，是什么造成了我的改变呢？是校长的爱吗？显然不是的。"

倪歌腹诽——

行吧，稿子应该确实是他自己写的。

"我所有的动力，来自于学生时代喜欢的女生。"容屿有意炫耀，骄傲地道，"她前几天接受了我的求婚，今天上午，我们去领了证。"

会场沸腾起来，一片"哇"声。

校长的暴脾气又起来了，想冲上台把容屿拽下来："别说废话了，讲重点！"

"重点就是，我喜欢上一个女生，但她妈妈不喜欢成绩不好的男孩子，所以，我只能好好学习啊！你们现在不好好学习，谁知道以后丈母娘会突然提出什么奇奇怪怪的要求！万一让你当面背《离骚》，中英互译怎么办？"

会场里笑声一片，倪歌捂住脸，没有来由地想起高三时，有一段时间，容屿怎么也睡不醒。

以及他去找她时，取的那个ID。

有点蠢。她想，但又有一点点可爱。

尽管容屿嘴贫，讲了很多废话。除此之外，他也的确讲了很多关于航模竞赛与无人机的事。

讲座快结束时，一个男生红着脸站起来，有些不好意思地问："学长，我以后也想做飞行员，我可以抱抱你吗？"

容屿眉头一挑："可以啊。"

男生开心地冲上台。

其他人见还有这种好事，也跟着冲上台。

她思考一瞬，忍不住，也偷偷混进人群。

容屿不知道校长将他的事迹传成了什么样，才能让他的学弟学妹们对他这么热情。他有些哭笑不得，又觉得好玩。

理科班的男女比例8:2，他拥抱每一个男生；但轮到女生时，只礼貌性地握手。

直到倪歌停在他面前。

容屿本来没抬头，刚一碰到对方的手，便立刻认出人来。

倪歌今天没有穿得太正式，只在白T恤外面套了条背带牛仔短裤，为了迎合学生主题，连鞋都换成了帆布鞋。

她骨架小，长相也显小，一旦换了衣服，混在学生堆里，真像个学妹。

"学妹"的手被容屿握住不放，抽了几次都没抽出来，她仿佛受到惊吓，下意识地将肩膀往回缩。

然而他力气很大，不容置喙，不准她将手收走。

小姑娘有些无措地抬起头，一脸无辜："学长，可以放开我吗？你不是说，女孩子都只握手……"

"哈。"容屿心里一乐，勾起嘴角，握住她的手腕，顺势将她拽过来。

倪歌身体前扑，就这样撞进他怀里。

台上灯光温暖，在其他人讶异的目光和小声的惊呼里，他抱住她，声音里带着轻和的笑意："你怎么会一样？"

暖橙色的灯光在余光之外，幻化成无数片光影。没有来由地，她想起很多很多年前。

她前一晚在泳池跟容屿闹了别扭，发誓绝对不要搭理他。可是第二天清晨走下楼，她却惊讶地发现，少年竟然站在院门口等她。

　　他推出弃用多年的自行车，站在一片炫目的晨光里，别扭地转过去，不看她："要不是清时哥拜托我，我才不等你。"

　　微顿，他又光速打脸："但如果你想坐，我也可以勉为其难，带你一段路。"

　　那时，正是盛夏，周围都是郁郁葱葱的树木，遍地虚浮的光影。

　　大院里，道路两旁的槐树撑开巨大的叶伞，浓荫蔽日，槐花一小朵一小朵地下坠，落成海洋。

　　"可以吗？"她小心地坐上后座，不敢碰他的上衣，"谢谢你。"

　　少年高高瘦瘦，语气傲娇："抱紧点。"

　　她犹豫一瞬，没敢动。

　　他将车骑得歪歪扭扭，带着她驶向绿色的尽头。

　　半晌，没感觉到她碰自己，容屿忍不住道："你倒是抓着我啊，不搂紧一点，你不怕掉下去吗？"

　　倪歌犹豫了好久，十分谨慎："那我拽住衣角好了。"

　　风声轻和，走出去很远，还听到他的声音："搂腰啊，我腰在哪儿呢……你是找不着腰吗？"

　　倪歌眨眨眼，有什么东西轻飘飘地砸在她头上。她若有所觉，仰起脸，屏住呼吸。

　　温暖的阳光像蜂蜜一样泼下来，颜色近乎透明。

　　槐花轻盈地向下飘，不知不觉落了满地。

　　天空湛蓝，有风吹过。

　　那时，倪歌16岁。

　　她在那里遇见容屿。

　　遇见后来的——

　　一生挚爱。

番外一

／

婚外
日常

JUST DON'T
LEAVE ME

01

倪歌和容峤领证领得很低调。

孟媛听说之后，瞬间瞪圆了一双眼："你们俩怎么一点动静都没有，就偷偷把证给领了？"

两个人约了晚饭，孟媛带着一瓶红酒，温暖的灯光落在酒杯上，折射出细细碎碎的光芒。

"哪有，我们是光明正大领的。"倪歌端起酒杯尝一尝，一本正经地纠正，"而且还特意挑了吉日。"

"我不是这个意思……我原先以为，你们要再纠结一阵子。"孟媛笑，"我的小闺密这么快就成了已婚少妇，我有点不习惯。"

"不过，倪倪。"孟媛拿着刀叉磨刀霍霍，嘴上一刻不停地八卦，"你有觉得婚后生活和婚前，哪里不一样吗？"

"好像……"倪歌茫然地思索一会儿，觉得，"也没什么不一样。"

他们以前也不是没有同居过，早已经对彼此的生活习惯了如指掌。只不过真正结婚后，很多事情实施起来，都比以前更加方便。

"这样呀。"孟媛感慨一句。

吃完晚饭，孟媛跟倪歌一起去看电影。

年尾没什么好看的片子，倪歌全程昏昏欲睡，起先以为是剧情催眠，可电影放完之后，还是觉得走路发飘。

她难以置信道："孟媛。"

"嗯？"

"你往我的牛排里下药了？"

孟媛一口气上不来："你喝醉了吧？那酒度数挺高的，红酒后劲儿都大——来，起来。"说着，她将倪歌撑起来，"你家住哪儿？我叫车送你回去……你跟学长说了吗？要不要给家里打个电话？"

"没有，不用跟家里人说啦。"倪歌脸颊泛着桃花色，眼睛湿漉漉的，看起来乖巧极了，"我手机里存过认识的出租车司机，你直接打给他就行。"

孟媛体谅她口齿不清："行。"

孟媛伸手进她口袋，摸出手机，打电话给联系人里的"出租车司机小山"。

小山秒接："嗯？"

孟媛愣了一下，这司机的声音还挺好听？

但她没多想："师傅，我朋友喝醉了，我报个地址，你来接一下人，可以吗？"

"小山"惜字如金："嗯。"

孟媛生怕搞错地址，滔滔不绝地说了一大堆。

"小山"从头到尾一言未发，只在最后表示："麻烦你看好她，我马上来，谢谢。"

说完，就挂了电话。

孟媛站在原地，有点回不过神。这声音听起来很耳熟，但她想了半天，想不起来是谁。

算了。

走回休息处，她摸摸小闺密："我刚刚帮你打电话了，他说马上来。"

倪歌揉揉眼："谢谢你。"

孟媛把手机放回她口袋里，然后给自己叫了个代驾。

10分钟后，一辆越野车急刹车，停在电影院门口。

车门"砰"的一声响，下来的男人宽肩窄腰大长腿，大跨步地踏进影院，径直朝着休息处走来。

孟媛本来没看见他，倪歌正黏在她身上昏昏欲睡，她抱着小闺密撸啊撸。

直到男人在她面前驻足，伸手将倪歌扶正，声音低沉悦耳："辛苦你了，把她给我吧。"

孟媛一愣，才赶紧抬头。

——是个男人。

——是个眼熟的男人。

男人身形挺拔高大，面容清俊，留着利落的板寸头，线条硬朗疏离，周身充满难言的侵略性气息。他穿了件半高领的套头毛衣，大衣敞开，大概出门很急，可即使是这样随意的打扮，周身气场也让人移不开眼。

孟媛被美色诱惑，呼吸都停了一瞬。

容崎微微俯身，让倪歌靠到他身上。

她这才反应过来，一个激灵，赶紧提醒："学长，我不知道你要来，所以，就帮倪倪叫了个司机，估计这会儿也已经在路上……"

"我知道，没事。"容崎波澜不惊道，"刚刚接电话的就是我。"

孟媛震惊极了，拽住倪歌："你在手机里把学长的电话，存成出租车司机？"

绵羊姑娘抖抖毛，指出："不止出租车司机。我手机里的代驾、外卖上楼、快递到家、下水道处理、小区物业……所有号码存的全是他。"她停顿一下，特别强调，"是他自己改的，不是我。"

孟媛一脸震惊。

"你到底是嫁给了一个什么十项全能小狼人？"她觉得自己整个人都变酸了，小声嘟囔，"结婚还是挺不一样的……"

再晚都有人管，有人接。

02

年关将近，公司各部门开始派发新年礼物。

江城集团福利不错，每年送的东西大同小异，大家最爱的还是钱。

倪歌抱着两箱坚果回办公室，正看到陶若尔在搜旅行攻略。

她有些意外："学姐不回家过年吗？"

"我要去热带旅行。"陶若尔两手捧心,一脸期待,两眼弯成小小的桥,"去海里浮潜,去沙滩上晒日光浴,去吃比我手臂还要大的龙虾,人生得意须尽欢。"

"旅行愉快呀!"见她这么开心,倪歌也跟着一乐,"学姐一个人?"

"不是。"陶若尔突然顿了一下,有些含混地道,"还有周进。"

"咦?"

"他说他要拍短片,去取景。"提到这个人,陶若尔有些烦躁地抓抓头发,"说反正他也是一个人,不如跟我结伴。"

倪歌心里一动,由衷道:"那祝你们玩得开心。"

想到自己至今都没还清的那笔账,陶若尔有点悲观:"但愿吧……"

倪歌跟她寒暄一阵,抱着两箱坚果回家。

大多数时候,倪歌回家都比容屿早。毕竟那个家伙工作特殊,有时候十天半个月都不回来。

推开房门,倪歌将两个箱子放好,进厨房淘米煮粥。

刚刚把锅放上,头顶灯光一暗。

她仰起脑袋,发现厨房里那一圈小灯,突然灭了一盏。

"嗷。"倪歌有点强迫症,看到灯坏了,不管有没有替换品,都想立刻把它取掉。

所以,她趁着煮粥的空当,搬凳子过来,探着身子想拆灯泡。

容屿一推门进来,就看到倪歌站在凳子上,跟个老太太似的,颤颤巍巍地、小心翼翼地、慢吞吞地朝着灯泡伸出手。

"啧。"他眉头微动,大跨步走过来圈住她,嘴上不忘叨叨,"你怎么不把凳子再叠高点儿?再高点儿就能摸到房顶了,多不容易啊。"

倪歌无语。

"不是。"她怕动静太大牵扯到凳子,将自己的动作放缓三个倍速,冷静地解释,"小灯泡坏了一个。"

容屿朝她张开怀抱:"下来。"

倪歌的动作还是慢吞吞的。

他伸手,一把将她捞下来。

一分钟后,两个人的位置调了个个儿。

容屿站在上面拆灯泡,倪歌坐在底下捧着脸,眼睛一眨不眨地盯着他看。

他余光扫到，突然就乐了："你是不是突然发现，老公格外高大？"

"哈？"停顿一下，她又仰起头，"请问这位格外高大的容先生，你有年假吗？"

容屿手一顿："也许。"

倪歌早有心理准备，也没再问。她想了想，只仰着头道："那过年的时候，我们一起回大院吗？"

"你放年假应该比我早，先回去也行。"他们现在的住处离大院也只有一个多小时的车程，想想其实也挺近，不过……

他突然想到什么，嘴角一勾："不过你得做好心理准备，估计回去之后，家里人又要催。"

"嗯？"倪歌不明白，"我都毕业了也成家了，他们还能催什么……"

容屿站得高，垂眼向下看，小姑娘乖乎乎的，一双眼盯着他，像漂亮的玻璃珠。

他的目光一路向下，落到平坦的小腹上，声音低沉暧昧："当然是催孩子啊。"

倪歌微怔，两只手攥住凳子腿，气得想把他摇下来："你就不能想点别的？"

"想想想。"容屿赶紧跳下来，放下灯泡，讨好，"你今晚想吃什么？"

倪歌小声"哼"："想吃凤尾虾球和炸藕盒，还有炒菜心。"

容屿乐坏了，每次一提吃的，她就立刻忘记上一个话题。

也太好骗了……他故意道："行，但虾太多了，我一个人弄不完，你得跟我一起剔虾线。"

"好啊。"倪歌点点头答应下来，把粥调成小火，从客厅里拿来牙签。

她去而又返，刚刚站到水池前，还没拿起虾，就感到有人贴了上来。

是容屿。

他借着身高优势站在她身后，两条手臂环着她，将小姑娘整个人圈在自己怀里。

两个人连围裙都是情侣款，他将下巴放在她的脑袋上，手里剥

256.

着虾。

"容容。"倪歌早习惯了他这样的动作，头也不抬地问，"你们最近忙吗？"

"还行。"

"啊……"她小声咕哝，"那你会不会很累？"

容屿沉默了下，好笑："怎么，我要是说累，你就不吃饭了？"

"不是。"小姑娘想了想，认认真真地道，"你要是累，等会儿吃饭，我就多帮你吃一点。"

容屿"噗"地笑起来："你可真敢说，哪次你吃不完的东西，最后不是我替你解决掉的？"

虚情假意的温情被他毫不留情地戳穿，倪歌不满地发出了抗议声。

厨房里灯光温暖，吵吵嚷嚷。

炖汤的锅煮沸了，小气泡不断顶起透明的锅盖，香味在空气中飘散，热气攀爬上窗台，顺着透明的玻璃，在窗内蒙上厚厚的水汽。

窗外万家灯火，第一场雪就这么毫无征兆地落下来。

纷纷扬扬，像盛大的花雨，轻盈无声地落在窗台、屋顶上。

腊月寒冬，又是新的一年。

03

大年三十，容屿和倪歌一起回到大院。

两个人工作的地方都在北城，平时住得也不远，逢年过节或是周末常常回来。

但倪清时常年不在家，回来后，看到大院儿里多了一堆小孩儿，明显一愣："这些小孩儿哪来的？"

"跟着各自的父母一起调任过来的。"倪歌解释，"他们已经在这儿住挺久了，哥哥你怎么现在才注意到，你真的太久没回来啦。"

"啊，你吓我一跳。"倪清时看她一眼，松口气，"我还以为一年多不见，你和容屿生了这么多。"

倪歌瞪他。

她帮他拖行李箱，两人一起进门。

今年的年夜饭，两家还是在一起吃的。

坐在饭桌上，容妈妈感慨万分："上次，人这么齐，阿屿才刚刚高中毕业呢。一转眼，两个小朋友都结婚了。"

"是啊。"倪妈妈也说，"他们都长大了。"

家长们你一言我一语。

倪歌没太注意他们在说什么，饭桌上有一道酥焖带鱼，肉很厚，酱汁色泽鲜美，灯光映下来，有诱人的热气袅袅升起。

她盯着很久了，可是一直没人转餐盘，她够不到。

她就一动不动，眼巴巴地盯着。

容屿注意到了，忍不住道："妈。"

容妈妈："……想我高中那会儿，要是跟阿屿他爸爸也……"

容屿又叫："妈。"

容妈妈完全不理他："……也同校的话，我们肯定约定考一个学校，现在说不定他都……"

容屿闭上嘴，伸手转动转盘。

容妈妈立刻转过来，义正词严地指责他："容屿你怎么这么没礼貌？餐桌上还有长辈呢。"

"妈妈。"容屿面不改色地抬起头，用了两个叠词，企图靠卖萌来蒙混过关，"饿饿。"

容妈妈浑身起鸡皮疙瘩："噫。"

"你们也是，说起来就没完。"容爷爷笑起来，"行了行了，吃饭吧，一边吃，一边说。"

大家都动起来。

倪歌原本默不作声，一动不动地坐着。听见这句话，她眼睛明显亮起来，整个人精神一振。

像一只慢慢从毛毛堆里爬出来的绵羊。

容屿乐坏了。

酥焖带鱼转到面前，他夹了两块放到她碗里，顺势在她耳畔低声："我又被我妈教训了。"

倪歌捏着筷子眨眨眼，所有注意力都在那两块带鱼上。

她正蠢蠢欲动，就听容屿声音低沉地，在她耳边问："打算怎么补偿我，嗯？"

倪歌的筷子在半空中陡然停住。

她转过去看他，目光像刚刚的容妈妈一样一言难尽；然后，慢吞吞地放下手，有些失落，有些犹豫地道："那我不吃了。"

容屿奇了："你以为我要让你做什么？"

"容容。"倪歌一本正经，"我是一个人。"

"所以呢？"

"我猜不到一只兽在想什么。"

容屿噎了一下，被气笑了："你等着，我回去再收拾你。"

两个人交谈声音很低，尽管内容奇妙，但在第三方眼中看来，像是在窃窃私语地咬耳朵。

这一幕，落在容妈妈眼里，那是要多岁月静好，有多岁月静好。

04

年夜饭后，一群人围坐到客厅看春晚。

容屿才看到第二个节目就开始坐不住，倪歌坐在他身边时，他什么都不想做。

他偷偷扯扯她的手。倪歌立马转过来，眼中写满疑问。

"倪倪，你想不想出去放烟火？"他低声问，"或者，我们出去，再吃点儿别的？"

倪歌认真地想了想，摇头："今晚就不出去了吧，明天早上，还要出去拜年。"

容屿失望："喔。"

"容容，想点儿开心的。"见他沮丧，倪歌劝道，"明天拜年，我们就可以去找竹沥姐玩了。"

容屿并不知道竹沥姐是谁："喔。"

"她有两个超级可爱的宝宝，你不想去撸团子吗？"

容屿敷衍道："啊，我想。"

事实是他不想。

"好吧，既然你这么不开心。"倪歌故作失落，软声道，"那媛媛和蒋池约我们过几天一起去泡温泉，你要不要来呢？"

容屿目光落在她身上，呼吸一滞，喉结缓慢地滚动。

新年夜，屋内暖光盈盈，外面在放烟火。

礼花"砰砰"地升空，几乎是不受控制地，他想起很多年前，她红着耳根扣着他的肩膀、亲吻他的那个夜晚。

心下一动，容屿突然低声道："倪倪，你记不记得，我高三那年新年，你喝醉了？"

"嗯。"倪歌点头，顿了一下，又认真道，"不光这个呢，我还记得，刚一过完年，你就开始莫名其妙地疏远我。我问你发生了什么，你也不告诉我。"

"我不是故意不跟你说，我只是不好意思。"容屿无辜极了，扯着她的小手指，讨好般地哄，"那我现在告诉你啊。"

"不要。"倪歌不吃这一套，抱着坚果筐捂住耳朵，"我不想听。"

"倪倪。"容屿没给她逃跑的机会，将她放在膝盖上的坚果筐挪开，语气正经地低声道，"那天晚上，你强吻了我。"

倪歌睁圆眼，认真地指出："在你的记忆里，我一年四季都在强吻你。如果强吻未遂，那就是在偷亲你。"

容屿极其无语。

"但是怎么可能？"她匪夷所思，"我高中时才多大？"

容屿顿了一下，语塞。

她说的……好像也是事实。

"但是……"容屿还想再挣扎一下。

你16岁什么都不懂，还愿意亲我。

怎么现在什么都懂了，反而不愿意。

他不服气。

话没说完，容妈妈从他身后经过，倾身到两人中间，往两人手中一人放一杯牛奶。

"谢谢妈妈。"

两人异口同声地道谢。

容妈妈笑着摸摸倪歌，转过去，好奇："阿屿，你额头上怎么突然出这么多汗？"

他语气平静道："我有点热。"

"那你还黏着倪倪。"

"她体寒，身上凉快。"

容妈妈无语。

"我们可真是天生一对。"容屿面不改色，又往倪歌那里蹭蹭，"对吧，妈妈。"

容妈妈嘴角一抽。

电视里，还在热热闹闹地放小品。

容妈妈从容屿身边经过，影子投射下来，将两个人短暂地笼罩住。

就在这一个瞬间。

容屿的目光还没来得及从妈妈身上挪开，感觉脸颊一凉，像是被什么冰凉的小动物碰了一下，一触即离，却带着电。

他心头猛地一跳。

"现在光明正大了。"

容妈妈坐回沙发，阴影迅速消失。两个人重新出现在灯光下，假装无事发生。

倪歌两手端着牛奶杯，半张脸都埋下去，耳根发红，很小声很小声地道："那再亲一次。"

05

年假结束之前，几个人一起去泡温泉。

温泉山庄建在城西，这段时间北城的温度又创了新低，倪歌原本以为，山庄内会有很多很多人。

结果完全没有。

山庄不大，建在山腰，驱车上山时回头看，夜色下满城的霓虹灯光亮成灯海，远处的天空透出浓墨的光泽，天角冷月的光芒冷然如同流水。

四个人开一辆车，窗户半开，冬夜的风扑在脸上显出冷意，心情却随着登高望远而渐渐开阔。

"放心吧，不会有很多人的。"孟媛把车后的两扇窗子都开到最大，得意道，"这山庄是我家开的。"

蒋池面不改色，重新合上车窗："你不冷？"

孟媛摇头，小声说："我不仅很热，我还觉得很快乐。"

倪歌好笑："你喝了多少？"

"也没多少。"蒋池接过话茬，回忆道，"她好像就中午吃饭时，沾了一点点。"

"那这酒还挺上头。"

容峙低笑，意有所指："你也应该喝一点。"

"开你的车吧。"

越野车转过拐角，又驶过一段蜿蜒山路，停在山庄小苑前。

他们之前预订过房间，拿了房卡往里走。倪歌才发现，小地方别有洞天，里面是用篱笆单独分开的一个个小院落，房间的装修风格很日式，落地纸门正对着院子，每个院中都落有一口温泉池。

更奇妙的是，篱笆之外对着的，是不远处的城市群。俯瞰一隅，万家灯火明灯璀璨，像一颗颗坠落在地上会发光的小珍珠。

四个人在这里告别时，时间有些晚了。倪歌只泡了一会儿就披着浴巾从水中爬起来。日式小院，屋内的床也设置成了榻榻米，一副怎么翻滚也不会滚下来的样子。

下一刻，容峙在她身旁坐下。

"来。"他伸长手臂将她抱起来，捞起另一块浴巾，想将这只湿漉漉的小羊擦干，"我帮你擦头发。"

倪歌泡温泉泡得有点晕，面颊泛红，莫名迟疑了一下，没动弹。

容峙好笑："干吗躲那么远？"

他一边说一边伸出手，轻轻一拽，她整个人都摔进他怀中。

"倪歌。"容峙心里乐坏了，掐掐她白净的脸，"我们都结婚多久了，你还脸红？"

她刚刚从温泉池中起来，长睫上还挂着水珠，眼睛湿漉漉的，目光一片茫然。

"就……"倪歌把浴巾往上拽拽，小声指出，"可能因为我们性别不一样吧。"

容峙扯了扯嘴角，突然恶趣味地伸出手。

"你干什么！"倪歌反应迅速，凶极了。

"我对我媳妇儿能干什么。"容峙不知道怎么就开始笑。

倪歌愣了一下，不懂他怎么可以这么毫无障碍地叫"媳妇"。

"你……"小绵羊憋红一张脸，"你……"

他举起吹风机，对准小羊毛："我什么？"

"你……"倪歌被风吹得睁不开眼，憋了半天，憋出一句，"你怎么能把妹妹当媳妇？"

容峙停顿一下，匪夷所思："你现在还把我当哥？"

"不是……"倪歌语无伦次，"我的意思是，你怎么能把角色切换这么顺？"

"啊。"容峙胸腔微动，笑道，"这简单。"

室内安静极了，吹风机的暖风"呜呜"的。

他的手指穿过她的长发，周到而细致地帮她一点点擦干头发。

"从一开始就不把你当妹妹，不就好了吗？"

倪歌突然意识到："你不是高中才开始喜欢我的？"

他闲闲道："是啊。"

"那为什么我小时候你就告诉我爸妈，说想娶我……"

"因为。"容峙低声，"我想保护你啊。"

不等她开口，他又真情实意道："你要是留在我身边，当我的公主就好了。"

倪歌睁圆眼睛与他对视，半晌，小心地在他脸颊上碰一碰："好吧，让你亲一下。"

容峙被逗笑，捧着她的脸，眼中的深情变了又变。吹风机烘干她的长发。"小羊"一双眼亮晶晶的，殷切地望着他。她还像他第一次见她一样，目光纯粹而天真，温柔而热烈。

——为什么？

——因为不想让你离开我。

夜色漫长，容峙安静地垂眼望着她，默不作声地想：因为，在我还没有意识到自己喜欢你的那些年岁里，你对我来说，就已经是重要的存在了啊。

我从很久很久以前，就想以后年年岁岁，一直一直跟你在一起。

一直在一起。

番外二

——／——

周进
& 陶若尔

JUST DON'T
LEAVE ME

01

芭堤雅。

夜色笼罩,灯红酒绿,人潮如水一般拥入灯火。

周进心里憋着气,沉着脸踏进门,入耳嘈杂一片,耳膜被震得隐隐发疼。

酒吧不算大,但生意火爆,小小的空间里挤满人。灯光晃眼,他费劲地穿过人群,一眼看见吧台旁边,那个正不知死活指着酒保狂骂的家伙——

"陶若尔!"

对方身形微顿,一脸茫然地转过来,披散的长发被惯性带到肩后。她今天出门之前很仔细地化过妆,现在有些花了,显得狼狈,依然漂亮得让人心里发痒。

四目相对,他正想开口。

下一秒,这位漂亮小姐姐跟没看见他似的,立刻又转回去:"……我刚说到哪儿?对,别以为这儿不是中国,我就不敢骂你,做错事的人是你,你懂吗?我……"

他太阳穴突突跳,头疼地挤过桌椅,几步上前拽住她的手臂,皱眉:

"陶若尔，你大半夜发什么疯？骂人骂得还挺起劲？"

陶若尔笑吟吟地回视他："过奖了，我大学学的是小语种，和外国人对骂从来没输过。"

周进无语。

就这么一句话的工夫，陶若尔回过头，发现刚刚站在柜台前跟她对骂的酒保已经朝周进打个招呼，然后，迅速遁走了："人呢？我还没说完呢！"

她气势汹汹地指着面前一团空气。

周进面色纠结地站在旁边看了一阵，深吸一口气："行，你会骂人，你最厉害，下次别再让人把电话打到我手机上。"

——半个小时前，他和团队在海滩拍 vlog（视频日志），刚取好景准备开拍，口袋里的手机就疯狂地响起来。

来电显示是本地的陌生电话，他滑开绿键接起，那头一片嘈杂，一个小男生用蹩脚的英文，问他："请问是周进先生吗？请问您和陶若尔小姐是同伴吗？她在酒吧喝醉了一直骂人，您可不可以来带她离开？"

周进沉默了下，也说不清自己是怎么想的，扔下一大堆人，匆匆赶了过来。

现在看来，刚刚给他打电话的人，应该就是那个小酒保。

两个人对视几秒，陶若尔率先败下阵，整个人蔫巴巴的："好吧，这事儿是我不对，我也没想到酒保会打电话给你……不过，我已经把你的手机号码删掉了，下次不会再有人……"

"陶若尔。"周进打断她，"你一个女孩子大半夜跑出来买醉，到底是来度假，还是失恋之后来闹事的？"

不知被哪个字眼戳中，陶若尔微怔，像猫一样炸了毛："关你什么事？"

"有本事明天早上起来别哭。"

"我们打赌，谁哭谁输！"

她看起来有气势得不行，脸上全是得意，但眼神飘忽，瞳孔涣散，明显已经醉得很厉害。

"行。"周进闭嘴不和她再争，二话不说上前一步，一把将人扛上肩，转头往酒吧外面走。

猝不及防被他逮住，陶若尔小腹撞在了硬邦邦的肩膀上，差点吐出来。她气急败坏："谁准你扛我了，放下来！"

"早知道你这么闹腾，我就不跟你一起出来了。我是来工作的，你安分一点行不行？"周进似笑非笑地看她一眼，动作放轻不少，"趴好。"

陶若尔醉眼迷蒙，难受得想吐。但她力气不够，醉酒的身体又使不上力，挣扎了几下之后，便放弃了，脑子混混沌沌，半梦半醒，小声嘟囔："都是你的错……"

周进失笑。

深夜一点，周进终于艰难地把陶若尔弄回了酒店。

这家伙一开始很抗拒，睡着了反而很乖，狭长的睫毛垂着，拉扯出一道浓黑的阴影。就是死死箍住了他的脖子，说什么也不愿意下来。

他试着扯了扯，发现，扯不下来。

他只好伸手摇摇她："醒醒，嘿，醒醒。"

然而，不摇不要紧，一摇陶若尔猛地向前一倾，脸色一变，"哇"的一声吐了他满身。

周进整个人僵在原地："陶若尔！"

陶若尔丝毫未觉，自顾自难受地皱起了眉，干呕了一声还要吐。周进立刻拎着她的领子把她拽起来，扔进洗手间。她贪杯，但不贪食，胃里除了酒什么也没有，趴在马桶上吐了半天，什么也没吐出来。

周进站在一旁，将脱下来的外套随手扔在了地板上，三两步走到洗手池前洗手。他里面就穿着一件黑色的贴身衬衫，袖口挽到一半，露出一截瘦劲漂亮的小臂，领口的纽扣开了两颗，锁骨在一片阴影里若隐若现。

只不过唯一的观众此时显然无心欣赏。

陶若尔正软绵绵地趴在马桶上，眼睛半睁半闭，专注地和马桶里映出来的自己深情对望。

周进一边洗手，一边忍不住回头看她，怕她把自己砸进马桶。

他透过镜子，见她头一点一点真有要埋进去的架势，赶紧迅速擦擦手，蹲下身托着她的下巴把她的脸薅出来："你冷静点，这里的水不能喝。"

陶若尔酒还没醒，整个人迷迷糊糊的，半睁着眼睛抬起脸看他。

她的瞳孔又清又亮，映着头顶暖黄的灯光，让她在这一瞬间显得安静又乖巧，满满都是欺骗。

周进反复警告自己：清醒一点，都是错觉，这家伙什么时候乖巧过？

10秒后，他却还是没底线地妥协。在她这种眼神下，他不自觉地稍稍放软了眉眼，松开了皱紧的眉。他捏捏陶若尔的下巴，轻笑："我警告你，你又欠我一笔钱了。"

随后他偏头扫了一眼扔在卫生间的外套，语气轻松地补充："巨款。"

陶若尔没听懂，还坐在地上乖巧地看着他。她在他面前少有这样软乎乎好欺负的样子；周进多看几眼，心情无端好起来。

他捏着那张脸，摆了几个她平时不会有的表情；随后，挑挑眉，从口袋里摸出一支笔，就着她仰头的这个姿势，在她脸上一个数字一个数字地写下了自己的电话号码。

陶若尔困惑地看着他，歪歪头："你干什么呀？"

周进被她这一下歪头萌了一脸血。

"不是删了吗？"他松开她的下巴，改为用手掌捂她眼睛，见挡了个严严实实，这才松了口气，嘴角一勾，满是笑意地回答她，"我得追债啊。"

02

陶若尔再醒过来，天光已经大亮。她头疼得厉害，屋子里倒很安静，四下无声，阳光在窗帘下安静地游移。

她发了会儿呆，揉揉太阳穴跳下床，赤着脚慢吞吞地往卫生间走。

几步路过床尾的镜子，她猛地顿住脚步——

镜子里的人神色憔悴，头发散乱，眼下因宿醉而浮着一层淡淡的青影，眸底全是没睡醒的血丝。

但这都不重要。

最重要的是，此时此刻，她脸上正横亘着一排醒目的数字，11 位电话号码一字不落，像某个狗男人的嘲笑。

"啊啊啊！"陶若尔沉默三秒，倒吸一口冷气，猛冲进洗手间，"周进那个浑蛋！"

水声"哗哗"，她一边洗着脸辱骂周先生，一边在心里回忆前一夜发生的事。她干了什么？似乎是喝醉了，迷迷糊糊地在酒吧里骂了人，又迷迷糊糊地被匆匆赶来的周进像扛行李似的，一路拎回住处。

关上水龙头，陶若尔对着镜子绝望地长叹："竟然还弄脏了他的外套……"

不过，没关系。

他们在泰国的行程并不重合，只要她不发疯，两个人应该不会再相遇了。

——然而这个天真的想法只存在了两个小时，就飞快地消失了。

两个小时后，陶若尔在高中学长的婚礼现场，再一次遇见了人模狗样的周先生。

今天，天气不错。她来得有些迟了，签到处人已经不多。陶若尔签完名，一回头，就看到迎面朝她走来的熟悉面孔。这家伙今天明显也特地仔细修整过，西装挺括，长腿笔直，正一面整理袖口，一面朝这边走过来。

四目相对。

两个人相顾无言。陶若尔自觉地转身想要离开，他却突然笑了笑，两眼微弯，意味深长，写满了"别想跑喔，你还欠我好多钱"。

陶若尔张张嘴，正想硬着头皮转过去跟他打招呼，垂眼就看到一小片雪白的婚纱裙角。她微怔，抬起头，见刚刚还在内场的新娘不知什么时候走了出来，已经落落大方地站在了她面前。

新娘似笑非笑，不疾不徐地将她上下打量了一遍，才故作惊讶道："呀，这不是陶若尔吗？"

陶若尔勾唇笑了笑："好久不见。"

"确实好久不见，我和钟晋递请帖的时候，还在纠结要不要请你呢。他有点犹豫。我说，漏了谁，也不能漏了若尔呀，毕竟她以前喜欢了你那么久。"新娘的目光不动声色地在她周围扫一圈，露出点儿了然的神色，笑着上前握住她的手，"又是一个人来的吧？没关系，待会儿你往前站一点儿，我一定尽量把捧花扔在你怀里，保证让你尽快脱单呀。"

她笑得温柔，陶若尔抽了抽手，没抽动。

这就没意思了……

陶若尔眉头微动，眼中笑意散去几分。正想开口，一双手突然从侧面伸了出来，轻松地掰开新娘的手指，然后，轻轻牵住了她。

她微怔，头顶响起周进低沉清澈的声音："劳你费心，她今天是和我一起来的。"

陶若尔稍怔，本能地想要回怼：谁和你一起了？

可话到嘴边不知怎么就又被她咽了回去，周进不着痕迹地捏捏她的手，脸上笑容温和镇定。

新娘愣了愣，不可置信地看看周进，又看看陶若尔："你们……"

周进稳稳地拽着陶若尔的手，对新娘露出一个深藏功与名的笑，解释的话一句也没有说。陶若尔在一致对外时倒很默契，气场半点不落，脸上同样挂起了令人捉摸不透的标准假笑。

她今天这身行头算不上盛装，可她本就长得好看，红色的小礼服裙又将皮肤衬白了三个度，不艳不浓，光华内敛；跟周进并肩站立，说不上来的般配。

新娘盯着他们看了半天，一句话也没说出来，冷哼一声，转头快步走回内场。

她前脚刚走，陶若尔后脚就把手抽了出来。

"谢谢你啊。"她莫名有些不自在，转转手腕，"没想到，在这儿也能遇见你。"

"我才意外呢。"两个人一起往场内走，周进似笑非笑，"你说我俩这圈儿得多小啊。我来参加高中同学的婚礼，竟然也遇到你。"

两人找了个靠边的位置坐下。

婚礼快要开始，主持人在台上瞎侃。

周进听得没劲，侧了侧身又来和陶若尔搭话，下巴往新娘离开的方向抬了抬示意："老情敌啊？"

"什么情敌？！"陶若尔瞬间瞪大眼，像一只被踩了尾巴的猫，"能不能不要瞎猜！"

周进立马懂了："哟，怎么，你喜欢钟晋啊？"

钟晋，今天婚礼的新郎，也是周进的高中同学——他默不作声地在心里猜，照刚才新娘那剑拔弩张的样子，陶若尔跟钟晋八成也是同学，说不定还有一段难以言说的过往。

微顿，他丰富的联想能力令他恍然大悟："天呢，难怪你昨晚在酒吧喝得烂醉，就为这个啊？我说你怎么好好地不在国内过年，突然跑到热带来，还……"

"我说了，你别瞎猜行不行。"陶若尔看他眼神就知道他在想什么，忍不住开口打断，企图伸手挥散他粉红色的想象，"今天的新娘是我高中闺密，后来闹掰了而已。就是高中那会儿吧，忘了具体什么时候，我随口说了句高三那位映像节上拿奖的钟晋学长不错，她转头就和我翻脸绝交了——我也是事后才知道她一直暗恋钟晋。来参加老同学婚礼而已，我很无辜的好不好？"

周进微怔，不知是想起什么，竟然坐在原地思考了一会儿，半天，发出一句悠悠的感慨："为这么大的事儿绝交，你这闺密真够小心眼的，早绝交早解脱，以后指不定给你作出什么妖呢。"

陶若尔失笑，张口欲言，突然听到主持人喊自己名字。她抬起头，刚隐隐约约听清一句"邀请来宾上台做游戏"，就见坐在前排的新娘回过头，笑吟吟地冲她眨眨眼。

此时，满座嘉宾，近半数的目光都落在她身上。

陶若尔并不怯场，皱皱眉想站起来，周进却先一步牵住她的手，跟她一起站起了身。

她诧异，小声道："你干什么？"

周进压根不看她，目光紧盯着台上，挑衅似的，笑道："男伴想一起上台做游戏，行不行啊？"

主持人好像没料到这个剧情发展，愣了一下才赶紧笑道："当然可以。"

这是个针对陶若尔的游戏。

陶若尔面前放着十几捧捧花，每一捧背后都放了纸条，上面写了一个人的名字，分别对应了在场的十几位男性宾客，她得在里面选一个猜。猜中了，可以拿走真正的捧花；猜错了，要和那个被选中名字的男嘉宾抱一下，不算太过分，但也不怎么友好。

陶若尔小声道："你说得对，她心眼真的太小了。"

周进捏捏她的手，笑着摇摇头，目光笔直地看向新娘："那这游戏她要是不会呢？"

不是她不想玩，而是她不会，算不上有意破坏气氛。

空气一滞。

陶若尔眉头微动，心里的不爽突然消弭于无形。她偷偷地戳戳他的手心，想示意他算了。

她天不怕地不怕，但也不想与人为难，毕竟这是别人的婚礼现场，闹僵了谁都不好看。周进没动，她想了想，从他背后探出脑袋去看那些捧花，刚刚踏出一步，就被他一把拽了回来。

周进转身面对着她，微微一笑，伸手从胸前的口袋里把手帕抽了出来，几个折叠翻转，当着所有人的面，用手帕折出了一朵花。

他手还挺巧，可手帕的面料太软，怎么都定不住形，勉强看出来是朵花，称不上好看。周进捏着那朵花，等了一会儿，见陶若尔还一脸茫然的没有反应过来，忍不住压低嗓子笑她："发什么呆？猜啊。"

她瞬间回过神，一抬头，正正地撞进一双饱含笑意的眼。周进与她对视，嘴角带着一抹笑，好像学生时代在走廊上与男孩子擦肩时，吹过耳畔的夏天的风。

陶若尔深吸一口气，从他手里接过那朵软趴趴的手帕花。可好像是刚刚那一口被吓到的气还没完全过去，她开口就抖了一下："周、周进！"

周进一听就笑出了声，挑眉看她："怎么这也能猜错，你看清楚一点，我就叫周进，哪儿来的周周进？"

这家伙，他刻意找碴儿，陶若尔也就没打算和他客气。然而，她刚要开口，就被他打断。周进耸耸肩，冲着她张开手臂，两眼笑成桥："行了，过来抱吧，不收你钱。"

他进门时，脱了外套，这会儿就穿着一件衬衫，但脊背笔挺，笑容明朗温柔，只是站在那儿，也好像周身都带着光。

陶若尔盯着他看了一会儿，在一众宾客的围观下，陷入这个怀抱。

她鼻尖撞到他的胸口，自己周身仿佛也染上他的气息，平稳沉重，像半夏的阳光。

不知怎么，陶若尔眩晕半秒，突然觉得……

耳根有点烫。

03

陶若尔短暂的 10 天年假很快到头了。

这段时间，她在泰国把能吃能玩的全都做了，心满意足，拖着行李箱登上返程的飞机。没想到，她刚一坐下系好安全带，就遇到一张似笑非笑的脸。

她看着周进若无其事地将手提行李放上行李架，若无其事地在她身边坐下，突然感到费解："这国家有那么小吗？我俩怎么在哪儿都能遇见？"

周进嘴角一扯："我很久不坐经济舱了，来感受下人间疾苦。"

停顿一下，他慢条斯理地补充："我也没想到，人间这么疾苦。"

你到底是不是在暗示我什么？

飞机起飞，陶若尔不再理他，从背包里翻出 kindle（电子阅读器），周进也不再主动搭话。回国之后，他还有很多别的工作要做，现下干脆斜靠在座椅上，低头看剧本。

他安静下来很能唬人，微微低头、专心致志，半张侧脸陷在自然的光影里，轮廓锋锐，下颌线利落流畅。剧本的文件夹是天空的深蓝色，他一只手搭在那儿，指骨匀称修长，被光照出玉一样温润的质感。

怎么看怎么像修养良好、温文尔雅的高知。

好看得不像话。

飞机穿透云层，云海如潮，变幻万千，窗外触目皆白。周进在她眼前，距离这样近，几乎能一根根数清他的睫毛。

陶若尔发呆发得毫无所觉，等她回过神，周进已经放下剧本转过来，好整以暇地笑着看她："我这么好看？"

她飞快地眨眨眼，撒谎："我在看窗外。"

"窗外什么也没有。"

"反正我没在看你。"

周进微顿，转头看她。

机舱内很安静，有乘客在休息。他盯着这个全身上下写满"我心虚"的姑娘。半响，他抬手指指左脸，煞有介事地压低本就低沉的嗓音："你可以开价，但我只收现金。"

他声音里带着轻快的笑意，尾音微微上翘，好像得意扬扬。

陶若尔愣了一下，再反应过来已经失去回怼的先机，便将脑袋转回去，小声道："神经病。"

可心跳不受控制地加速，倒更像恼羞成怒。

周进失笑。

飞机抵达北城时已是深夜，驱车赶往城区，年轻人的夜生活才刚刚开始。

周进给团队其他人放了短假，自己跟着陶若尔一起回公司。引得她转头诧异地看他："你跟着我干什么？"

"能别这么自作多情吗？"周进低笑，借着身高优势，没什么力道地将文件夹在她头顶拍拍，"我回去拿东西。"

他的声音融进夜色，不知怎么，陶若尔莫名品出点儿"我该拿你这个小笨蛋怎么办呢"的宠溺味道。

她沉默了下，一言不发地摸摸莫名发烫的耳朵，迅速跟上。

公司半夜有人值班、有人加班，可这会儿走廊上没人，四周安安静静的，灯光将影子拉长，两个人并肩，只能听见彼此的脚步声。

陶若尔在电梯前停下，突然别扭起来："你坐下一趟行不行？"

周进挑眉，不解："为什么？"

"部门有人加班，我不想让他们看到我和你半夜一起出现。"

周进沉默一下，有些失语，可这理由好像无法反驳："行。"

陶若尔朝他挥挥手，眼见电梯门缓缓阖上，周进突然一个侧身，在门完全关上的前一秒挤了进来。

她睁大眼："你干什么？"

周进云淡风轻，按下部门楼层："你让我等我就等，岂不是很没面子？"

"你……"陶若尔张张嘴，刚要说话，耳畔突然传来警报器一声长长的"嘀"，狭小的空间陡然一黑，电梯下坠两层，堪堪停住。

她本能地爆发尖叫，然而，也就是下一秒，手突然被人握住。男人的气息铺天盖地，她一个趔趄，整个人被周进拉着，摔进他怀里。

她猛地睁大眼。

"别叫了。"周进手掌温热，小心而认真地轻轻拍她的背，像在哄一个婴儿，"冷静点，没事的，陶部长。"

两个人离得太近，陶若尔额头靠在他的胸膛上，清晰地听见他的心跳，剧烈而清晰。

她愣了一下，刚刚恢复正常温度的耳根又偷偷烫起来，可窃喜之余还是感到绝望："你有没有常识啊，周进……电梯停电两个人抱在一起都会死的，我俩一起贴墙站行不行？"

周进沉默了下，闷笑声响在她头顶："电梯已经停止下坠了，我刚刚按过紧急呼叫按钮，应该很快就会有工作人员过来。"

陶若尔不放心："那万一等会儿突然又掉了怎么办？我听新闻说，这样摔下去，人的脊柱会裂成一截截的。"

微顿，她又小声补充："神仙都救不活。"

10分钟后，匆匆赶到的工作人员撬开电梯门，看到两个并排而立的人，一动不动，紧紧贴着轿厢内壁。

工作人员将两个人救出来，恢复了电梯运行，又不免纳闷："那个，你俩刚刚干什么呢？"

周进面无表情，说："COS（模仿）壁虎。"

04

年假结束之后，陶若尔回归自己的工作岗位，周进也投入了新一轮的工作。他上一个项目结束了，新的拍摄计划合作方不是江城集团，陶部长坐在岗位上摸鱼，默不作声地在心里数：已经一个多星期没在公司里见过周进了……四舍五入，两个人已经半年没有见过。

周进是一个存在感很强的人。他在身边时，陶若尔总担心他开口让她还钱；可一旦他不在了，她又忍不住想见他。

更可怕的是……陶若尔觉得，自己好像出现了幻听。比如早上路过茶水间，听到两个实习生聊天：

"你看见没，楼下新开了一家早点铺子。"

"看到啦，我去过一回，那家的粥还挺好喝的……"

陶若尔精神一振："什么周？"

再比如晚上路过办公室，听到两个同事交谈：

"天啊，你看到那个新闻没有，古城景区那边竟然起火了。"

"看到了，好惨啊，就因为巷道太窄，消防车都进不去。"

陶若尔立马探头："什么进？"

几次三番，她忧愁地想，是不是还是去找一趟周进比较好？

就……就告诉他，她疯了。

05

疯了的陶若尔比过去更有勇气。

说干就干。第二天，她就出现在了周进的剧组。

今天天气很好，天朗气清，陶若尔若无其事地凑过去，一眼就看到周进站在人群里，身上套着一件很宽松的风衣外套，半张脸藏在鸭舌帽底下，正低头给人讲戏。

她站在旁边看了一会儿，突然看到周进若有所觉地皱皱眉，薄唇微抿，向着她的方向稍稍偏头。

四目相对。他微怔，她飞快地眨眨眼，心跳有些不受控制，尤其下一秒，她好像在他眼里看到惊喜。

"你怎么来了？"周进神情放松，转而朝她走过来。

陶若尔深吸一口气，故作镇定地小声哼："我想来就来，行踪还得和你报备啊？你是我谁？"

周进不假思索道："债主。"

陶若尔无话可说。

"我事儿还没弄完。"他心里好笑，指指旁边的椅子，"你坐那儿等等我，我一会儿来找你。"

陶若尔探头："那是导演的专座吗？"

"对，那是王座。"周进非常肯定，"给你坐，你要在心里跪下谢谢我。"

陶若尔面无表情地坐下，看他重新走回人群。

北城尚在隆冬，这几天一直在下雪。影视基地内有工作人员清理

过街道，大堆大堆的雪都堆积在道路两侧。她坐在这里放眼朝前望，
长街覆满千堆雪。

周进就站在这片茫茫的白色里，微微偏头望取景器，偶尔跟旁边
的人交流。他整张脸露在外面，侧脸线条流畅，说话时浮现清浅的白气。

好像万千人海里的命中注定，白色长河里唯一的引路星。

陶若尔看着看着，慢慢把自己的围巾拉高、拉高再拉高……遮住
耳根和整张脸。

两小时后，周进收工，转头一看，她就乐了："你干什么呢？"

陶若尔慢吞吞地将已经不再发烫的脸从围巾里薅出来，正要开口，
又听他道："晚上剧组聚餐，要不要一起去？你今天是来找我玩的吧？
不好意思啊，让你等了这么久。"

他这么有礼貌，她倒有些不自在："没有，本来就是我自己突然
跑着来……好啊，你们去哪儿聚餐？"

周进的回复非常随意："附近一个私房菜小院。"

——然而，半小时后，陶若尔站在四合院前，见识到了他所谓的"普
普通通私房菜"：高门大院，石狮守门，如果她没记错，这家旧王府
的私房家宴，一天只接待两桌，中午之前都不待客。

她有点幻灭，可周进好像毫无所觉，拽着她在自己身边坐下："人
有点多，在院子里吃好了，可以露天烤肉。"

陶若尔还没完全反应过来，就被他拽着坐在了身边，似乎确实有
一点点挤，彼此之间距离不过半掌，手臂挨手臂。

这顿饭吃得热热闹闹。快结束时，副导演将自己带来的酒给大家
倒上，笑着开口："饭吃完了，酒也喝得差不多了，我们来祝周导生
日快乐吧。"

这好像是所有人都知道的、提前安排好的环节，齐刷刷的"生日
快乐"里，只有陶若尔有点小意外："今天是你生日啊？"

周进笑："嗯。"

她懊恼："我没有给你准备礼物……"

周进转过来，一双眼似笑非笑地盯住她："人在这儿不就行了？"

陶若尔微怔，眨眨眼，下意识地，又想伸手摸耳根。

大家碰完杯，有人推着蛋糕车进来。

她抬眼去看，见三层高的蛋糕上插着一张小卡片，上面的字体胖乎乎，挤在一团，卖萌似的：18岁就在半夏映像节得奖的小周总是个天才少年，祝天才少年小周总永远18岁！

陶若尔这回是真的愣在原地。

繁复嘈杂的记忆在脑海中倒退，最后像气泡一样，"噗"的一声被戳破在耳边。

周进笑着戳戳她："发什么呆？你想吃哪块？巧克力还是水果？"

飘远的思绪一下被他拉回来，她下意识道："为什么你的生日祝福词，比正常人的都要长？"

推蛋糕车的小助理闻言，一下子笑起来："我也想知道答案，可这是我们周导自己要求的，谁也不知道为什么。"

"就你话多！"周进笑骂。

说着，他随手从旁边的雪地里抓起一团雪就往他身上砸。小助理个性活泼，哇哇乱叫着刨了两团雪回击。周进反应快，一团都没砸中他，反而糊了一大团雪在无辜看戏的副导脸上。

副导差点气笑："你胆子不小啊！"

随后，他抓了满手的雪，追着小助理满院子跑。众人早已酒足饭饱，眼下笑成一团，干脆一个个儿下场，毫无形象地凑在一起打起了雪仗。

陶若尔还惦记着周进刚刚给她切的那块蛋糕，本来想安静吃瓜，可惜运气太背，躺着也中枪，一大团雪毫无预兆地"啪"的一声砸在她外套上，把她吓了一跳。

周进余光瞥见，不知有意还是无意，反头就捏了一个巨大的雪团，折身砸了回去。陶若尔听到动静，回转过身，猝不及防间脑袋撞到他的下巴，两个人难得默契，齐刷刷地发出："嗷。"

一群"幼稚鬼"打雪仗打到店家快要关门的时候，才意犹未尽地收了手。

陶若尔的毛衣几乎被融化的雪水浸透了，其他人也没好到哪儿去，都嚷嚷着要找地方换衣服。她搓着爪子往手心哈气，白雾从口中呼出来，凝成软绵绵的一团。

"你冷不冷？"周进见状走过来，眼睛很亮，笑着看她，"要不要去我车上换衣服？"

他的外套防风隔水，是这群"幼稚鬼"里唯一一个幸免于难的人。

陶若尔心下一动，飞快地眨眨眼："你车上有我能穿的衣服？"

周进面不改色，云淡风轻："不冷啊？那算了。"

陶部长沉默了下，认命似的，一言不发地转身蹿上他的车。

周进优哉游哉地补充："后座，有个纸袋。"

"知道了。"陶若尔一边闷声回应，一边从后座上的手提袋里拿出衣服，迅速套上。几乎是拉上拉链的瞬间，她确认了一个念头——因为这就是她的尺码，不大不小，不胖不瘦。

周进背对着她守在车边，听见车窗摇下来的声音，才拉开车门上车。

陶若尔坐在原地没有动弹，单手撑着下巴眯着眼盯着他看，表情千变万化，一会儿怀疑，一会儿又好像很确定。周进心里蹊跷，正想问她这又是着了什么魔，突然听她慢吞吞地道："那个，周导，我好像……"

她起了一个头，后文卡在嗓子眼，半天说不出口。

周进心里越发蹊跷："怎么？"

"我好像，不小心把'在映像节中得奖的周进'……"她舔舔唇，"听成了'钟晋'。"

车上一时陷入静寂。

"嗯。"周进沉默几秒，又似乎一点都不意外，"钟晋婚礼的时候，我就看出来了，你耳朵不怎么好。"

陶若尔无法反驳。

她心虚地低下头，露出柔软的发旋，周进回头看到后，忍不住地轻轻笑起来。

其实，他也知道得不久。

如果不是那次参加钟晋的婚礼，陶若尔无意说出这件事，他可能要很久很久之后才能知道，他和她高中同校，生命有过短暂的交错。

"我……"车内寂静温暖，周进将 FM 声音调低，换成蓝调。陶若尔思索半天，有些语无伦次，"我真的不喜欢钟晋，我当初就是随口说了句'那位学长作品不错'。"

周进："嗯。"

"而且你从'我误会钟晋是映像节获奖者这么多年，而且竟然一直都不知道真相'这件事就能看出，我跟他真的不熟。"

　　周进："嗯。"

　　剧组的人都散了，空中洋洋洒洒又开始落雪，两个人这样面对面，好像躲在世界一隅。

　　没来由地，陶若尔内心突然平静下来："我不知道今天是你的生日……但是周进，今天我是来见你的。"

　　周进眉梢微挑，转过目光，对上她明亮的眼睛。

　　"我能抱抱你吗？"她问。

　　她问得太认真，周进微微一愣，突然想起倪歌离开时对他说的话：你还会遇到喜欢的人。

　　小学妹结婚以后，他偶尔想起这句话，可是直到这一刻，才明白它真正的意思。喜欢的人离开了，可爱人的能力被永远地保留了下来，对的人总会再遇见，哪怕不是眼下，也是不久的未来。

　　温暖的光线里，周进徐徐笑开："当然可以啊。"

　　下一秒，他张开双臂，看着陶若尔姿态坚定地，朝他奔来。

后记

我怀念他们，
也怀念那时的自己

JUST DON'T LEAVE ME

01

2018 年年底，我住在南方，和我的朋友小汪同志组队，接手一个电竞俱乐部的选题。

老实说，我对电竞不怎么感兴趣，但又不得不硬着头皮跟他一起查资料。

人的注意力一集中就容易产生奇怪的想法，于是我坐直，严肃地叫他："小汪同志。"

他不解。

我："为什么我不是一个大院子弟呢？"

他沉默。

我："为什么我不是一个公主？"

他更沉默了。

于是，就有了这本书容屿和倪歌的故事。

02

但看资料仍然很令人头秃。

我干脆坦白："这里面的好多词，我都看不懂。"

他："你不玩游戏？"

我："不玩。"

他："《王者荣耀》呢？"

我："我……玩过《洛克王国》，算不算？"

他无话可说。

于是就有了这本书的蒋池和孟媛。

03

今年过得很快，但碍于各种奇奇怪怪的意外，我做事非常缓慢。打算写这本书时尚在年初，写完全文用了三个月。等断断续续地修完正文，已经过去整整一年。

修文是一种甜蜜的痛苦。

在那段断续的、漫长的时间里，我好像又回到中学时代，把走过的路重新走了一遍。我的老孙温柔又有点小暴躁，会一边说"这个比赛浪费时间，你们别参加"，一边又在我获奖之后，偷偷向其他人炫耀；我的同桌可爱又有点小愚蠢，会一边认真地表示"英文字母就是只有 24 个啊"，一边又信誓旦旦地说"没错，milkman（送奶人）的意思就是牛仔"。

17 岁多好，青春年少，阳光都比别处明亮。

所以，写出版番外时，我没写婚后，也没写带崽，而是把时间轴向前拉，跨越到了倪歌和容峙更早的幼崽时期。

"虽然那时候没什么意识，也没想过将来有一天，会和你走到这么远的地方来……但是，在我还小的时候，就已经很喜欢、很喜欢你了。"

——是这样的心情。

04

几乎每本书涉及校园的部分，都不可避免地提到"楼上的小自习室"。对我来说，那是一个温柔又奇妙的意象，透过窗户，好像能看到光明的未来。

我怀念他们，也怀念那时的自己。

所以，最后的最后，用文中容峄那句话来结尾吧——

"我们以后也要朝着一个方向走，各自去做喜欢的事，去成为想成为的人，去负担爱与被爱。"

希望读到这句话的你们，永远有为彼此披荆斩棘的勇气。

祝诸位好。

我们下个故事见。

——疼爱你们的南总